◆ A EXTRAORDINÁRIA ◆
LIVRARIA DE YORK

✦ A EXTRAORDINÁRIA ✦
LIVRARIA DE YORK

Tradução
Cecília Camargo Bartalotti

1ª edição

Rio de Janeiro | 2024

CIP-BRASIL. CATALOGAÇÃO NA PUBLICAÇÃO
SINDICATO NACIONAL DOS EDITORES DE LIVROS, RJ

B992e   Butland, Stephanie
A extraordinária livraria de York / Stephanie Butland ; tradução Cecília Camargo Bartalotti. - 1. ed. - Rio de Janeiro : Bertrand Brasil, 2024.

Tradução de: Found in a bookshop
ISBN 978-65-5838-289-8

1. Ficção inglesa. I. Bartalotti, Cecília Camargo. II. Título.

24-88597

CDD: 823
CDU: 82-3(410.1)

Meri Gleice Rodrigues de Souza - Bibliotecária - CRB-7/6439

Copyright © Stephanie Butland, 2022

Texto revisado segundo o Acordo Ortográfico da Língua Portuguesa de 1990.

Todos os direitos reservados.
Não é permitida a reprodução total ou parcial desta obra, por quaisquer meios, sem a prévia autorização por escrito da Editora.

Direitos exclusivos de publicação em língua portuguesa somente para o Brasil adquiridos pela:
EDITORA BERTRAND BRASIL LTDA.
Rua Argentina, 171 — 3º andar — São Cristóvão
20921-380 — Rio de Janeiro — RJ
Tel.: (21) 2585-2000,
que se reserva a propriedade literária desta tradução.

Seja um leitor preferencial.
Cadastre-se no site www.record.com.br e receba informações sobre nossos lançamentos e nossas promoções.

Atendimento e venda direta ao leitor:
sac@record.com.br

Para Eli.

Antes

◆

— Bem-vindo à melhor livraria do mundo — diz Kelly, mesmo sem muita certeza se é possível dar boas-vindas a alguém em um lugar que, na verdade, está fechado.

Craig a abraça pela cintura, apoiando a cabeça em seu ombro.

— Oi, livraria.

São dez da noite de uma quinta-feira de dezembro, e Kelly e Craig estão em algum ponto entre zonzos e bêbados. Kelly não sabe ao certo se foi a sidra quente ou o fato de que, durante o jantar, eles trocaram seus primeiros "eu te amo". York está cheia de confraternizações de fim de ano, mas a rua de paralelepípedos que abriga a livraria Lost For Words está tranquila e silenciosa.

Kelly adora trabalhar aqui. É onde pode ser ela mesma, onde é uma especialista, e onde conhece pessoas que gostam de livros tanto quanto ela.

Craig começa a balançá-la para a frente e para trás, e Kelly vira de frente para ele, ainda em seus braços, e apoia as mãos em seus ombros. Então continuam balançando. O movimento não é exatamente uma dança, mas é harmônico. Craig não é chegado a demonstrações públicas de afeto — ele diz que é velho demais para isso, embora tenha apenas trinta e sete anos —, então Kelly aproveita a oportunidade. Desfruta o momento. É isso que significa estar em um relacionamento amoroso. É isso que é amar e ser amada.

No fim da rua, um grupo passa fazendo algazarra, e Craig a solta.

— Vamos para a sua casa? — sugere ele, e ela assente. Quem sabe desta vez ele fique até o dia seguinte.

✦ 1 ✦

Para um amante de livros, uma livraria não é apenas um lugar no mundo, e sim um mundo por si só.

Você sabe como é.

Sabe como é abrir uma porta e ouvir o sininho tocar, delicado e convidativo.

Sabe como o cheiro das páginas permeia o ar, tal qual fumaça. Conhece aquela sensação de estar de volta ao lar, quer se tenha ou não um lar.

Sabe que, em algum ponto nesse lugar, há um livro que pode lhe oferecer o que você busca.

Sabe que os livros são segurança e fuga, sabedoria e paz, e aquilo que ajuda a seguir em frente. Seja ensinando a melhor maneira de preparar uma sopa de cogumelos, ou partindo seu coração com uma perda sofrida por outra pessoa para ajudar você a lidar com a sua, arrancando risadas quando nada mais parece ter graça, ou causando um medo que torna a realidade menos assustadora.

Você entende.

Por isso, entende também, ou pode imaginar, a estranheza de uma livraria vazia. Tem sido um mundo diferente, este onde as pessoas não podem mais passar um livro de mão em mão e dizer: "Acho que este pode ser exatamente o que você está procurando." Onde livreiros — mesmo aqueles que gostam mais de livros que de pessoas — não podem negar o desejo de que alguém entre e bagunce suas prateleiras perfeitamente organizadas em ordem alfabética.

E onde até a livraria mais amada pode começar a enfrentar dificuldades. Estar repleta de tesouros usados, livros amados e passados adiante, é inútil quando não há ninguém para abrir a porta, respirar fundo e fazer um pedido à livraria.

"Minha mãe quer reler algo de que se lembra da época da escola, mas não sabe mais o título."

"Acabei de terminar minha semana de provas e quero ler um livro que não tenha absolutamente nada a ver com guerras ou história."

"Não consigo dormir. Então, eu leio. Onde ficam os livros que vão me fazer companhia, que me farão sentir que estou passando tempo com um amigo, e não como se eu fosse a única pessoa acordada?"

É fácil fazer esses pedidos silenciosos quando se está em uma livraria, fácil caminhar entre as estantes, tocar as lombadas, folhear as páginas e pensar: *Você é o livro de que preciso?*

Às vezes, é simples conversar com um livreiro, dizer "Quero algo leve" ou "Gostaria de uma recomendação", pois ele vai ouvir, nas entrelinhas, "Detesto como as tardes são longas" ou "Não sei mais qual é o sentido da vida".

Mas não se as portas da livraria estiverem fechadas.

Não se você estiver tentando explicar pelo telefone o que deseja, quando do que realmente precisa é que a livraria convide você a entrar e a ficar à vontade para vagar pelo lugar, mexer nos livros e pensar.

Não se você não sabe do que precisa, especialmente quando o anseio por um livro novo parece ao mesmo tempo trivial e um privilégio. Quando você pensa que, se a sua única preocupação é não saber o que ler, então não deveria se preocupar.

Não se você tiver a sensação de que o mundo inteiro está perdido

✦ 2 ✦

Rosemary, 2020, Whitby

As juntas dos dedos de Rosemary estão doloridas, mas ela não consegue afrouxá-los da alça da bolsa. O dia de hoje trouxe uma sensação de calamidade iminente que ela teme que possa engolfá-la, uma grande onda invisível que vai reduzir a casa deles a escombros, destruir seu jardim e submergi-los, junto com todas as partes de sua longa vida juntos, no frio mar do Norte.

Ela fecha os olhos com força.

Só precisa de um minuto. Apenas um.

Diz a si mesma que nada aconteceu de fato. O médico fez um monte de perguntas a George e uma enfermeira coletou um pouco de sangue. Só isso. Nada com que se preocupar.

Ao seu lado, George se atrapalha com a chave na fechadura da porta, e Rosemary nota que os ombros do marido relaxam no segundo em que a chave se encaixa. Ela sabe o que isso significa. Afinal, esteve ao lado de George todos esses anos, desde que se conheceram, em 1964. Quase não se desgrudaram desde que se aposentaram do magistério, em 2005, e não ficaram distantes em nenhum momento desde que a pandemia começou. Aquele relaxar de ombros significa que o marido acabou de fazer algo que considerava quase impossível. Ela se lembra desse gesto quando alcançaram o cume do Scafell Pike, na chuva, logo após ficarem noivos; quando a orquestra da escola executou toda a Marcha do Quebra-Nozes de Tchaikovsky no concerto de Natal sem nenhum desastre, os músicos nos compassos corretos, e no ano em que constataram que finalmente haviam conseguido arrancar toda a erva daninha do jardim de sua amada casa com vista para o mar, em Whitby.

E, agora, George está tão exausto que quase não consegue abrir a porta da própria casa.

— Um chazinho no jardim, minha menina? — sugere ele, uma vez lá dentro.

— Vou fazer. Pode ir na frente. Aproveite para dar uma olhada nas bocas-de-leão.

— Entendido.

George sorri para a esposa do mesmo jeito de sempre e, por um momento, Rosemary imagina que talvez tudo esteja bem. Muitas pessoas perdem peso. Todos os idosos se levantam para ir ao banheiro à noite, certo?

Assim que a água ferve, Rosemary tira o velho bule marrom da prateleira acima da chaleira, mas então o coloca de volta no lugar e vai até o armário onde guardam as louças e copos para ocasiões especiais, do qual pega o bule de fina porcelana, pintado com ervilhas-de-cheiro, delicado e belo. Eles o compraram como um presente de quadragésimo aniversário de casamento, em uma feira de artesanato no pátio da Abadia de Whitby, em 2009. Costumam utilizá-lo no Natal e em aniversários, mas deveriam usá-lo com mais frequência. Afinal, as pessoas vivem dizendo que a vida é curta demais, e Rosemary sabe, lá no fundo, que não podem mais ignorar as lentas mudanças em George, ou tomá-las como cansaço ou coisas comuns da velhice, como Rosemary perder os óculos de leitura a cada cinco minutos. Foi por isso que foram ao médico.

Da janela, Rosemary observa George caminhar pelo jardim. Ele para de vez em quando para inspecionar as plantas e canteiros. Parece lento, mas, afinal de contas, ela também está lenta. Ambos terão setenta e oito anos quando o outono chegar, ela completando em maio e ele, em agosto.

Rosemary despeja o chá do bule na garrafa térmica e acomoda as canecas de metal e a jarra de leite com tampa de rosca na cesta, que é mais prática de carregar que uma bandeja. Ela sabe que, quando alcançar George, ele não só terá verificado as bocas-de-leão, mas também notado outras tarefas a serem feitas: uma poda aqui, um pouco de água ali, um lugar onde precisam pôr umas folhas de chá usadas para afastar as lesmas dos brotos delicados...

Quando se senta ao lado dele no banco de madeira antiga, aquecido pelo sol, ela recebe sua confirmação.

— Preciso podar um pouco aquela madressilva, ou o jasmim não vai conseguir crescer — diz ele.

É como se aquela fosse uma tarde ensolarada de fim de primavera como qualquer outra desde que se aposentaram.

Rosemary serve o chá, entrega a ele a caneca e percebe que os dedos dele estão gelados.

— Esqueci o cobertor — diz ela. — Esta cabeça velha...

— Tudo bem — responde George. E então, como se estivesse comentando uma notícia do jornal: — Todo este tempo nos mantivemos a salvo da Covid-19, mas esquecemos de prestar atenção nas outras coisas...

Rosemary quer dizer que nada é certo ainda — o médico só disse que ele precisava fazer alguns exames, talvez encaminhá-lo ao hospital, dependendo dos resultados. Mas ela percebe que não consegue falar; afinal, George está certo. Durante todo esse tempo, a preocupação deles tinha sido se suas entregas de mantimentos trariam tudo de que precisavam, porque não estavam indo ao supermercado e não havia ninguém nos arredores a quem pedir ajuda. O restante desta pequena vizinhança agora é composto por casas de férias, já que seus antigos vizinhos venderam as propriedades e se mudaram anos atrás, e este último ano foi muito quieto, sem turistas circulando o tempo todo. Os únicos lugares onde George e Rosemary se aventuram a ir são o consultório e a farmácia, onde Rosemary faz questão de que o jovem atendente higienize as mãos antes de lhes entregar a sacola.

Ela observa o mar.

Há mais de cinco décadas, George a pediu em casamento enquanto caminhavam pela orla de Whitby. Poder sentar aqui e observar o vento soprar sobre a mesma água — a atividade favorita deles — é parte do que faz Rosemary pensar que, apesar da idade e das dores, eles ainda pertencem a este lugar, seu mundinho precioso. Numa tentativa de se tranquilizar, ela respira fundo. *Deixe disso, Rosemary. Não vá amolecer agora. Nada de sentir pena de si mesma, você já teve mais do que alguns jamais terão.*

As nuvens são lentas, o sol, forte, e o vento, leve. É quase impossível pensar que o mundo está em crise e que eles, George e Rosemary Athey, casados desde 1969 e tendo apenas um ao outro, poderiam estar prestes a serem arrastados para um furacão.

Aqui, neste banco — que está neste jardim desde que eles se mudaram para o lugar —, a vida deles é a mesma dos últimos trinta e três anos, quando compraram esta pequena e velha casa com seu enorme jardim. Ao longo das décadas, eles reformaram o imóvel, consertaram-no, tornaram-no bonito e mantiveram-no de pé; agora, como Rosemary e George, ele está decadente. A janela dos fundos abre com o vento durante a noite e os radiadores chacoalham e estalam sem parar. Nos últimos anos, eles não se dedicaram à estufa, passando a comprar tomates e alfaces no mercado, algo que seria impensável quando se mudaram. Na época, eles começavam a revolver o solo para cultivar batatas antes mesmo de arrumar a cama.

Mas, quando estão sentados no banco observando o mar, o jardim crescendo sem os devidos cuidados e a pintura descascada da porta dos fundos se tornam irrelevantes. Nada os preocupa aqui. Nem mesmo nos dias mais difíceis. Este velho banco é aonde vêm para ficar feliz, descansar ou fazer as pazes.

— Você vai ficar bem, minha menina — diz George.
— Como assim?
Ele pega a mão dela, admirando o mar.
— Quando eu partir. Você vai ficar bem.
Um soluço alto escapa de dentro dela, surpreendendo a ambos. Rosemary nunca foi de chorar.
— Não vou, não — diz ela, e sabe que soa como uma das milhares de crianças petulantes que encontrou em sua longa carreira de professora. George não responde, só aperta mais a mão dela. — Mas, de qualquer forma, você vai ficar bem.
Ele assente, e o alívio toma conta dela. Mas então ele diz, baixinho:
— Não para sempre, né?

Na hora de dormir, George está lendo um livro de história que pegou na biblioteca antes do lockdown — cheira à fumaça do cachimbo de outra pessoa. Rosemary não consegue ler não ficção antes de dormir, então está com um Agatha Christie. Tem certeza de que já leu esse antes, mas não importa. Só precisa de três páginas antes de adormecer — na maioria das noites, pelo menos.

— Eu estava pensando aqui com os meus botões — diz George, alguns minutos depois, fechando o livro.

— Cuidado com o esforço — responde Rosemary, uma velha piada entre eles.

George sorri.

— Estava pensando em todos aqueles livros que doamos, quando achamos que estávamos velhos demais...

Rosemary ri.

— É...

Foi quando completaram setenta anos, oito anos atrás. Tinham decidido doar sua pequena biblioteca para a escola onde Rosemary havia começado sua carreira de professora e George se tornara chefe do departamento de matemática. Queriam garantir que, quando morressem, seus livros cuidadosamente guardados estariam em boas mãos. E escolas não têm mais muita verba para livros.

— Você se lembra de como nós líamos um para o outro?

Rosemary, apoiada no travesseiro, fica imóvel. De repente, se sente feliz pela lembrança. Antes, eles compravam um livro por vez, e o liam em voz alta para que pudessem experimentar o prazer da leitura, pela primeira vez, juntos. Agora, não sabe ao certo quando pararam de fazer isso. Quando ficaram muito ocupados, supõe. Ou quando ter um livro deixou de ser um luxo.

— Lembro — responde ela.

Rosemary pensa na loja de livros usados que visitavam quando iam passar o dia em York e se pergunta se ela ainda existe.

◆ 3 ◆

George, 1964

O primeiro dia de aula como professor parece tão horrível quanto o primeiro como aluno. George está bem preparado para suas aulas: passou o verão revisando suas anotações do curso de formação, fazendo planos de aulas e tentando não se desesperar ao pensar se realmente conseguiria ser professor, aos vinte e dois anos. Não tem a mínima ideia de onde encontrará autoridade para ensinar garotas e garotos não muito mais jovens que ele. Diz a si mesmo que é qualificado; sabe que, na hora H, vai dar tudo certo, como deu no seu estágio. Mas, ao se aproximar da nova e moderna escola secundária em Harrogate, no outono de 1964, ele se sente como um menino nervoso. E entrar na sala dos professores, cheia de fumaça de cigarro e animada com as conversas de pessoas que já se conhecem, não o deixa mais à vontade.

Ele pousa sua maleta no chão ao lado de uma cadeira que parece desocupada e torce para que ninguém repare nele. Não tem certeza se sua voz vai funcionar caso tente falar — um começo nada bom para uma carreira de professor.

E então, Rosemary surge.

George está tão nervoso — faltam só quinze minutos para o primeiro sinal — que o fato de se apaixonar por ela instantânea e perdidamente quase lhe passa despercebido.

Há algo de diferente nela — ele nunca viu nenhuma pessoa que fosse tão autêntica. Naquele primeiro momento, com ela olhando ao redor e ele servindo café em uma caneca, é como se ele a visse por completo. Sua gentileza, sua seriedade e o fato de que ela o compreenderá. George é matemático, e esse geralmente não é seu jeito de pensar. Mas ainda assim...

Ele sorri e acena. Todos estão ocupados demais reencontrando seus antigos colegas para notar os novos. Porém, Rosemary percebe o aceno de George e, como se fosse o sinal que ela estava esperando, caminha em direção a ele.

— George Athey — diz ele, estendendo a mão. — Primeiro dia.

— Rosemary Bell — responde ela, apertando a mão dele. — É meu primeiro dia também.

Antes que possam dizer qualquer outra coisa, são arrebanhados pelos respectivos chefes de departamento e levados às suas salas de aula.

Eles não combinam de sentar juntos todos os almoços, mas acaba acontecendo. George fica na dele no início, porque não consegue equilibrar a conversa fiada com a avassaladora sensação que o invade de que tudo se encaixa quando Rosemary está por perto. Ele lhe pergunta como foi sua manhã e escuta o entusiasmo dela por finalmente ser uma professora de verdade, em uma sala de aula de verdade, com alunos de verdade.

E eles se apossam das cadeiras perto da porta na sala dos professores, como se as tivessem escolhido, como se os outros professores não tivessem deliberadamente sentado nas cadeiras mais distantes da porta, onde não ficam sujeitos a atender alunos enviados com recados, histórias ou advertências. Mas George e Rosemary estão felizes com aquele cantinho. Na maioria dos dias, George traz um sanduíche e, às vezes, uma maçã. Rosemary logo começa a trazer um segundo pedaço de bolo. Depois que eles comem, ela alisa, dobra e guarda com cuidado o papel vegetal em que vem embrulhado, para reutilizar. Algo dentro de George sabe que ela sempre fará isso. E a vida deles juntos provará que ele está certo.

✦ 4 ✦

Kelly

A caminhada de Kelly para o trabalho é linda, o trajeto perfeito: sua rota a leva pela margem do rio Ouse e pela Ponte Lendal até a antiga cidade de York.

Essa se tornou a melhor parte do seu dia.

Percebeu que não se sente mais entusiasmada pela ideia de estar na livraria, que não é mais um lugar agitado e alegre, onde o tempo voa. Kelly trabalhou em um pub para financiar sua graduação e como cuidadora para fazer o mestrado. Trabalhar na Lost For Words deveria motivá-la a levar seu doutorado adiante, mas logo se tornou o lugar aonde ela vai para escapar de sua pesquisa. Começou no emprego quase quatro anos atrás e, até a pandemia chegar, ela nunca havia sido tão feliz em um emprego.

Agora, as coisas não estão mais tão boas. O dinheiro que tem entrado — de pedidos pela internet, clientes que telefonam e transeuntes ocasionais que param no balcão improvisado, uma mesa atravessada na entrada recuada da loja — é menos que o salário de meio período de Kelly.

Loveday, sua chefe, não deve estar tendo nenhum lucro, e só Deus sabe como está cobrindo os custos da loja. Kelly sabe que Loveday herdou a livraria e a casa onde mora do proprietário anterior da Lost For Words, mas isso não significa que ela possa arcar com as despesas da loja para sempre. Ou que queira.

Agora, todos os dias Kelly faz sua bela caminhada para o trabalho imaginando se esse será o dia em que Loveday a mandará embora. E então ela estaria sozinha, em seu pequeno apartamento, cuja hipoteca seu pai ainda a ajuda a pagar mesmo ela tendo trinta anos. Dia após dia, serão apenas ela e seu doutorado empacado sobre esposas escritoras, mães escritoras, irmãs escritoras e amantes escritoras, perdidas à sombra dos homens laureados pelos quais sacrificaram seus próprios talentos. E ela supõe que terá que se considerar sortuda, enquanto seu pai e ela continuarem bem. Pelo menos ela tem seu divertido, doce e amoroso Craig, embora não o tenha visto nos dois longos meses desde que o lockdown começou.

Quando Kelly chega à ponte, ela se inclina sobre o parapeito de metal frio e observa o fluxo da água. York está tão quieta que ela pode ouvir o ruído úmido que faz as solas de seus pés formigarem com o desejo de andar pelo mar de Whitby.

O telefone vibra em seu bolso. Deve ser Craig, perguntando se ela está bem, como faz todas as manhãs. Seu relacionamento é mais uma coisa de que a pandemia sugou a alegria, embora reclamar pareça errado, tendo em vista a atual situação do mundo. Eles se conheceram no outubro anterior, por um aplicativo de relacionamentos, e passaram a se ver algumas vezes por semana. Desde o início, Craig foi divertido e atencioso, e não se importou nem um pouco por ela querer ir devagar, nem mesmo quando ela lhe disse que ia ficar duas semanas em Whitby para passar o Natal e o Ano-Novo com seu pai. Mas, apesar da cautela de Kelly, Craig conseguiu conquistar o coração dela. Agora, ela não consegue se lembrar de quando começou a amá-lo, embora sempre pense na noite em que disse as palavras pela primeira vez, quando ele lhe enviou uma mensagem à meia-noite, dizendo: *Feliz Ano-Novo. Quero que você passe cada momento deste ano sabendo que eu te amo.* Ela teve a profunda sensação de que tudo tinha se encaixado. Algo nela relaxou. E ela soube que tinha encontrado a pessoa certa.

Quando começaram as notícias sobre o lockdown, eles conversaram sobre morar juntos. Kelly levou muito tempo para se acostumar a morar sozinha, mas ainda não gostava muito, apesar do prazer de poder ler durante um fim de semana inteiro sem interrupções, ou dormir no sofá depois de ter passado o dia trabalhando no doutorado na cama e deixado o edredom coberto de pilhas de pesquisas cuidadosamente organizadas que ela não queria tirar do lugar. Havia dito a Craig que achava que deviam tentar morar juntos, mesmo que isso significasse que estariam avançando um pouco mais depressa no relacionamento do que fariam em um mundo sem pandemia. Craig concordou, mas, quando Kelly já tinha aberto espaço no guarda-roupa, ele mudou de ideia. Não era que não a amasse, disse ele, sua voz ao telefone soando embargada pela emoção. Era que estava com medo de arruinar uma coisa boa. O que eles tinham era precioso demais para que ele arriscasse. Lógico, ela não podia ficar brava, especialmente porque sabia que um compromisso apressado depois de uma gravidez acidental havia arruinado um relacionamento anterior dele.

Bom dia, diz a mensagem em seu WhatsApp, seguida por um coração. Ela responde com um coração e acrescenta: *Pode conversar?*

Craig: *Me dá cinco minutinhos e eu te ligo.*
A reunião da manhã está acabando.

Kelly se recosta na ponte, inclina a cabeça para trás e olha para o céu límpido de maio. O rio parece ainda mais presente quando ela só o escuta. Agora que a Lost For Words não está aberta para o público, Loveday se preocupa menos ainda com o horário de Kelly. Ela havia dito na entrevista de emprego que não tinha intenção de interferir na maneira como Kelly administrava a loja e, embora isso tivesse soado quase como uma ameaça ou um aviso, era uma bênção para Kelly. Se ficasse ali e conversasse com Craig por meia hora, tinha certeza de que Loveday não se importaria.

— Oi — atende ela, cinco minutos depois.

Ele sempre cumpre sua palavra.

— Oi. Tudo bem?

Ela ouve os passos dele em uma calçada. Faz tanto tempo desde a última vez que ele subiu correndo os degraus até o apartamento dela, beijou seu nariz e pôs a mão em seu traseiro.

— Onde você está?

— Dando uma saidinha rápida para comprar algumas coisas. Tive uma reunião atrás da outra e estou quase sem café. Um perigo!

O celular dela vibra com uma imagem: um pedaço de papel que diz "café, pera, jornal", e o dedão grosso de Craig com a unha limpa e bem cortada no canto inferior da foto. Kelly sente vontade de beijá-lo.

— Você escreveu uma lista de compras para três coisas?

— Eu me conheço, né? — responde ele, rindo. Ela adora como ele ri no fim das frases. Adora praticamente tudo nele, na verdade. — Mas e aí?

— Não sei — responde ela e, de repente, não está mais ligando para o rio, para o céu ou para o silêncio. — Eu... estou indo para o trabalho e só queria saber o que vai acontecer.

Ela ouve o som de um farol de pedestres apitando, dando permissão para atravessar, e então Craig diz:

— Por que você não pergunta para sua chefe de nome engraçado o que está acontecendo?

— Ela me diria se soubesse, não? Ninguém sabe de fato o que vai acontecer.

— Você não está pedindo para ela prever o curso de uma pandemia, meu amor. Só quer saber se ainda vai ter um emprego.

Ah, esse "meu amor"! Ela o guardaria no bolso se pudesse. É difícil lembrar como era a vida antes de Craig.

— Eu sei. Mas não quero botar ainda mais pressão nela. Entende? Ela já tem muito com o que se preocupar. Não quero ser um problema.

— Mas você está preocupada. Isso é importante também.

— Eu sei.

— Você não parece muito convencida.

Kelly ri.

— Não estou.

— Se você sabe o que quer, pode pedir.

— Quero saber se o meu emprego está a salvo. Quero ir ver meu pai. E quero que você vá à minha casa trazendo comida e passe a noite — diz ela.

✦ 5 ✦

Jenny

Quando as mulheres chegam ao abrigo, todas têm expressões que são parte alívio e parte terror, uma síntese de não-acredito-que-escapei. Esta mulher, Jenny, não é diferente. Ela embala o filho, um menino de três anos chamado Milo. Ele ainda está quieto, como as crianças geralmente ficam. Faz apenas algumas horas desde que entraram em um lugar onde ainda não têm certeza de que estarão seguros.

Carmen é a voluntária que mostra as instalações para Jenny. A equipe do abrigo se encarregou da papelada e lhe designou um quarto — o que Carmen recebeu quando fugiu de seu casamento, há quase cinco anos, e ela ainda se lembra da sensação de se deitar na cama naquela primeira noite e ousar pensar que talvez estivesse segura. É um quarto de paredes brancas, localizado no terceiro andar, com pesadas cortinas de veludo cinza, doadas por um hotel e reformadas por voluntárias. São perfeitas para abafar os sons noturnos que podem fazer algumas mulheres acordarem assustadas. Há uma pintura de flores na parede, travesseiros amarelos na cama, e a cama infantil tem uma alegre colcha amarela. Foi Carmen quem montou o pacote de boas-vindas enquanto Jenny falava com a recepção e outra voluntária entretinha Milo dentro do campo de visão de Jenny.

No armário de doações, Carmen reuniu as coisas habituais: um pacote com três calcinhas novas, uma barra de chocolate, escova e pasta de dentes, um frasco grande de sabonete líquido e outro de xampu. Com frequência, hotéis doam miniaturas de produtos de higiene, mas Carmen acha que é melhor dar os frascos maiores. Ela não quer que as mulheres que chegam aqui pensem que estão seguras apenas enquanto durar um frasco de sabonete para dois banhos. Então, ela pega toalhas e pijamas limpos das gavetas. Não são novos, mas já são alguma coisa e, assim que Jenny estiver instalada, uma das outras voluntárias a ajudará a escolher roupas no quarto de vestuário. É algo que Carmen gostaria de fazer um dia, mas ela precisa passar pelo treinamento primeiro. Muitas das mulheres que vêm para cá saindo de um relacionamento abusivo perderam a noção de quem são, ou não tinham permissão para escolher as próprias roupas. Elas simplesmente não sabem que aparência desejam ter, e é necessário tanto gentileza quanto expertise para ajudá-las. Para Milo, Carmen pegou um livro de colorir e uma caixa de giz de cera. Jenny poderá escolher o que ele precisa do depósito infantil, mas a maioria das mães chega com as coisas que serão necessárias para o bem-estar dos filhos, ainda que elas próprias não tenham nada.

Carmen fez questão de arrumar o quarto com tudo que fosse necessário enquanto Jenny ainda estava no escritório. Quanto menos batidas inesperadas à porta quando uma pessoa nova ainda está se acomodando, melhor. Depois, ela vai ao encontro de Jenny para lhe mostrar o lugar.

— Este é o seu lar pelo tempo que precisar — diz ela, e Jenny assente.

Carmen olha para ela com total neutralidade; foi treinada para isso, portanto mantém o olhar afastado dos hematomas na clavícula e no pescoço e das faixas de sutura cutânea sobre o corte na maçã do rosto roxa e inchada de Jenny. Em vez disso, faz contato visual constante e fala baixo. Uma porta batendo pode ser suficiente para desencadear pânico em qualquer uma das mulheres que chegam aqui, e o pânico também pode ser suficiente para fazê-las voltar para casa, por mais terrível que essa casa possa ser. Em meio ao medo, a familiaridade pode importar mais do que a segurança.

Carmen conduz Jenny de cômodo em cômodo. Cada passo parece exigir um esforço imensurável. Jenny está carregando Milo, agora adormecido como se fosse um pequeno leopardo e sua mãe, uma árvore. Suas pernas suspensas balançam quando Jenny se move. Mesmo querendo ajudar, Carmen sabe que não deve se oferecer para carregá-lo.

Então, ela apenas mostra a Jenny como funciona a segurança. Aqui tem uma câmera que mostra o portão e outra que cobre a entrada principal, monitoradas vinte e quatro horas por dia, as gravações armazenadas com segurança em um site...

Ela explica a localização dos botões de pânico e se certifica de que Jenny se lembra da palavra de segurança que escolheu para usar a qualquer momento, caso não se sinta confortável. Então, Carmen a leva até a sala de visitas e Jenny balança a cabeça, como se dissesse que não queria receber ninguém.

— Por aqui — diz Carmen — fica a sala de estar.

Era a sala de que ela mais gostava quando chegou, pois parece um pouco menos institucional que o restante do lugar. É grande o suficiente para que as fechaduras, operadas por dentro, e os cartazes sobre segurança e benefícios fiquem difusos pela cotidianidade de sofás gastos e caixas de brinquedos transbordando.

Leanna, que chegou há duas semanas, está folheando uma revista, sentada em um pufe voltado para a porta. Ela se assusta quando a trava da porta se abre, mas já não há uma expressão de terror em seu rosto.

— Leanna, esta é a Jenny. Ela acabou de chegar — apresenta Carmen.

Leanna a cumprimenta e, quando Jenny não responde, ela só assente e volta à leitura. Carmen sabe, por experiência própria, que a maioria das mulheres aqui é paciente umas com as outras e pode achar mais fácil ser gentil com as outras do que consigo mesma.

A sala de estar é um espaço longo, com uma janela em cada extremidade, tornando-a iluminada e alegre, embora muros tranquilizadoramente altos sejam visíveis para quem olha para fora. Há um tapete de PVC para as crianças, uma caixa de carrinhos, outra de Lego e outra de bichos de pelúcia e bonecas. Jogos de tabuleiro estão empilhados em uma prateleira. Embora nada seja novo, tudo é bem-cuidado. As mulheres que vêm para cá mantêm o espaço limpo e organizado, e Carmen espera que seja porque se sentem em casa, e não porque temem serem castigadas se deixarem uma xícara fora do lugar.

— No momento — diz Carmen —, por causa da Covid-19, estamos pedindo que vocês reservem um horário. Pelas regras, só é permitido duas mulheres ou famílias por vez, e pedimos que mantenham certa distância. Quando o horário terminar, podem pôr tudo que usaram na caixa ao lado da porta, para que possamos higienizar ou deixar de quarentena por três dias antes de colocar de volta em circulação. Quando as coisas normalizarem, poderemos ter aulas de ioga e meditação aqui de novo.

Mas ela percebe que Jenny parou de prestar atenção. Está olhando além dos sofás e da mesinha de café, onde há uma estante de livros ao lado da TV. É bem abastecida, graças a Sarah-Jane, uma das voluntárias, que também dá aulas de culinária e cuja filha tem uma livraria. Há clássicos, livros sobre natureza e viagens, livros de história, romances, mistérios e ficção científica. Nada de crimes, ou pelo menos nada mais pesado do que um Agatha Christie.

Jenny muda Milo de braço, encara Carmen pela primeira vez e começa a chorar.

— Não achei que teria livros aqui — diz ela.

("Uma coisa em que eu quero que nós pensemos", insistirá a terapeuta com que Jenny conversará no abrigo, gentilmente, em uma das sessões, "é que a culpa não foi sua. Não era sua obrigação entender quem David era e fugir. Era obrigação dele não te prender em uma armadilha e não te machucar."

E, depois de muita conversa, Jenny concordará que nada daquilo foi sua culpa. Nesse ponto, sua mente terá entendido isso, mas suas entranhas continuarão a ser um terreno fértil para as supostas razões pelas quais ela causou tudo aquilo, durante anos. Talvez para sempre.)

✦ 6 ✦

Loveday

Loveday adorava o refúgio de leitura que havia feito no andar de cima da Lost For Words, depois do incêndio que quase a destruiu e levou à morte de seu amado e velho chefe, Archie. Quando soube que ele havia deixado tanto a loja quanto a casa para ela, isso a enchera de emoção. E, então, o trabalho começou. Sabia que nunca seria capaz de fazer uma livraria melhor do que a anterior, pois isso era impossível.

Em vez disso, com a ajuda do namorado, Nathan, e da mãe, Loveday havia criado algo que esperava ser igualmente bom, de um jeito diferente. Parte desse projeto era o refúgio de leitura, pensado para ser um lugar onde qualquer pessoa que precisasse de paz pudesse ficar. No refúgio, poderiam ler, ou dormir, ou falar sobre nada, ou falar sobre tudo. A mãe de Loveday, Sarah-Jane, que era voluntária em um abrigo para mulheres antes da pandemia, tinha um bom instinto para quem poderia precisar de um folheto explicando que havia ajuda disponível ou de um ombro amigo para chorar. Havia um celular ali para quem precisasse fazer uma ligação e soubesse que seu próprio telefone poderia estar sendo monitorado ou rastreado. Depois de oferecer chá e café algumas vezes, Loveday acabara fazendo um acordo com a cafeteria ao lado e ela ou Sarah-Jane iam buscar bebidas para quem quisesse ficar ali por um tempo.

Embora Loveday tivesse feito questão de não se envolver com quem chegava — ela não é tão boa ouvinte quanto sua mãe —, lá no fundo se orgulhava por ter aquele lugar, e esperava que adolescentes como ela fora pudessem encontrá-lo. Archie a acolhera com graça e bondade, mas isso fluía naturalmente dele. Os recursos emocionais de Loveday eram de mais difícil acesso e pareciam sempre prestes a se esgotar. Então, seu jeito de cuidar era o refúgio de leitura. Sempre que sua mãe lhe contava, sem nunca revelar nomes, que uma mulher com quem havia conversado ali tinha telefonado para um canal de apoio e conseguira um abrigo, ou mesmo ligara para a polícia, Loveday sabia que estava fazendo a coisa certa.

Mas, agora, o refúgio de leitura tem a frieza que espaços sem propósito têm. Loveday se obriga a trabalhar lá quando Kelly está no andar de baixo, para manter uma distância apropriada. Ela adora quando Nathan vem ajudar com algo e eles preenchem o refúgio com conversas enquanto trabalham, ou quando ele faz Kelly rir lá embaixo.

Porém, isto é o que está realmente perturbando Loveday: um refúgio não utilizado, aliado a uma livraria que já não ia bem antes mesmo da pandemia, talvez não sobreviva por muito mais tempo.

Quando Kelly chega, Nathan vai à cafeteria comprar café e rolinhos de canela. Richard Morris assumiu o estabelecimento dois anos atrás e o transformou em algo muito superior ao lugarzinho fofo e cafona que era antes. Loveday às vezes sente saudade de só ter a opção de pedir chá ou café, sem as infinitas variações disponíveis agora. Mas, quando se sente tentada a reclamar, pensa nos rolinhos de canela. Frescos e, se der sorte, quentinhos. O equilíbrio perfeito entre doce e salgado, maciez e crocância. E só aquele bocadinho grande demais que faz não compensar deixar de lado a última mordida.

Os três se acomodam no refúgio de leitura, a distâncias seguras: Kelly na poltrona, Loveday na ponta mais distante do sofá e Nathan no chão, a cabeça apoiada nos joelhos de Loveday.

Agora que tantos prazeres pequenos e corriqueiros desapareceram — um filme no cinema, um corte de cabelo, um passeio de carro até a praia em uma tarde de domingo, batatas fritas à beira-mar e escolher um seixo na areia para levar para casa —, os rolinhos de canela haviam assumido uma importância que nunca teriam tido antes.

Loveday, temendo ficar de barriga cheia antes de chegar à parte mais gostosa — o meio, que tem mais canela —, vai mordendo direto de um lado ao outro. Nathan come tão depressa que é difícil não achar que esteja simplesmente engolindo o doce inteiro. Já Kelly tem uma técnica: ela vai descolando as camadas e comendo a fita de massa que se desenrola lentamente. Mas, hoje, ela tirou um pedaço e está segurando-o entre os dedos, olhando-o como se fosse um botão que encontrou no chão.

— Kelly, você está bem? — pergunta Nathan.

Kelly olha para ele com uma expressão hesitante.

— Só tentando não engordar — responde ela, dando de ombros.

— Todo mundo está engordando — diz Nathan. — Se essa for a única coisa que acontecer com a gente numa pandemia, para mim está ótimo.

Se Loveday tivesse dito isso, teria soado como uma grosseria ou uma alfinetada, mas Kelly dá uma risadinha e responde:

— Boa observação.

Ainda assim, ela não come.

Loveday respira fundo.

— Precisamos conversar sobre a situação da livraria — diz ela.

Kelly baixa seu doce.

— Ando preocupada com meu emprego — fala ela, como se isso fosse uma resposta, o que, lógico, é mesmo.

— Eu deveria ter falado com você sobre isso antes. É que... é tanta coisa. — Ela pensa em como Nathan diz que informações nunca são demais. Loveday, óbvio, não concorda, exceto no que se refere a velhas enciclopédias, para as quais ela faria uma outra livraria, se pudesse. Mas entende que compartilhar pode ajudar quando se trata de coisas que impactam diretamente a vida de alguém. — Acho que eu estava esperando que a situação melhorasse.

No começo, parecia que talvez fosse haver uma pausa na normalidade por um mês ou pouco mais, e depois um *boom* de pessoas comprando livros quando pudessem abrir as portas. Ela, Nathan e Kelly haviam concordado quanto à inevitabilidade disso. Tinham limpado, reorganizado e feito um inventário do estoque para se preparar. Mas logo ficou evidente que vender dois ou três livros por dia poderia ser sua nova realidade no mundo pandêmico em que estavam vivendo. Kelly enviou um comunicado aos jornais locais avisando que as portas da livraria estavam fechadas mas que os livreiros estavam preparados para enviar encomendas pelo correio ou entregar em casa. Porém, isso não fez muita diferença.

— Você vai ter que me demitir?

— Não! — O estômago de Loveday se revira diante da ideia, mas também da consciência de que esse dia poderia chegar. Com mais calma, ela acrescenta: — Quero conversar sobre como vamos lidar com a situação da loja. Você sabe. — Ela se pega gesticulando, como se quisesse capturar alguma inspiração no ar. — Ideias.

— Eu estava pensando — diz Nathan — em um concurso de poesia. Patrocinado pela livraria. Com um tema definido, ou só, tipo... como você está se sentindo.

Loveday sorri. Ela não liga muito para poesia agora. Houve um tempo em que escrever poesia era a sua salvação, e dizer as piores coisas sobre sua vida, em voz alta, nas noites de poesia que Nathan organizava, foi o momento em que ela finalmente conseguiu fazer as pazes com seu passado. Agora, ela ama ler ou escutar poesia, mas já disse tudo o que precisava dizer. Nathan, por outro lado, consegue enfiar poesia em qualquer coisa.

— On-line?

Nathan faz uma careta.

— Acho que as pessoas estão começando a enjoar de tudo on-line, não é? Quer dizer, é ótimo, mas dá para ver pela cara das pessoas, quando a gente se conecta nas plataformas, que elas estão cansadas de olhar para uma tela, até mesmo para fazer coisas legais. E tanta gente fica com a câmera desligada que não dá nem para saber se estão mesmo ouvindo. Elas poderiam enviar seus poemas por e-mail ou pelo correio.

Kelly suspira e joga seu café pela metade no lixo. Loveday sabe que Nathan vai pegar o copo, lavá-lo e reciclá-lo.

— Como isso traria dinheiro?

Nathan ri.

— Boa observação.

Parece que ele está prestes a sugerir outra ideia, mas apenas abre o saquinho em que veio seu rolinho de canela e passa o dedo por dentro, coletando o açúcar caramelizado e levando à boca. Ele e sua irmã, Vanessa, que passou a morar com eles durante o lockdown, dedicavam-se a entreter as pessoas nas ruas da vizinhança, ensinando malabarismo nas calçadas e gritando piadas usando megafones que haviam encontrado no depósito e pintado de amarelo-vivo. Vanessa é cabeleireira e trabalha em filmagens de cinema, então tem muito pouco para fazer até que o setor reaqueça. Loveday imagina que, na posição de Vanessa, ela teria medo de perder seu sustento; mas Vanessa se adaptou a esperar as coisas mudarem. Ela e Nathan parecem incapazes de sentir ansiedade, sempre encontrando alegria em si mesmos e animando as pessoas com tanta facilidade — algo que Loveday precisa se esforçar para não sentir inveja. Os dois compartilham uma vivacidade de espírito, uma capacidade de encontrar o bem em tudo... um talento que Loveday sabe que nunca terá. Mas estar perto deles é um pouco contagioso. (Vanessa se ofereceu para cortar o cabelo dela, mas Loveday sente que, de alguma forma, isso seria trapaça, já que os cabeleireiros estão fechados. Então ela corta o próprio cabelo como sempre fez, amarrando-o em um rabo de cavalo e cortando os dois últimos centímetros com a tesoura da cozinha.)

— Não podemos fechar — diz Loveday, de um jeito que faz tanto Kelly quanto Nathan a encararem, e Nathan pousa a mão no joelho dela e o aperta. — O Archie me deixou esta loja. Não posso fracassar.

— Nós não podemos fracassar — diz Kelly. — Eu poderia ter uma redução de salário.

— Não poderia, não. — Loveday balança a cabeça, descartando a possibilidade imediatamente, e uma olhada em Kelly lhe diz que ela está ao mesmo tempo aliviada e amedrontada. — A loja não pode ficar sem você, mas também não vou deixar você trabalhar de graça.

— Tem certeza?

— Tenho — responde Loveday. Então acrescenta: — Tanto quanto posso ter.

Porque, se precisar fechar a loja, não haverá emprego para Kelly. Mas não pode dizer isso, ainda não. Em parte, pela paz de espírito de Kelly. Mas principalmente por si mesma.

Nathan aperta o joelho dela outra vez.

— Nem o Archie poderia prever uma pandemia — diz ele. — Embora ele provavelmente acabasse conhecendo as pessoas que descobrirão a vacina, quando isso acontecer.

Loveday sorri. Não tanto pela ideia de uma vacina — não adianta ter esperança antes da hora —, mas pela lembrança de Archie. Ele era o livreiro mais bem-relacionado do país, ou ao menos o que contava as melhores histórias. Para Loveday, isso não importa. Ela simplesmente sente falta dele.

— O Archie teria encontrado uma forma de ganhar dinheiro.

Nathan estende a mão para Loveday e tira uma moeda de chocolate de trás da orelha dela, o que a faz rir. Depois, ele joga outra moeda para Kelly.

— Desculpa por não poder chegar perto o suficiente para fazer a mágica — diz ele.

— Eu aceito mesmo assim — responde Kelly.

— O Archie teria investido dinheiro na loja — diz Nathan, em um tom gentil. — Isso não é a mesma coisa que ganhar.

— É, tem razão.

Archie era mesmo rico, ou pelo menos sempre tinha dinheiro no banco. Loveday, agora que é dona da casa dele, é rica em bens. Mas estava acostumada a contar com seu salário, quando tinha um. Afinal, ela e Nathan vivem como qualquer outro casal, controlando as finanças e conversando sobre o que farão quando tiverem algum dinheiro sobrando. Eles moram em uma casa grande e bonita, mas que vem com contas equivalentemente grandes.

— Estive pensando no que poderíamos fazer — diz Kelly — e conversando sobre isso com o Craig. Além de um site melhor, não conseguimos pensar em muita coisa. Talvez redes sociais. — Ela faz uma careta para mostrar que sabe que é uma ideia que não vai entusiasmar muito a chefe.

Loveday assente.

— Você está certa. Mas não é bem a nossa cara, né? Nem sei por onde começar para entrar no mundo da internet.

A Lost For Words sempre foi uma livraria de passe-por-aqui, ligue-para-nós. O site tem apenas primeiras edições, livros raros e coisas que colecionadores podem estar procurando — Loveday o criou há muito tempo e sabe quanto trabalho esteve envolvido. Catalogar e listar no site tudo o que têm na loja seria impraticável, se não impossível.

— Acho que podemos apenas continuar sendo legais com os clientes que temos e torcer para isso acabar logo — declara Kelly.

Nathan pega o copinho de Loveday e recolhe o de Kelly do lixo.

— Eu podia dar uma olhada nos fundos da loja. Talvez dê para fazer alguma coisa lá.

O quintal negligenciado é a menor das preocupações de Loveday. Quando a livraria foi reconstruída depois do incêndio, a sala deteriorada dos funcionários nos fundos se tornou menor e mais organizada, a saída de emergência acessível e sempre desimpedida, e a área externa não mais uma confusão de paredes erguidas a esmo, caixotes abandonados e prateleiras quebradas. Então, ela acredita que esteja melhor do que antes. E não tem mais energia para isso.

Kelly se levanta, suspira e se alonga. Loveday sabe que devia dizer mais alguma coisa, algo tranquilizador, mas tudo o que consegue é:

— Obrigada, Kelly.

— Vou cuidar das coisas — diz a gerente.

Loveday quase pergunta que coisas, mas lembra que nunca pergunta isso em um cenário não pandêmico, então é melhor continuar deixando a funcionária à vontade.

— No que está pensando? Sobre o quintal? — indaga Loveday a Nathan.

Ele dá de ombros.

— Se eu o arrumar, dará para sentar lá fora para almoçar.

Ar fresco e sol são frequentes temas de conversas em casa. Nathan e Vanessa foram criados para serem verdadeiros entusiastas da vida ao ar livre, sempre prontos para um passeio de bicicleta ou um piquenique. A mãe de Loveday, Sarah-Jane, tem suas próprias razões para gostar de estar em espaços abertos e estava fazendo do jardim em casa o seu projeto de lockdown, antes que as sequelas da Covid-19 tornassem demais qualquer esforço. Já Loveday não é tão fã assim de estar ao ar livre só por estar. Ela gosta de andar de bicicleta para chegar a algum lugar, e sente prazer em um dia de caminhada por um local que gosta ou para um lugar que tenha um objetivo — que pode ser a história do lugar, a vista ou alguma conexão com um livro. Quando tudo isso terminar, Nathan lhe prometeu que irão a Stoneleigh, a inspiração de Jane Austen para Sotherton em *Mansfield Park*, e farão alguma travessura por lá. Os dois têm a mesma frase do livro tatuada ao redor do pulso esquerdo: "Cada momento tem seus prazeres e sua esperança". A tatuagem de Nathan é na caligrafia de Loveday, e a de Loveday na de Nathan.

E quando a frivolidade voltar a ser permitida, e sua mãe estiver melhor, Loveday mal pode esperar para visitarem Whitby juntas. Ah, o mar que elas amam!

Fora isso, ela não faz muita questão de estar ao ar livre. Porém, se limpar a área lá fora for deixar Nathan feliz, Loveday está totalmente de acordo.

No começo, a pandemia parecera distante, como se estivesse acontecendo em um livro que Loveday estava lendo: assustadora quando se prestava atenção nela, mas fácil de deixar de lado e esquecer por um tempo.

Então, tudo se tornou real: primeiro, a mãe de Loveday pegou Covid-19, depois o pai de Kelly foi orientado a se isolar por causa de seu enfisema. Os problemas financeiros da livraria foram amplificados pela falta de pessoas que passavam pela frente da loja e decidiam entrar e dos clientes de sempre que vinham bater papo. Isso é insignificante comparado às próprias perdas deles, e a todas as outras mortes, o luto quase palpável no ar às cinco horas da tarde, quando os números mais recentes eram divulgados. Mas os dias em que uma loja sem clientes era um prazer pertencem a um mundo que não existe mais.

Nathan sempre diz que não adianta se preocupar com o que não se pode controlar, e é lógico que ele está certo. Mas Loveday pensa com frequência nas mulheres cujos nomes não sabe, que costumavam ficar no refúgio de leitura. Não sabe onde elas estão agora, ou o que estão enfrentando. Angustiada, ela olha para as palavras de Jane Austen tatuadas em seu pulso e espera que elas estejam em segurança. Apesar de esperança não parecer suficiente, ela não sabe o que mais pode fazer.

♦ 7 ♦

Kelly

Na manhã seguinte, Kelly chega cedo. Ela e Craig ficaram acordados até tarde, conversando pelo WhatsApp, mas, em vez de deixá-la cansada, isso a fez se sentir alegre, animada e viva.

Ele havia perguntado sobre sua pesquisa e ela tentou mudar de assunto. Mas, quando ela disse "É muito chato, você não vai querer ouvir sobre isso", Craig riu e garantiu que ela nunca seria chata e, de qualquer maneira, ele já tinha visto praticamente tudo que havia na Netflix, então agora ela era sua melhor forma de entretenimento. "Eu já perguntei sobre isso antes", falou ele, "e você sempre tenta me convencer de que eu não vou me interessar. A esta altura, já devia saber que eu me interesso por absolutamente tudo sobre você". Às vezes, quando fala desse jeito, parece que ele vai chorar, e Kelly sente um nó na garganta de tanta felicidade por ter alguém que a enxergue como ela é. Até então, ela nunca tinha conseguido ser ela mesma com um homem, e mesmo seus namorados inteligentes da universidade sentiam a necessidade de ser mais inteligentes do que ela. Mas Craig não é assim. Ele só… Ele a ama. Simples assim.

Então, ela começou a explicar. E, antes que se desse conta, passava de uma da manhã, três horas mais tarde do que ela costuma ir dormir, porque detesta a sensação de estar sozinha à noite. Mas não se importou com a hora tardia quando se aconchegou sob as cobertas, a voz de Craig ainda em seus ouvidos. Dormiu profundamente e acordou antes do alarme, com uma mensagem.

Craig: *Não sei quanto tempo mais vou aguentar sem ver você.*

E respondeu.

Kelly: *Eu também não.*

Animada, ela entra pela porta da Lost For Words. É a primeira a chegar, já que Nathan e Loveday tiraram a manhã de folga. Nathan organiza semanalmente uma noite de poesia com microfone aberto, que passou a ser on-line por conta da pandemia. E ele lhe contou que, em nome dos velhos tempos, a manhã seguinte é de café na cama com Loveday — algo que Kelly acha um pouco pessoal demais para comentar, mas quem pode dizer qualquer coisa em um lockdown?

Há uma carta sobre o capacho, em um envelope azul. Está endereçada à livraria, não a Loveday, ou mesmo a Archie, que ainda recebe regularmente postais e pacotes do mundo todo. Então Kelly o abre e lê:

Caríssimos Lost For Words,

Tempos atrás, éramos seus clientes regulares. Quando fizemos setenta anos, paramos de comprar livros, doamos os que tínhamos e começamos a usar mais a biblioteca. Agora, estamos tentando permanecer em casa, e a biblioteca daqui está fechada.

Estou enviando um cheque de cem libras para que vocês nos mandem alguns livros. Pensei que talvez vocês pudessem enviar um a cada dez dias, ou algo assim. Seria possível? Gostamos de ler em voz alta, e nossos olhos estão envelhecendo, então, se tiverem livros com letras grandes ou de capa dura, seria maravilhoso.

Imagino que eu deveria lhes mandar uma lista de livros que gostaríamos de ler, mas é difícil saber. Tenho apenas um pedido: Persuasão, *de Jane Austen, meu livro favorito.*

Por favor, enviem-nos livros que vamos achar maravilhosos. (Esse pedido é injusto? Sim, talvez seja.) Nós amamos a natureza, coisas que nos façam rir e romances à moda antiga. Apreciamos boa comida, ar fresco e o cheiro do mar. Fomos professores a vida inteira e não temos filhos. Fazemos palavras cruzadas à noite e nosso jardim é a nossa maior alegria.

Não sei por quanto tempo o dinheiro será suficiente, mas espero que nos mantenha abastecidos de livros por algumas semanas. Avisem-nos, por favor, quando estiver acabando.
Atenciosamente,
Rosemary Athey

Anexo: Cheque

✦ 8 ✦

Conhecemos o poder de um livro. E não nos esqueçamos do poder de uma carta. Afinal, ela faz a mesma coisa que nossos amados livros, só que de um jeito diferente. Nela, pegamos sentimentos, conhecimentos, pedidos e esperanças, e os transferimos para o papel. E, então, esse papel guarda todas essas coisas e as desdobra diante de outra pessoa. Não à toa pessoas que amam livros também amam cartas.

Vejam só a Kelly, parada à porta de sua amada livraria.

Tudo o que ela tem em mãos é uma folha azul-clara de papel de carta, mas, a partir dela, está conjurando um mundo. Ela vê uma mulher que se parece com sua própria avó e sente cheiro de biscoitos, ou talvez de pão fresco. Kelly está imaginando um jardim transbordando de flores, um cesto de madeira sobre um degrau. Ela vê uma fonte para passarinhos, framboesas crescendo em hastes e um galpão com um carrinho de mão do lado de fora. Em sua imaginação, um homem ao longe está assobiando enquanto cava a terra.

Tudo isso a partir de uma carta.

E muito mais.

Kelly imagina encaixotar sua biblioteca e levá-la para uma escola. Vê como crianças iguais a ela, as crianças estudiosas, ficarão empolgadas, e as crianças que consideram a leitura um castigo e o aprendizado uma tarefa penosa usarão a biblioteca para flertar, brincar e provocar as crianças estudiosas — ah, poderia ser pior.

E, sem perceber que está fazendo isso, Kelly aperta a carta contra o corpo e fecha os olhos. Ela vai encontrar um exemplar de *Persuasão* com as maiores e mais nítidas letras e empacotá-lo para levar ao correio à tarde. E então vai telefonar para seu pai, embora não seja um dos seus dias costumeiros de conversa.

… 9 …

Jenny

Jenny já repassou a história de seu casamento várias vezes na cabeça, perguntando-se quando deveria ter percebido quem David era. Ou talvez — e levará um longo tempo até ela enxergar as coisas de um jeito diferente — o que ela fez que levou David a se tornar aquele homem.

Como todos os relacionamentos, o deles começou bem. David era gerente da imobiliária que cuidou da compra do apartamento de Jenny. Eles sempre conversavam quando ela aparecia lá, e ele ligou para saber se estava tudo bem uma semana depois de ela ter recebido as chaves. Começara como uma conversa formal, mas Jenny — não exatamente solitária, porém desacostumada a estar sozinha após anos em alojamentos estudantis e, depois, apartamentos compartilhados — foi ficando à vontade para falar sobre sua vida pessoal. Contou a ele sobre seu trabalho como professora do ensino fundamental e seus planos para o apartamento. Quando, ao final do telefonema, David disse "Gostei mesmo de conversar com você e queria saber se você aceita se encontrar comigo algum dia para tomar um café", ele soou inseguro, vulnerável, e ela se lembrou de como sempre sorriam um para o outro na imobiliária, então respondeu que gostaria.

Mas talvez ele não fosse então o que se tornou depois. Parecia tudo natural.

E David, o David fora do trabalho com quem ela se encontrou para um café naquele fim de semana, era uma versão mais descontraída do seu eu profissional. Era atencioso, divertido, educado e gentil. Ele passou mais tempo ouvindo do que falando e não se esqueceu de nada do que ela lhe contou. Sempre que se encontravam, depois daquele primeiro café, ele começava com algum assunto da conversa anterior (como tinha sido a reunião de pais na escola? Ela descobriu o que era aquele barulho estranho na cozinha?). Assim, seus cafés de fins de semana eram quase como uma longa conversa.

Então ele perguntou se ela queria sair para jantar, "como um encontro de verdade", e ela aceitou com certo alívio, porque estava começando a se perguntar se o que eles estavam fazendo era apenas coisa de amigos e ela havia interpretado mal as intenções dele, quando a convidou para sair pela primeira vez. No fim daquela noite chuvosa — em um pub aconchegante, com sidra, torta de frango e pudim de caramelo com duas colheres —, ele chamou um Uber para ela, e Jenny ficou um pouco chateada por ele não ter querido acompanhá-la até em casa. No dia seguinte, ele lhe mandou flores. Eram como uma labareda de esperança e cor na sala de estar sem graça que ela não tinha condições de decorar.

Porém, agora, ela se pergunta se não foi estranho ele usar seu endereço sem consultá-la antes. Lógico que ele sabia onde ela morava, então teria sido ridículo fingir o contrário. Mas será que ele sabia os endereços e códigos postais de todas as propriedades em York que havia ajudado a vender?

Ela não tinha ideia, na época, de como essas coisas funcionavam. Achava que homens controladores e violentos apareciam para mulheres que, de alguma forma, estivessem vulneráveis. Não que fosse culpa das mulheres. Mas Jenny achava que tinha que haver alguma coisa nelas. Talvez fossem pobres — não no sentido de estar nos primeiros meses de um financiamento imobiliário como ela, mas realmente pobres, ao ponto de não terem o que comer. Ou talvez tivessem tido seus corações partidos recentemente, e era como se sua tristeza e solidão emitissem um sinal que atraísse homens que gostavam de mulheres vulneráveis. Ou talvez houvesse em seu passado um pai violento, ou um padrasto abusivo, ou uma mãe que pensava que a mulher só tinha valor se fosse amada por um homem, não importando muito qual homem fosse ou o que ele fizesse depois que você o tivesse conquistado.

Jenny não era nada disso. Era professora. Autossuficiente. Seus pais, vivos, saudáveis e devotados um ao outro, sempre haviam deixado evidente que ela era amada e especial, que poderia sempre contar com eles.

No passado, eles a resgataram uma ou duas vezes dos habituais apuros adolescentes de estar bêbada e sem dinheiro e precisando de uma carona para casa às três da madrugada, de algumas dívidas de cartão de crédito no primeiro ano da faculdade, e ofereceram um lugar para ficar quando ela terminou com o namorado na universidade e sua vida desmoronou. Além disso, ela se dava bem com a irmã mais velha. Não era, achava, vulnerável.

Então, quando começou a desconfiar que estava em apuros — do tipo assustador, não do tipo não-consigo-parar-de-pensar-em-você — com David?

Foi quando ela escorregou, no terceiro ou quarto encontro, e desfiou a meia-calça, e, logo após se assegurar de que ela não tinha se machucado, ele a levou à loja mais próxima para que ela comprasse uma nova? Na hora, pareceu cavalheiresco, mas depois, sempre que se encontravam, ele perguntava brincando se ela tinha trazido uma meia-calça extra por precaução e, antes que percebesse, ela realmente começou a fazer isso.

Foi quando ele a levou para um jantar de comemoração de seis meses de namoro em um restaurante que ela jamais poderia pagar com seu salário e insistiu que eles pedissem o menu degustação com o vinho que o acompanhava, mesmo ela tendo dito que não gostava de alguns dos pratos e que preferia não beber muito porque isso a deixava mal no dia seguinte?

Foi quando ela viajou com a mãe em um cruzeiro — algo que seu pai pagou porque sabia como a mãe dela queria, mas ele mesmo não podia ir porque não conseguia olhar para água em movimento sem sentir enjoo? Jenny se lembra de ter ficado ansiosa de contar para David, e agradavelmente surpresa quando ele não fez objeções, embora ela não soubesse ao certo por que achou que ele fosse criar caso. Em vez disso, ele as levou ao aeroporto, onde elas pegaram o voo para Southampton, e, quando voltaram, Jenny descobriu que ele havia mandado pintar o apartamento dela. Ficou tudo muito bonito, e ela nunca poderia pagar alguém para fazer esse serviço. Sim, ela definitivamente se sentira desconfortável naquela época. Mas racionalizou. Tinha dito a ele que pretendia pintar o apartamento por conta própria e que queria uma cor mais clara. Porém, pareceu-lhe indelicado dizer que não teria escolhido os tons pêssego e creme, e não demorou para se acostumar com o resultado.

Pouco depois disso, ela reparou que ele se referia aos homens da imobiliária onde trabalhava pelo nome, mas tinha apelidos para as mulheres: a dona de casa, a bunduda, o pesadelo. Ou teria sido mais tarde que ela percebeu que ele fazia isso? Deve ter sido. Ela teria terminado de imediato se tivesse sido quando eles se conheceram. Não teria?

Foi quando seu pai morreu? David foi ao funeral, abraçou sua mãe e sua irmã, disse todas as coisas esperadas e manteve a mão nas costas de Jenny o tempo todo. Mas depois, sempre que Jenny falava que precisava ir ver a mãe para ajudar a organizar as coisas do pai, ou apenas para estar com ela, David dizia "Isso vai ser demais para você", ou "Ela tem que aprender a se virar", ou "Sua irmã pode fazer isso, ela mora mais perto".

Sim, foi aí.

Foi então que ela teve certeza de que David não era uma boa ideia. Ouvia o espanto na voz da mãe do outro lado da linha, e tentava explicar sua ausência em mensagens de texto para a irmã, mas sabia que não havia explicação plausível.

Só que, por algum motivo, quando estava com David, ela não conseguia ver por que não queria estar. Àquela altura, com quase dois anos de relacionamento, ficavam juntos quase o tempo todo, o que fazia sentido para eles. A casa dele era maior e mais perto do trabalho dela, e tinha um jardim ensolarado, perfeito para ler à noite, embora ele preferisse que conversassem ou assistissem à TV juntos em vez de deixá-la ler. "É como se você estivesse se isolando de mim", dizia ele.

E então ela ficou grávida e muito, muito enjoada. Ficou tão enjoada que tirou uma licença do trabalho e mal deixava o quarto, passando três meses sem sair de casa. Mas ele não a prendeu lá, simplesmente não havia condições físicas de ela chegar além do portão. Ela apenas dormia e vomitava, e ele cuidava dela. E cuidava tão bem! Ele a convencia a tomar sopa — às vezes nem isso, pois não conseguia ingerir nada além de água —, massageava suas mãos e pés, dizia que ela estava indo bem, que a criança que crescia dentro dela seria forte e saudável, e que o mérito disso era dela. Graças a ele, aquele período se tornou suportável para ela.

Quando o ultrassom mostrou que a criança era um menino, David disse: "Muito bem."

E, quando ela melhorou — quando estava com cinco meses de gestação e seis quilos mais magra do que antes —, vieram as férias de verão. Então eles foram visitar a mãe dela e David foi encantador como sempre, e a mãe de Jenny lhes mostrou o cobertor que estava tricotando, o mesmo padrão que havia tricotado quando estava grávida de Jenny e de sua irmã, e dos gêmeos que nasceram cedo demais e só viveram um dia. Na hora, David o esfregou entre os dedos e disse "Que pontos perfeitos!", mas Jenny soube, pelo jeito como o sorriso dele parecia meio forçado, que ele nunca permitiria que o cobertor chegasse perto do bebê. Ele não iria querer nada feito em casa, nada da família dela, ou nada que ele não tivesse escolhido ou sobre o que não tivesse sido consultado. Ela decidira, então, que iria deixá-lo. Mas não fez isso.

Quer dizer, isso não é exatamente a verdade. Ela tentou. Não no dia seguinte, mas no outro, ela falou para David: "Acho que isso não está funcionando." Ela estava preparada para a fúria, embora ele raramente perdesse a calma. Então, quando ele disse "Que tal eu fazer um chá e nós conversarmos?", ela concordou, em vez de arrumar a mala e pegar um táxi para a casa da mãe, como mais tarde — e tantas vezes — desejou ter feito.

David trouxe chá de hortelã para ambos. Ele havia sugerido que deixassem de lado a cafeína pelo bem do bebê e, como ele também estava fazendo isso, Jenny não fez objeção — embora a única coisa que realmente quisesse fosse um chá preto quente e forte, com muito açúcar. Então, ele se sentou em uma ponta do sofá, colocou as pernas de Jenny sobre seus joelhos e as cobriu com uma manta, embora fosse um dia quente de agosto, e disse: "Agora me conta qual é o problema."

E ela disse: "Só não sei se nós funcionamos. A gravidez nos fez ir rápido demais com as coisas. Estou um pouco assustada com a velocidade com que tudo está acontecendo. Talvez fosse melhor nós…"

"Sim", disse ele, encarando-a. Tão calmo. "Estou ouvindo."

"Talvez eu devesse voltar para a minha casa. Só por um tempo", disse ela. "E nós podemos…"

"Nós podemos fazer o que você quiser", disse ele. As mãos dele estavam tão pesadas sobre a manta, sobre os pés dela. "Mas eu não entendo. O que fiz de errado? Achei que nosso bebê fosse algo incrível, nossa sorte grande. Para mim, foi uma confirmação de que deveríamos ficar juntos."

"Sinto que estamos apressando as coisas", insistiu ela.

"Você deve estar sobrecarregada", falou ele. "Todo esse enjoo... E a preocupação com a sua mãe... Sei que você anda aflita por causa do trabalho também."

"Sim", concordou ela. Ele tinha razão. Ela andava sobrecarregada. Tudo era difícil. Exceto o homem que lhe fazia chá de hortelã, que cuidava de todos os aspectos da sua vida, que estava, mesmo agora, tentando compreender por que ela se sentia infeliz, ainda que pensar nisso o deixasse triste.

No fim, concordaram que ela se mudaria para lá de vez, e eles se casariam e venderiam o apartamento dela. Jenny pensou que talvez devesse mantê-lo, alugá-lo, mas David — que, afinal, sabia muito mais sobre isso do que ela — disse que era um ótimo momento para vender e declarou, em um tom ligeiramente magoado, que ela lhe dava a impressão de que queria manter suas opções em aberto. "Lógico que não", disse ela. "São meus hormônios. Você está totalmente certo."

Então, eles se casaram algumas semanas depois, em um daqueles dias de agosto que fazem tudo tremular diante de sua visão e parecer excessivo. David cuidou de tudo, e decidiu até mesmo o que ela usaria: um vestido claro de seda, que ela mesma não teria escolhido — era de um tom estranho de amarelo que não lhe caía bem. Porém, ela admitia que era bonito e caro e, até onde podia julgar, considerando o formato de seu corpo durante a gravidez, ficara razoavelmente bem. David, por sua vez, usou um terno de trabalho. E eles pediram a duas pessoas que passavam na rua que fossem testemunhas. Segundo ele, isso era muito romântico, e Jenny concordou. Porém, sua mãe e sua irmã só tiveram a discordar. Quando viu as mensagens delas, desapontadas e repreensivas, David balançou a cabeça. "Elas não entendem que não teria sido bom para você ter um casamento extravagante", disse ele. "Especialmente do jeito que essa gravidez tem sido difícil."

Ele tinha razão. Jenny estava mais cansada do que pensava ser possível. O enjoo diminuiu, mas nunca passou de vez. Ela tomava suplementos de ferro, dormia e via sua barriga e seios crescerem e seu queixo, joelhos e pulsos afinarem. Atencioso, David massageava suas costas, lavava seus pés e dizia: "Não faz sentido você voltar a trabalhar." Então ela pediu demissão. E sentiu como se o restante da gravidez tivesse passado em um piscar de olhos.

No hospital, cheio de orgulho, David declarou que seu filho chorão tinha cara de Milo. Jenny, que estava sendo suturada naquele momento, sentia-se cansada demais para lembrá-lo de que haviam concordado que o nome do filho seria Joseph, e que o chamariam de Joe, em homenagem ao pai dela. Na ocasião, uma das enfermeiras perguntou se estava tudo bem em casa e ela disse que sim. Mas mesmo na hora não sabia por que tinha dito aquilo — só tinha certeza de que dizer "não" apenas teria piorado as coisas.

E, depois que Milo chegou, dúvidas, preocupações e pensamentos sobre ir embora tornaram-se irrelevantes na doce trabalheira das primeiras semanas com um recém-nascido. Era novembro e os dias pareciam curtos demais para encaixar tudo o que precisava ser feito. Após uma semana, David voltou ao trabalho. Ele não gostava da realidade de ter um bebê, por mais orgulhoso que estivesse de ser pai. Amava Milo quando ele estava limpo e satisfeito, e amava Jenny quando ela era, nas palavras dele, "a mesma de antes".

A violência física não começou até Milo nascer. Mas, lógico, Jenny não havia recusado nada a David até então. A primeira vez que ele a tomou à força foi três semanas após o nascimento, e ela atribuiu isso ao fato de estar cansada demais, com hormônios demais, para deixar evidente para ele que estava com dor. Chorou do começo ao fim, mas chorava quase o tempo todo mesmo, por causa dos hormônios, da falta de sono e da ardência nos seios sempre que Milo mamava.

Na segunda vez, Jenny acordou, encharcada de leite, e já o encontrou em cima dela.

Depois disso, ela tentou se antecipar, até seduzir. Parecia mais fácil. Milo captava seus humores e, se ela estivesse com medo ou com dor, ele ficava agitado e difícil de agradar. E, se Milo choramingasse, David reclamava — não diretamente, mas perguntando se ela precisava de mais ajuda, ou mencionando as mulheres com bebês mais novos que Milo, que estavam se mudando ou voltando ao trabalho na imobiliária ("as vacas leiteiras").

Milo tinha um ano na primeira vez que David bateu nela. Na parte de trás das suas pernas, enquanto ela se abaixava para pegar algo no chão. A princípio, ela se perguntou se aquele seria o seu novo jogo sexual — ele tinha ficado cada vez mais propenso a morder, dar tapas e prendê-la nos últimos tempos. Mas não. Ele bateu nela e se afastou.

David ficava com a única chave do carro. Ele monitorava o telefone de Jenny — nessa altura, tinha parado de fingir que era uma gentileza, para proteger o sono dela ou ajudá-la a relaxar. Ela ainda poderia ter ligado para a irmã, com quem David não se preocupava, mas, naquela época, quando sua família tinha visto o bebê apenas uma vez — em uma visita tensa, que tinha durado apenas uma hora, depois do Natal —, as relações não eram exatamente cordiais. (Mais tarde, quando a medida protetiva entrasse em vigor e Jenny e Milo se mudassem para a casa da irmã de Jenny, ela diria: "Lógico que você devia ter me ligado, eu só estava esperando o seu chamado para aparecer. Nunca me arrisquei a enviar uma mensagem porque já tinha entendido que ele poderia machucar você se eu fizesse isso.")

Então Jenny foi ficando. E ficando. Depois das primeiras vezes, David não escolhia mais onde a agredia: ou confiava nela para esconder os hematomas, ou não se importava que fossem vistos. Ele nunca pedia desculpas após as agressões, mas era gentil com ela: no dia seguinte, enviava mensagens do trabalho dizendo "Vou levar o jantar para nós" ou "Vou cuidar do Milo na hora de dormir para você poder tomar um banho", como se estivesse cuidando dela durante uma gripe. Ele não era de quebrar coisas, embora uma vez tenha pisado no pé dela com tanta força que ela ouviu um dedo se quebrando. Ele a levou ao hospital e, no caminho, lembrou-a de como a frigideira que tinham era pesada, e ela entendeu a deixa. Nessa altura, estava com medo demais para fazer qualquer coisa.

Conforme Milo crescia, eles começaram a frequentar grupos de socialização infantil, embora Jenny sempre se mantivesse distante. Ela não queria ter que responder perguntas sobre sua vida, ou ouvir de outras mulheres histórias sobre seus parceiros gentis, ou empregos onde eram valorizadas, ou — ah, que bênção — que eram solteiras. Um dia, ao fazer um trajeto mais longo pela cidade na volta para casa, para que Milo pudesse caminhar pelas ruas, eles passaram por uma loja de livros usados. Na vez seguinte, eles entraram lá. Na vez depois dessa, Milo se deitou no cháo e declarou que estava "cansado demais", então a mulher que estava organizando livros de culinária sugeriu que Milo tirasse um cochilo no refúgio de leitura no andar de cima. Lá, Jenny se sentou em uma grande poltrona estofada e seu menino se aninhou em seus braços. Uma mulher sentada em um sofá, crochetando um cobertor listrado, cumprimentou-a e se apresentou como Sarah-Jane. Ela foi buscar uma xícara de chá e a entregou a Jenny depois que esfriou um pouco. Então Milo dormiu e as mulheres conversaram. E, embora não tivessem falado nada mais significativo do que o clima, livros e a rapidez com que bebês crescem, Jenny se sentiu calma — realmente calma — pela primeira vez em semanas. Meses, talvez.

Na vez seguinte que estiveram na livraria, Sarah-Jane disse, quando Jenny estava de saída: "Não vou te dar um folheto para não correr o risco de te colocar em perigo, mas existem lugares seguros. Venha aqui e poderemos ajudá-la."

No dia antes do anúncio do lockdown, David passou a tarde de mau humor, transportando as coisas de que precisaria para trabalhar em casa, trazendo-as do escritório principal em York para o quarto de hóspedes. À noite, durante o sexo, ele tentou estrangular Jenny de uma maneira que sugeriu que realmente queria fazer isso. Em geral, quando ele fazia algo assim na cama, mantinha os olhos abertos, o olhar fixo no rosto dela para detectar sinais de prazer (neste caso, ele parava) ou de dor (neste, ele continuava). Mas, naquela noite, ele havia fechado os olhos, como se concentrasse seus esforços, e Jenny sentiu um estalo no pescoço. Teve uma visão de si mesma, paralisada por causa de um pescoço quebrado e eternamente presa àquele lugar. Aterrorizada por si mesma e por Milo, pela primeira vez ela resistiu e se debateu, em vez de apenas esperar que acabasse. Ainda estava lutando para respirar quando David bateu em seu rosto com alguma coisa. Ela não viu o que, mas era frio e duro, e sentiu o sangue quente na bochecha.

Passou a noite encolhida no sofá, sem dormir, com uma compressa fria pressionada contra o rosto, tentando não chorar, com medo do ardor do sal no corte e da fúria de David, que não gostava de ter seu descanso perturbado pela esposa ou pelo filho. Sua língua cutucava um dente mole e danificado. O pescoço latejava. A região da bochecha e do olho doía, mas nada parecia quebrado. Então ficou deitada no escuro e tentou desemaranhar suas lembranças, encontrar o ponto onde deixara de ser uma professora feliz e confiante que havia acabado de comprar seu próprio apartamento e se tornara uma mulher assustada e sem amigos, com o rosto machucado. Mas, ao invés de retroceder, sua mente insistia em avançar, para o que poderia acontecer com ela. E com Milo.

Na manhã seguinte, David saiu para seu último dia no escritório. Assim que ele saiu, Jenny juntou algumas roupas de Milo e seu coelhinho favorito. Não muita coisa. Se David a visse do carro, precisava parecer que ela estava indo a alguma loja.

E ela foi até a Lost For Words e pediu para falar com Sarah-Jane.

✦ 10 ✦

Kelly

Kelly não consegue parar de pensar na carta de Rosemary. Ela não sabe por quê. Talvez por ser uma carta. Não um telefonema ou um e-mail. Ou talvez porque, quando viu o endereço do remetente, imaginou sentir o cheiro do mar.

Ela guarda a carta em sua bolsa, aninhada no fundo, junto com as chaves, a máscara, o álcool em gel, a carteira que ela quase nunca abre, e o jogo americano de papel que guardou da última vez que viu Craig. Eles jantaram em uma pizzaria e ele rabiscou um coração no jogo americano dela enquanto conversavam sobre o vírus e como estava se espalhando e como pôde ter chegado a esse ponto de interromper a vida das pessoas. Foi a noite em que falaram sobre morar juntos. Mal sabiam eles. Quando ela foi ao banheiro, ele acrescentou as iniciais dos dois e uma flecha e, embaixo, escreveu: "Kelly é a mulher da minha vida." Ela dobrou o jogo americano com cuidado e, desde então, carrega-o consigo como um talismã.

A carta é um segundo talismã. Às vezes, Kelly abre o envelope antes de ir para o trabalho e lê as palavras de Rosemary. Isso parece incentivá-la a seguir pela margem do rio, atravessar a ponte e cruzar a cidade, tentando não se sentir cada vez menor.

Essa é uma das maneiras pelas quais Kelly acha que a pandemia está tornando-a ridícula. Também está deixando-a obcecada por Craig do jeito que ela costumava ficar obcecada por escrever notas de rodapé perfeitas.

Não sabe se está se tornando menos ou mais como pessoa. O mundo da Covid-19 a deixou burra, embotou sua mente, de modo que ela se transformou em uma das meninas da escola que ao mesmo tempo desprezava e invejava, aquelas que só pensavam em meninos? Ou será que a ajudou a ver além de sua interminável busca por metas intelectuais e a levar em consideração que ela poderia concluir um doutorado sobre mulheres negligenciadas e, ao mesmo tempo, encontrar uma conexão humana profunda com um homem que a ama? É possível que as duas coisas não sejam mutuamente excludentes, afinal? Tentar encontrar a resposta para essa pergunta faz com que sinta a cabeça doer.

De repente, Loveday desce a escada, vindo do refúgio. Seu último comunicado à imprensa, que basicamente diz "use-nos ou perca-nos", teve um pequeno efeito positivo nos negócios. Os telefonemas e e-mails que eram frequentes nos primeiros dias do lockdown recomeçaram, e as pessoas às vezes vêm bater à porta da livraria, tendo ido até lá deliberadamente, em vez de apenas passarem na frente em seu trajeto diário e pensarem que talvez um livro possa ser o que fará aquele dia diferente de todos os outros. Nem o livro em si, talvez, mas a conversa. O fato de poderem voltar para casa com algo que é o mais próximo que vão chegar de ter uma anedota para contar: "Sabe aquela loja de livros usados perto das muralhas da cidade? Passei lá hoje e...".

Mas Loveday e Kelly sabem que essa pequena onda de interesse não é suficiente.

— Acho que você tem razão sobre usar as redes sociais — diz Loveday, como se estivesse prestes a arrancar um dente.

— Quer que eu cuide disso? — oferece a gerente.

Kelly fica muito no Facebook à noite, vendo amigas aparentemente se divertindo muito com concursos familiares de fantasia on-line, ou "finalmente conseguindo arrumar tempo" para tudo, desde rejuntar os tijolos até aprender espanhol. Ela sempre acha que as redes sociais vão fazê-la se sentir melhor, mas nunca fazem. Porém, já que não consegue largar, talvez possa fazer algo útil. Sem isso, só restaria esperar Craig ligar ou se sentir derrotada pela sua tese.

E isso talvez a faça se sentir menos dispensável.

— Não vai ser um incômodo?

Loveday parece mais do que aliviada. Ela não costuma revelar muito o que sente, e Kelly sempre passa pelo menos metade de cada semana de trabalho convencida de que sua chefe não gosta dela, e a outra metade observando-a com clientes e chegando à conclusão de que Loveday, na verdade, não gosta de ninguém. Craig sugeriu que talvez ela apenas tivesse RBF, que Kelly pensou, a princípio, que pudesse ser uma doença. Porém o Google lhe disse que era "resting bitch face", ou "cara de poucos amigos", o que lhe pareceu um termo estranho para um homem de trinta e sete anos usar. Mas então, quando Nathan ou Sarah-Jane vêm à loja, algo em Loveday se acende. No fim das contas, Kelly concluiu que Loveday só é uma pessoa que não gosta muito de companhia. Não da maioria das pessoas, pelo menos.

— Lógico que não — respondeu Kelly. — Facebook, Instagram, Twitter?

— Sim, por favor. — Loveday suspira. — Não tenho ânimo para isso. Sei que não deveria reclamar...

E ela parece tão derrotada que Kelly sente sua própria seriedade e preocupação se dissiparem, e ri.

— Mas nós podemos! Só tem nós duas aqui. Vamos reclamar?

Loveday parece perplexa e, por um momento, é como se não tivesse entendido. Então ela olha para o relógio, depois de novo para Kelly e sorri, exatamente do jeito que Kelly sempre imaginou que Bobbie de *As crianças da ferrovia* sorriria: discreta, sapeca e surpreendente.

— Está bem. Cinco minutos. Você começa.

— Estou cansada de não transar — diz Kelly, antes de ter a chance de filtrar o que ia sair de sua boca.

Loveday assente com a cabeça e a expressão em seus olhos é de admiração.

— Começou com tudo! Eu sinto falta de ver o mar

— Eu também.

— Não, você não pode copiar a minha! Pense na sua própria.

— Certo. Eu queria que as minhas refeições às vezes fossem uma surpresa.

— Às vezes, eu queria que as minhas refeições fossem feijão com torrada. Quando todo mundo se reveza para cozinhar, todos se esforçam para fazer algo gostoso e isso sempre parece significar algo complicado.

Kelly concorda. Embora ela tenha comido feijão com torrada duas vezes na semana passada, porque estava cansada demais para pensar.

— Estou de saco cheio do meu maldito doutorado e acho que não vou terminar nunca. E se eu terminar, ninguém vai ler. E não tenho a menor ideia do que vou fazer depois.

Antes, Kelly achava que o seu futuro era a carreira universitária, desabrochando talentos nos estudantes e fazendo avanços na área ao decifrar anotações marginais em manuscritos que tivessem passado despercebidas por gerações de acadêmicos antes dela. Agora, tudo o que quer é ficar na cama e ler, enquanto Craig massageia seus pés e lhe diz que ela é maravilhosa.

Há uma pausa. Loveday tem a expressão ligeiramente estressada de uma mulher revistando os bolsos à procura das chaves de casa, enquanto é tomada pela certeza de que as chaves ficaram no outro casaco. Então ela diz:

— Estou fracassando e não sei o que fazer para mudar isso.

Kelly fecha os olhos.

— Todos nós sentimos que somos um fracasso.

— Sim.

Loveday está se retraindo e Kelly quer segurá-la, porque as reclamações deveriam ter servido para elas se sentirem melhor, não pior.

Há uma coisa que sempre chamará a atenção de Loveday: uma pergunta sobre livros.

Então Kelly indaga:

— Quais livros você recomendaria para alguém que estivesse... que sentisse que está perdendo o rumo?

Loveday olha para o teto, cada parte dela se concentrando. Ela fecha os olhos. Depois os abre e começa a se mover entre as estantes, puxando volumes tão depressa que dá a impressão de que é a livraria que os está empurrando para as mãos dela. Apesar da segurança que Kelly sente com Craig, não há nenhum sentimento que se compare a observar uma livraria em funcionamento.

Então, Loveday coloca quatro livros nas mãos de Kelly. *Small pleasures*, de Clare Chambers, *Vida querida*, de Alice Munro, *Ei, Deus, está aí?*

Sou eu, a Margaret, de Judy Blume, e *O coração é um caçador solitário*, de Carson McCullers.

— Veja se você se dá bem com esses — diz Loveday.

Kelly assente, de repente com vontade de chorar. Já se sente menos solitária.

— Do que você precisa? — pergunta ela para Loveday.

— Eu? — Loveday adotou sua habitual expressão reservada outra vez, mas Kelly se lembra do que ela disse. Loveday sente que está fracassando.

— Espere aqui.

Kelly se move de uma estante para outra, de viagem para ficção e então para poesia, e entrega quatro livros para Loveday. *A redoma de vidro*, de Sylvia Plath, a obra poética de Elizabeth Barrett Browning, *Livre*, de Cheryl Strayed, e *Todos os meus amigos são super-heróis*, de Andrew Kaufman.

Loveday os aceita.

— Obrigada — diz ela, e então, com certo esforço: — Acho que estou começando a esquecer o poder dos livros.

✦ 11 ✦

Uma livraria precisa ser usada. Simples assim.

O dinheiro mantém as portas abertas, mas são as pessoas, as conversas, que a mantêm viva.

Se você já comprou um livro em um lugar-onde-se-vendem-livros, um supermercado ou uma loja de lembrancinhas de um ponto turístico, sabe exatamente do que estou falando.

O livro é o mesmo, de onde quer que ele venha. Ou seja, os fundamentos do livro são os mesmos. A capa, o papel, as palavras cuidadosamente ordenadas da forma que o autor escolheu. A fonte, a revisão, a reflexão e o planejamento — esses são os mesmos para cada exemplar, onde quer que seja vendido, quer ele acabe sendo apreciado, amado e relido, ou colocado em liquidação por falta de procura, ou algo no meio-termo. É o estado de espírito e a emoção da pessoa que o está lendo que farão o livro se transformar em algo maior do que as palavras impressas nele.

Mas o livro comprado na livraria Lost For Words parece diferente. Em parte, porque ele já passou por outras mãos antes, o que suavizou suas arestas e o fez relaxar por já ter sido compreendido uma vez. E em parte porque os anos de experiência da livraria em dar o livro certo para a pessoa certa significam que você pode ter certeza de que o livro que acaba em suas mãos é mesmo para você.

✦ 12 ✦

Hozan

O escritório na casa do professor Azad não é mais o santuário silencioso que costumava ser. Antes, abrigava uma única escrivaninha, o tapete que ele trouxe da casa de seu pai jazia diante dela e, quando tentava refletir sobre alguma coisa, formular um pensamento ou pensar na melhor maneira de desafiar ou inspirar um aluno, o professor andava de um lado para o outro sobre ele, da mesma maneira que seu pai fizera antes. Embora seu pai, membro das forças armadas curdas conhecidas como Peshmerga, tivesse questões diferentes em mente. Quando Hozan Azad era criança, seu pai com frequência estava "longe", como sua mãe dizia. "Longe" significava lutando na rebelião curda. Mais tarde, quando Hozan deixou o Curdistão para estudar no exterior, seu pai e seus tios estavam escondidos em cavernas nas montanhas curdas, resistindo às tropas de Saddam Hussein que atacavam aldeias à noite. Não faziam nada tão óbvio quanto massacrar a população. Essas tropas despejavam cimento no suprimento de água e deixavam a aldeia, os animais e depois as pessoas sofrerem uma morte lenta e gradual. Os menores primeiro.

O professor veio estudar em York há mais de trinta anos. Ele e sua família voltaram ao Curdistão muitas vezes, quando podiam, e seus dois filhos passaram um tempo morando e estudando lá. Mas a Inglaterra é o lugar onde eles vivem. Quando o mundo viu a ascensão da Covid-19, toda a família do professor voltou para casa. Sua filha Vaheen e seu genro Gohdar retornaram do trabalho educativo com meninas no Afeganistão para seu minúsculo apartamento em Harrogate; na época, não ocorrera ao professor que não poderia vê-los. E seu filho Shwan e sua nora Sazan, junto com seus preciosos netos Yad e Lana, tinham vindo morar com o professor e sua esposa. É bom que pelo menos parte da família possa estar junta.

Às vezes, o pequeno Yad entra no escritório e se esparrama no chão diante da escrivaninha de Hozan para desenhar tratores, dragões e borboletas, todos alinhados como se fossem de igual tamanho e fizessem parte do mesmo mundo. Um mundo que, estranhamente, ele não parece achar nem um pouco aterrorizante. A pequena Lana é mais propensa a passar seus dias no jardim ou na cozinha, os dedos sujos de terra ou de comida, mas quando o professor desce depois de terminar seu trabalho, ela aparece em seu colo com um livro em questão de segundos. Eles estão lendo uma história chamada *Paddington*, que a nora do professor, Sazan, garante ser parte essencial da infância britânica. Um urso peruano falante de casaco e chapéu parece estranho ao professor, mas ele gosta do vocabulário. Lana não consegue pegar o jeito da palavra "geleia", e com frequência diz "geia" ou aumenta as sílabas para "geleleia". O professor sentiu como se estivesse realizando um pequeno milagre quando comprou um pote de geleia na loja da esquina e trouxe para ela. Agora, ela come a geleia todas as manhãs, e confidenciou à avó que quer ser um urso quando crescer.

Eles nunca foram além da polidez com sua vizinha, Lorraine. Ela ficava fora a maior parte do tempo, então o professor supôs que ela fosse para o trabalho, mas sua esposa Zhilwan lhe garantiu que não, que ela cuidava do neto enquanto a filha ia trabalhar. Lorraine mora sozinha e a filha e o neto também, algo com que o professor nunca vai se acostumar — esse estranho modo de separar famílias. Talvez seja por isso que tantas pessoas parecem tão tristes. E por isso que tantas outras têm vidas tão terríveis. Quando a primeira esposa do professor morreu, de forma tão inesperada e repentina, ele ficara sozinho na casa em Erbil que haviam planejado encher de filhos. Um colega francês da universidade, sem refletir se o álcool era seu modo de lidar com os problemas — ou talvez até deliberadamente —, deixou-lhe uma garrafa de uísque quando foi visitá-lo. O professor nunca havia bebido, mas abriu a tampa da garrafa e sentiu o cheiro.

E então olhou em volta, para sua casa silenciosa.

E ligou para sua mãe.

Ela enviou seu irmão, que o levou para casa.

Por um tempo, o professor viveu — ou melhor, existiu — no seio confortável e atento de sua família. Quando seu pai voltou da guerra, os dois se sentaram juntos, silenciosos e insones, à noite.

E então lhe foi oferecida a chance de estudar no exterior, e ele aceitou. Não sabia exatamente o que o havia atraído para esta cidade fria e minúscula, onde não conhecia ninguém. Mas ele veio e estudou, fez um amigo, depois outro, estudantes que eram tão sérios e quietos quanto ele.

E então veio o Eid, e ele foi convidado para a casa de um amigo dele, Khaled, e lá conheceu a irmã de Khaled, Zhilwan. Ela era tão cheia de cor e brilho que parecia quase impossível de se olhar, em seu *jli* curdo dourado e verde que refletia a luz, com o sorriso radiante e a risada mais radiante ainda. Tão diferente de sua primeira esposa, quieta e devota, quanto era possível ser. Mas, como se revelou depois, igualmente perfeita para ele. Será grato a ela para sempre. E nunca se esquecerá daqueles tempos sombrios de sua viuvez.

E é por isso que, quando vê Lorraine, ele reconhece a solidão.

Na porta dos fundos de Lorraine, há uma cadeira onde, de manhã, ela se senta e fuma.

A manhã também é o momento em que a nora do professor, Sazan, gosta de trabalhar em seu doutorado, digitando na escrivaninha extra que eles espremeram no escritório dele. Ela adora canetas coloridas, post-its, cadernos e xícaras de café. O professor se orgulha de ter uma nora tão inteligente e ambiciosa — ele às vezes brinca com seu filho que é bom ele torcer para sua esposa nunca descobrir que ele só vive para o futebol e tudo o mais é fachada —, mas às vezes acha melhor que ambos tenham algum tempo sozinhos para trabalhar. (Uma vez por semana, ele caminha até o centro da cidade e para em sua ponte preferida em York, a Ponte Lendal, projetada por seu engenheiro civil favorito, Thomas Page, que também projetou a Ponte Westminster. Sua família zomba dele por ter uma ponte preferida, mas o professor não se importa. Ele se sente inspirado toda vez que fica ali parado ou desce para admirar o vão do arco. E Sazan, sem dúvida, encontra inspiração em ter um tempo sozinha para trabalhar.)

Certa manhã, quando Zhilwan o expulsa da cozinha para que ela possa continuar assando seus pães, e Shwan está trabalhando em seu notebook na sala de estar enquanto Yad e Lana assistem a desenhos animados na TV, o professor toma seu segundo café do lado de fora da casa. O cheiro de fumaça de cigarro o faz lembrar-se de seu avô.

— Olá — diz ele.

Lorraine o cumprimenta com um aceno de cabeça.

— Bom dia.

— Como vai?

Ela suspira.

— Não tão mal, acho. — Ela o olha como se ele fosse um idiota por sequer perguntar.

— Quer dizer — diz ele, com cautela —, há... quer dizer... como você está, levando tudo em consideração?

Ela se levanta, larga a bituca do cigarro no chão, pisa em cima dela e exala a fumaça. Olha-o nos olhos, apenas por um segundo.

— Não sei.

No dia seguinte, ela sorri e o cumprimenta com um aceno de cabeça, mas não diz nada. No outro, está de roupão e o aperta mais forte contra o corpo quando ele fala com ela, mas responde com cordialidade.

No dia depois desse, ele tem uma reunião cedo no Zoom, e em seguida é sábado, então ele constrói torres de Lego com Lana e conversa sobre dinossauros com Yad. No domingo, ele e Zhilwan caminham até os jardins do museu com as crianças e deixam Sazan e Shwan terem a casa só para eles por uma hora. Inesperadamente, há um carrinho de café na entrada dos jardins. Caminhar pela grama com copos quentes nas mãos, observando as crianças correrem e brincarem de pega-pega, dá uma sensação de feriado.

— Achei que você tinha me abandonado — diz Lorraine na manhã seguinte, e o professor está prestes a se defender quando reconhece o famoso senso de humor britânico. Seus colegas com frequência também o usam. Ele precisa lembrar a si mesmo que não é grosseria.

— Tarefas de avô — responde ele com um sorriso, antes de se dar conta de que disse a coisa errada, porque Lorraine traga o cigarro com força e desvia o olhar.

— Sorte a sua — diz ela.

— Eu sei. Não é a mesma coisa pela tela do computador, não é?

Eles conversam com as irmãs de Zhilwan, uma em Scarborough e outra em Silemani, pelo Zoom toda semana e, com frequência, Zhilwan se sente mais triste e solitária depois das ligações do que estava antes.

— Não tenho computador — responde Lorraine —, nunca precisei de um. Se eu precisava de alguma coisa, minha filha fazia para mim. Tenho um celular e não consigo me dar bem com nada complicado nele.

— Então como você está mantendo contato com sua família?

Lorraine dá de ombros.

— Telefonemas. Mas meu neto é muito pequeno. Às vezes ele chora quando me ouve, e Claire diz que ele não entende por que eu parei de ir vê-lo.

O professor tem o bom senso de desviar o olhar ao responder:

— Isso deve ser difícil. Para todos vocês.

— Está difícil para todo mundo, não é? Exceto para aqueles que são ricos o bastante para contornar as regras.

Lorraine se levanta, entra na casa e bate a porta atrás de si. Por um instante, o professor acha que ela o acusou de... ele não sabe bem do quê. De ser rico, ou de descumprir as regras? Então ele entende que ela está falando do governo.

Na manhã seguinte, o professor diz:

— Se você quiser pôr um casaco e vir se sentar em nosso jardim, nós encontramos um notebook extra e podemos mostrar como falar com seu neto.

Lorraine o encara com os olhos semicerrados, como se estivessem jogando pôquer.

— Não pedi um notebook.

— Eu sei — diz o professor —, mas eu pensei... — Ele ri. — Minha esposa diz que eu sou um intrometido, sempre me metendo nas coisas. Meus colegas também.

Inesperadamente, Lorraine ri.

— Vou ver se dá mais tarde — declara ela.

Shwan é a simpatia em pessoa: nenhuma das tias jamais admite ouvir uma palavra contra ele, mesmo quando sua mãe reclama que ele é preguiçoso. Então, quando Lorraine passa pelo portão naquela tarde, olhando ansiosa para a casa como se ela pudesse mordê-la, o professor traz seu filho para o jardim. Eles se sentam a certa distância uns dos outros, em cadeiras de madeira que o professor precisa levar para lixar e envernizar de novo. Shwan ajuda Lorraine a entrar na conta dela do Facebook e a ensina a fazer uma chamada de vídeo pelo Messenger para sua filha. Há um terrível momento em que o pânico na voz da filha de Lorraine é evidente — como é preciso ser cuidadoso atualmente, o professor pensa, para não preocupar as pessoas até mesmo com uma ligação inesperada —, mas Lorraine explica que "os vizinhos de quem eu lhe falei" lhe emprestaram um notebook.

— Os estrangeiros? — pergunta a filha.

E Lorraine responde, aparentemente sem se envergonhar:

— Sim, esses mesmos.

Shwan revira os olhos para o pai como quem diz "Não sei por que você se dá ao trabalho", e eles deixam Lorraine à vontade para conversar. Meia hora mais tarde, quando Yad e Lana estão prontos para gastar energia, o professor dá uma olhada para ver se Lorraine terminou a ligação, antes de abrir a porta e deixar as crianças correrem para o jardim.

Lorraine ergue o olhar quando ele se aproxima.

— O Arthurzinho cresceu tanto! — exclama ela. — E faz só dois meses desde que eu o vi pela última vez. Quer dizer, a Claire manda fotos, mas não o vi falando. Ela manda vídeos, mas eu não consigo ver no meu celular. — O professor está prestes a oferecer a ajuda de Shwan quando Lorraine se levanta e balança a cabeça. — Ele já é um rapazinho.

— Por favor — diz o professor —, pegue o notebook emprestado pelo tempo que precisar.

Ela recusa com um movimento de cabeça e vai embora, esperando até o portão se fechar atrás dela antes de acender um cigarro.

— Ela não deve ter internet — diz Zhilwan mais tarde, enquanto bebem chá de hortelã gelado nos *istikan*, os copos de vidro curvos que os fazem lembrar do Curdistão.

Sazan e Shwan estão lavando a louça. Os sons do ressonar abafado de Yad e da profunda respiração do sono de Lana chegam pela babá eletrônica.

— Nós não sabíamos — diz o professor — que a felicidade de ter nossos filhos nunca terminaria. Não é?

Zhilwan pousa o chá e segura a mão dele.

— Nós não sabíamos de nada. Ainda não sabemos. E assim vai continuar, *insh'Allah*.

— *Insh'Allah* — ecoa ele automaticamente.

— Você poderia perguntar se ela quer entrar em nosso círculo de apoio — sugere Zhilwan. — Se a vir amanhã. Assim ela pode vir e usar a internet quando quiser. E Yad e Lana talvez possam alegrá-la.

— E Vaheen e Gohdar?

É insuportável a ideia de não poder ver sua amada filha, mesmo estando a apenas trinta quilômetros de distância.

— Eles precisam cuidar dos pais dele, você sabe disso.

— Vou pensar a respeito — diz o professor e, ao seu lado, a esposa sorri.

É Lorraine quem começa a conversa na manhã seguinte.

— A Claire me perguntou os seus nomes ontem e eu percebi que não sei. Só chamo você de professor. Sei o nome da Jilly, lógico. Mas não dos outros.

Sazan apresentou ao sogro o conceito de microagressões. Uma delas é ser "incapaz" de pronunciar nomes considerados "estrangeiros".

— Minha esposa não se chama Jilly. Se chama Zhilwan. — Ele dá ênfase ao som de "zh". — É como o "s" é pronunciado em persa.

— Certo — diz Lorraine, e então, com cuidado: — Zhilwan.

Ela chegou suficientemente perto.

— Sim, Zhilwan.

— Parece tão bonito quando você diz — comenta Lorraine. — E você? Qual é o seu nome? Posso perguntar?

— Hozan — responde ele.

— Hozan — repete ela. — Engraçado como eu nunca soube.

O professor quase menciona que ela nunca perguntou. Sente-se tentado a lembrá-la de que, quando eles se mudaram, ela fazia questão de cheirar ostensivamente o ar no jardim quando Zhilwan estava cozinhando. Ela sempre trazia um cartão de Natal, mas o entregava na porta deles e dizia coisas como: "Não sei no que vocês acreditam, mas na Inglaterra todos comemoram o Natal como deve ser."

Em vez disso, ele respira fundo e assente com a cabeça.

— Hozan e Zhilwan — diz ele. — Nós já moramos aqui há bastante tempo.

Lorraine ri, um pouco hesitante.

— E os outros? — pergunta ela. — Seu filho e a família dele?

Ela acha "Sazan" fácil, mas para "Shwan" ela não encontra imediatamente uma referência anglicizada, então repete até achar que acertou. O professor já terminou de tomar o café faz tempo e suas mãos estão frias. Nenhuma boa ação passa impune.

— E os seus netos? — indaga ela.

— Yad e Lana — responde ele. Só dizer o nome deles já o faz transbordar de amor e orgulho.

— Yad! — Ela ri. — É um nome muito bom para um menininho, não é? Yad. Gostei. E Lana. É bonito.

— O quê, vovô? O que é? — Lana, que veio ao jardim procurar um brinquedo que tinha deixado ali no dia anterior, tem ouvidos apurados.

O professor entrega sua xícara vazia para a neta segurar e a levanta para que ela possa ver por cima da cerca. Está ficando pesada, mas ele não se importa.

— Eu só estava dizendo o seu nome para a nossa vizinha.

— Lana. — Ela bate o dedo no peito. — Significa que eu estou segura em um pequeno ninho.

— É mesmo? Ora... — diz Lorraine, com um sorriso. Ela parece muito mais feliz, o professor repara, agora que há uma criança presente.

— Qual é o seu nome? Ele quer dizer alguma coisa? — pergunta Lana.

— Lorraine. É o nome de um lugar na França onde meus pais passaram a lua de mel, quando tinham acabado de se casar. — E acrescentou, voltando-se para o professor, embora ele não soubesse bem o que pensar: — Foi a única vez que eles saíram do país. Disseram que não gostaram muito da experiência.

— Reine? — pergunta Lana. — De rei?

O professor aperta um pouco mais a neta e sorri para ela, enquanto Lorraine repete seu nome, mais devagar.

— Zhilwan e eu estávamos pensando — diz ele — se você gostaria de fazer parte do nosso círculo de apoio durante o lockdown. Assim você poderia vir usar o notebook sempre que quiser, para conversar com a Claire e o Arthur, e poderia fazer isso dentro de casa quando esfriar.

Para ser honesto — e o professor é, consigo mesmo, e não precisa ser com sua esposa, porque ela o lê como um livro —, ele meio que esperava que Lorraine recusasse o convite. Com certeza ela preferiria formar um círculo de apoio durante o isolamento com sua filha, se é que não havia feito isso ainda. Ou talvez com alguém... bem, alguém de quem ela gostasse mais do que parecia gostar deles. Mas ela bate à porta naquela tarde, com um prato de tortinhas de geleia, algo que a torna imediatamente bem-vinda para Yad e Lana. O professor está prestes a ministrar uma aula on-line, então pede licença e deixa Shwan arrumando o notebook para ela.

Quando encerra a aula uma hora depois, está cansado. Muito mais cansado do que quando leciona presencialmente, quando parece haver uma naturalidade no fluxo: seu conhecimento, suas perguntas aos estudantes, as respostas deles, as perguntas deles, e uma aula animada e movimentada muitas vezes até se estendia além do horário. On-line, é diferente. Alguns alunos não ligam a câmera. Outros não dizem uma palavra sequer durante toda aquela hora arrastada. Eles parecem mais apagados on-line, não há entusiasmo em suas observações e dão pouquíssimas risadas. Falar um por cima do outro em uma sala de aula é uma expressão de cérebros em funcionamento e ideias surgindo. On-line, parece um erro que precisa ser consertado. E o compartilhamento de tela e as anotações são uma maravilha, realmente são, mas, para um velho engenheiro como ele, não se comparam a um quadro branco. O professor sabe que, quando olhar a caixa de entrada do seu e-mail da universidade, haverá pelo menos um estudante que lhe escreveu, relatando problemas e dificuldades: doença, ou ansiedade, ou circunstâncias familiares que geram pressão e estresse. E ele tentará ser acolhedor, consolador e gentil. E se sentirá impotente.

Para adiar um pouco a frustração, ele desce para a cozinha, onde espera encontrar Zhilwan cozinhando, ou sentada junto ao balcão com uma revista e uma xícara de *chai*, um tipo de chá com especiarias. Ele acerta em parte: ela está lá, com seu *chai*. E com Lorraine, que também tem um *istikan* com *chai* à sua frente. Elas não param de falar, embora Zhilwan lhe lance um sorriso e um olhar que diz: "Você provavelmente não vai se interessar muito por esta conversa." Mas ela está quase ofegante de expectativa quando se inclina para Lorraine e diz:

— Quer dizer que alguém atirou nele e todos acharam que ele tinha morrido no canal, mas ele voltou... quantos anos depois?

— Catorze! — exclama Lorraine, com uma sobrancelha arqueada. Então ela olha ao redor e diz: — Olá, Hozan. Poder trabalhar de casa deve ser bom para você.

O professor se contém para não dizer a Lorraine o quanto acha tudo isso difícil. Sabe que ela trabalhava em uma das lojas de turismo em York quando não estava cuidando do neto. Ele é o sortudo aqui.

— Sim, é — diz ele.

— A Lorraine convidou as crianças para irem na casa dela fazer bolinhos de flocos de milho e... — Zhilwan parece hesitante — ...biscoitos de dedo?

— De impressão digital — diz Lorraine, apertando o polegar no balcão com um movimento surpreendentemente violento. — A gente faz um buraco com o dedo para pôr a geleia.

— Ah — diz o professor. A ideia lhe parece um pouco anti-higiênica.

— Eles vão gostar muito disso.

— E a Lorraine vem comer conosco na próxima vez que eu fizer a receita de dolma da minha mãe — acrescenta Zhilwan.

Embora a receita seja da mãe de Zhilwan, ela criou sua própria versão do prato: o fundo da panela forrado com favas para absorver os sumos do cozimento, e depois camadas de cebola, berinjela e abobrinha, recheadas com cordeiro, temperos e ervas. O professor fecha os olhos, com água na boca só de pensar. Tem sido mais simples comer refeições menos trabalhosas, agora que eles têm as crianças para cuidar.

— Você vai ver como é uma delícia, Lorraine.

Ela assente com a cabeça, demonstrando, o professor pensa, o mesmo nível de convicção que ele à menção dos biscoitos de impressão digital.

— Não consigo nem imaginar como é rechear uma cebola — diz ela.

— E eu vou começar a assistir a *EastEnders* — conta Zhilwan. — Assim a Lorraine vai ter alguém para conversar sobre isso.

— Sinto falta das minhas colegas de trabalho — comenta Lorraine. — Nós ficávamos ansiosas para nos encontrar se alguma coisa boa tivesse acontecido. Só para ver o que as outras tinham achado.

E o professor percebe que é disso que sente falta também. Por mais que ele e Zhilwan sempre se sintam gratos. Por mais que Sazan diga — e ela está certa — que as crianças criarão vínculos fortes com os avós por conta desse tempo que passaram morando com eles, em vez de vê-los uma vez a cada duas ou três semanas. Por mais que ele possa conversar com seus colegas pela internet, e possa rezar com sua família na sala de jantar. Ele não pode passar dois minutos com Mo no balcão da recepção na universidade, conversando sobre as notícias do Iraque; ou com Katya, que limpa as salas e o atualiza sobre como está indo o seu curso de técnica em enfermagem. Sente falta de contar aos colegas sobre um documentário a que assistiu, ou de ouvir sobre o treinamento deles para triatlos, suas ressacas e seus afilhados recém-nascidos. Embora tenha muito a agradecer por sua família e seu trabalho, as bases de sua vida intactas, a constatação lhe chega ali, de pé na cozinha: são as pequenas coisas que estão faltando. Sem elas, nada está errado. Mas tudo está... sem graça. Sem brilho. Um pouco mais triste do que deveria ser.

Naquela noite, Lana sobe no colo do professor com seu livro, cheirando a morangos sintéticos, seus cachos ainda úmidos do banho.

— A mulher com nome de loira disse que o menininho que fala com ela no computador não leu *Paddington*. — Ela olha para ele, de olhos arregalados, esperando que ele fique tão chocado quanto ela obviamente está.

— O neto dela? — indaga o professor gentilmente. — Algumas pessoas gostam de livros diferentes.

Lana assente com a cabeça de maneira vigorosa.

— O menino no computador gosta de um desenho sobre fazendas — conta ela. — E a mulher com nome de loira disse que não tem nenhum livro na casa dela sem ser um que tem os seus... planos de biscoitos.

— Receitas. — O professor sorri. E começa a ler.

Paddington está se acostumando com a vizinhança e fazendo amigos, enquanto leva suas ideias de urso/criança para o mundo e o transforma. Não surpreende que Lana goste dele.

— A Lana disse que a Lorraine não tem livros — conta o professor a Zhilwan, enquanto tomam chá naquela noite.

As duas últimas horas foram turbulentas. Sazan empacou em sua tese e tudo que Shwan conseguiu pensar para dizer como apoio foi que não importava se ela não terminasse. O professor sabe que a intenção do filho foi boa, mas ele não ajuda sua inteligente e ambiciosa esposa desse jeito. Zhilwan foi conversar com Shwan, porque ela lida muito melhor com ele do que o professor, e Sazan e o professor se sentaram no escritório dele — deles — e Sazan explicou qual era o problema. O professor pensou no que diria aos seus alunos e percebeu que, embora Sazan seja uma socióloga e ele um engenheiro civil, o conselho continuava valendo: "Quando se está empacado, e não se estava antes, talvez tenha sido algum passo em falso recente. Confira as últimas coisas que escreveu. Volte à sua hipótese. Talvez até seja bom fazer uma pausa." Sazan escutou tudo que ele tinha a dizer, com a cabeça apoiada nas mãos, e, quando ele parou de falar, encarou-o e disse:

— Obrigada. Eu devia saber que você ia entender.

O que fez com que ele sentisse que não é um sogro tão chato, afinal.

Agora, Sazan e Shwan estão no quarto deles e, depois de algumas lágrimas, tudo ficou quieto. Não é a primeira vez que Zhilwan instruiu o filho a como ser um marido bom e solidário, mas espera que desta vez as palavras dela tenham surtido efeito. Vaheen parece estar se saindo muito melhor com Gohdar, que sempre tratou seu relacionamento com a filha deles como algo a ser cultivado.

Zhilwan ri um pouco e diz, como se estivesse explicando algo a Yad:

— Algumas pessoas não têm livros, querido. Lorraine é uma delas.

— Eu sei — responde o professor. — Mas...

Ele pensa em Yad, no dia em que ele e Zhilwan o buscaram em casa em um vilarejo nas proximidades de Leeds e o levaram para ver um filme na cidade, pouco depois de Lana nascer. Estavam passando pelos subúrbios por volta das três da tarde quando pararam o carro para dar passagem a um vendedor de grandes pirulitos coloridos, e Yad apontou para ele e exclamou: "Eu não sabia que isso existia de verdade! Achei que era só nos livros!"

— Não tem "mas" — diz Zhilwan com firmeza. — A Lorraine tem o direito de não ler. Ela só se juntou ao nosso círculo de apoio, não nos pediu para melhorá-la. — Ela faz aspas com os dedos quando diz "melhorá-la".

Zhilwan trabalhou em uma creche desde que seus filhos cresceram e viu uma variedade muito maior de pessoas do que o professor, ele sabe. Ele passa seus dias com colegas e funcionários da universidade, com estudantes, com sua família e com as pessoas da mesquita. Zhilwan passou tempo no mundo real. Ela está acostumada a ser esnobada e ignorada em lojas, considerada inferior por alguns dos pais que levam os filhos à creche, porque tem a pele escura e cobre o cabelo. Foi ela que, vinte anos atrás, teve que ir várias vezes à escola repetir as coisas pelas quais seus filhos tinham sido chamados no parquinho e insistir que os insultos fossem tratados como problemas sérios de racismo e não só como "excesso de entusiasmo" e "crianças que só repetem o que ouvem". O professor sabe que ela sabe mais sobre o mundo. Mas ele não consegue deixar o assunto de lado.

— O que ela faz o dia inteiro?

Zhilwan dá de ombros.

— Vê televisão. Faz tortinhas de geleia. Ela era ocupada antes e agora não é mais. Não é que ela esteja deliberadamente escolhendo não ler. É provável que isso nunca tenha sido parte da vida dela.

— Imagino que sim — diz o professor.

Ele decide que vai ligar para seus amigos da Lost For Words amanhã. Eles sempre foram bons em caçar livros acadêmicos e pesquisas para ele, então encontrar alguma coisa para Lorraine deve ser algo que também podem fazer.

13

George, agora

Foi uma tarde ocupada no jardim. O canteiro de flores está começando a sair do controle e, este ano, não há ninguém para quem dar as flores. Rosemary sugeriu colocá-las em frascos de geleia e deixá-los no portão para serem pegos por quem passasse, mas elas ainda não parecem ter chegado ao ponto certo para isso. E, de qualquer forma, não tem ninguém passando. Os jasmins estão se entrelaçando com as madressilvas com a alegria de sempre, e os lilases, que não florescem todo ano, escolheram este para encher o ar com seu perfume e trazer nuvens de borboletas. George ficou hipnotizado por elas ontem, incapaz de se mover. Rosemary, preocupada com ele, veio de onde estava podando a planta que leva seu nome, *rosemary*, o alecrim, que crescia em um vaso junto à porta da cozinha, para ver se estava tudo bem. Ele lhe explicou que estava observando as borboletas. O que de fato estava. Também estava tentando... Ah, é difícil descrever. Não estava exatamente tentando guardá-las na memória, mas se lembrar de toda aquela sensação: o ar, o perfume, e a impressão de movimento contínuo e total absorção que os insetos agitados transmitiam.

Ele não acredita que verá outro verão, mas não mencionou essa parte para Rosemary. Ela é suficientemente sábia — eles são suficientemente velhos — para não tentar animá-lo a deixar de lado a certeza de sua morte iminente. Mas, se ele tenta falar sobre isso, a expressão dela se entristece, e ele não suporta ser a pessoa que nubla o sol dela.

George tem doença renal crônica, e não é apenas um homem velho que precisa fazer muito xixi, como Rosemary havia insistido com tanto fervor.

— O problema com a doença renal — disse o médico na consulta — é que ela é assintomática nos estágios iniciais. Então, quando você começa a ter sintomas, como urinação frequente, perda de peso, insônia e falta de ar, já é... — George não precisara olhar para Rosemary para saber que ela estava se preparando da mesma maneira que ele. A notícia que não queriam estava chegando e não havia nada que pudessem fazer a respeito. O médico olhou diretamente para George. — Quando vemos sintomas como os seus, George, sabemos que o tratamento é mais difícil, porque a doença está mais avançada.

George tinha entendido o que o médico estava dizendo. Não havia praticamente nada a ser feito. Ele passou por um ultrassom e uma biópsia, e então eles voltaram para casa. Retornarão ao hospital na próxima semana, para o diagnóstico oficial. Até lá, têm apenas a companhia um do outro, o jardim e a leitura.

Ele abre a página de *Persuasão* onde o marcador de livros aguarda. Os dois são exigentes quanto a marcadores de livros adequados: nada de dobrar a pontinha das páginas. Anos manuseando livros didáticos cheios de orelhas, manchas e rabiscos inapropriados nas margens ensinaram-lhes que o papel se lembra de como é tratado. E, mesmo que ele estivesse inclinado a isso, Rosemary cuida tão bem dos livros que é como se fosse o décimo primeiro mandamento: "Não dobrarás as pontas das páginas."

Estão quase no fim da história de Anne Elliot. Demoraram um pouco para terminar *Persuasão* porque cada capítulo os fazia lembrar de uma ou outra coisa do tempo que eles tinham passado em Lyme Regis, na lua de mel, tantos anos atrás.

Rosemary chega com a cestinha de chá: garrafa térmica, canecas de metal, leite, um pano de prato e um pacote de biscoitos de chocolate. George reparou que, desde a visita ao hospital, eles não comem mais biscoitos comuns. Ele sempre gostou dos biscoitinhos doces Rich Tea, mas entende que Rosemary sente a necessidade de lhe dar o melhor de tudo de agora em diante. Havia pedido uma batata assada recheada com feijões na noite passada e, quando começou a comer, percebeu que havia manteiga sob o recheio. Ele não suporta a ideia de que vai deixá-la.

— Aqui está, amor — diz ela, e ele pega a caneca e o biscoito.

Há um padrão alegre na conversa habitual da hora do chá: a cor do mar, se o trânsito está aumentando de novo e como seus antigos colegas estão lidando com a situação de ter que fazer tudo pelo computador. Mas George não consegue encontrar um jeito de começar. Ele está cheio de coisas que vão perturbar sua esposa. Ela não quer falar sobre a morte. Não a dele, pelo menos. Eles fazem questão de ouvir as notícias diárias sobre o número crescente de mortos por Covid-19, de cabeça baixa, como se estivessem diante de um memorial de guerra no Remembrance Sunday. E depois falam sobre todas as famílias que devem estar sofrendo e dos poucos casos que conhecem em seu pequeno círculo. Mas Rosemary afasta qualquer conversa sobre a possível morte de George, como se mencioná-la fosse aproximá-la.

— O ar está quente — diz Rosemary, fechando os olhos e levantando o rosto. Ele deve tê-la visto fazer esse gesto milhares de vezes.

George pousa a caneca.

— O que acha de eu ler algumas páginas enquanto o chá esfria um pouco?

— Perfeito — responde ela, sem abrir os olhos. Se notou o tremor na voz dele, ela não demonstra.

A voz de George começa hesitante, as palavras soam embaralhadas, esses personagens fictícios distantes um incômodo quando ele tem tantas coisas mais importantes em que pensar. Foi mais difícil hoje deixar de lado o medo do que está por vir. Mas, aos poucos, as palavras de Jane Austen encontram um ritmo nele. O cheiro do mar do Norte em Whitby torna-se o cheiro do canal da Mancha em Lyme Regis, e o som das ondas batendo contra os muros do ancoradouro em Whitby funde-se com a água se chocando contra as paredes de tijolos no Cobb. Ao seu lado, a respiração de Rosemary se estabiliza como sempre acontece quando ela está lendo ou dormindo.

Nas páginas do livro, Frederick escreveu sua carta, e Anne a está lendo. "Sou metade agonia, metade esperança", escreve Frederick, e George lê.

Rosemary enlaça o braço no dele.

— Não esqueça seu chá — diz ela. Há um tremor em sua voz.

Ele larga o livro e pega a caneca.

— Sua velha emotiva — caçoa ele.

— Não tão velha assim.

Normalmente, eles ririam, mas o ar ao redor permanece em silêncio. George bebe o chá e come o biscoito depois — os de chocolate não são tão bons para mergulhar no chá.

Rosemary recolhe as canecas.

— Pensei em fazer uma torta de carne moída com cebola — diz ela.

— Excelente.

Ele não anda com muito apetite. Não sabe se é da doença ou se é seu velho corpo sabendo que está na hora de ocupar um pouco menos de espaço, mas, quando Rosemary coloca um prato na sua frente, ele geralmente consegue comer um pouco. Ela cozinha, ele lava a louça, e ela não tenta impedi-lo de fazer isso, embora George repare que ela fica observando-o enquanto faz uma coisa ou outra por perto, para o caso de ele se cansar de ficar de pé junto à pia. Ele até poderia se irritar com isso, mas, quando ela quebrou o braço caindo da bicicleta enquanto eles viajavam pelo Parque Nacional Dales, em 1984, ele fez a mesma coisa: ficava rondando-a, vigiando, preferindo que ela o deixasse assumir as tarefas.

— Você vai entrar?

— Vou ficar aqui só mais um pouquinho.

Ela assente e pousa o dorso da mão no rosto dele.

— Não vá se resfriar.

— Não vou. Estou com as meias grossas.

Ele escuta Rosemary enquanto ela atravessa o jardim. Sabe, sem olhar, onde ela está e o que está fazendo quando seus passos param. Está olhando para a macieira para ver se consegue avistar os verdilhões que fazem ninho ali. Mais alguns passos e, então, ela está segurando um talo de clematite e enrolando-o em volta das hastes de salgueiro que eles usam para a trepadeira subir. Já está quase na porta dos fundos quando faz uma parada para tirar as lesmas do tremoceiro. E então o rangido da porta se abrindo ecoa.

George observa o mar. Ele tem consciência de que está guardando isso, essa água constante, dentro de si, para o caso de ir parar no hospital e não poder mais ouvi-la, ou vê-la, ou sentir seu cheiro. E parece... Ah, parece melhor estar aqui fora.

O canto dos pássaros parece mais alto desde que a Covid-19 chegou. Lógico que não está — foi só o ruído de fundo que diminuiu e, assim, eles podem ouvi-los mais distintamente, e não há tanta gente passando para importuná-los e fazê-los fugir, ou para assustá-los e fazê-los silenciar. George não sabe diferenciar os sons das aves, mas isso não importa. O que importa é que, por enquanto, ele está aqui.

Metade agonia, metade esperança.

✦ 14 ✦

Rosemary, 1969

Rosemary e George não são muito chegados a ser o centro das atenções, por isso seu casamento é modesto, realizado na igreja do pai dela, e causa um murmúrio de escândalo encantado quando a mãe de Rosemary a acompanha até o altar para que seu pai possa conduzir a cerimônia. O que Rosemary mais vai se lembrar desse dia é do cheiro de lavanda e alecrim de seu buquê, colhidos no jardim da casa paroquial naquela manhã; isso, e a expressão de George, radiante de felicidade, com os olhos mais cheios de lágrimas que os dela quando passaram alguns momentos a sós na sacristia antes da recepção no salão da igreja.

No dia seguinte, eles partem para a lua de mel. George dirige seu Ford Cortina verde-escuro novinho em folha e eles levam um dia longo e sinuoso para chegar à costa sul e a Lyme Regis. Rosemary olha pela janela, acompanha o mapa e cochila. Ela está cansada, e parte dela está encolhida de timidez ao pensar no que fizeram na noite anterior: como foi estranho, como foi diferente do que ela havia esperado e, ainda assim, como foi... bom. George diz que eles vão melhorar com a prática. Rosemary observa a paisagem à esquerda, depois olha para o marido à direita, e se pergunta quantos quilômetros mais vão percorrer em sua vida juntos, e se algum dia o perfil dele vai lhe parecer comum. O silêncio entre eles é afetuoso e cheio de sorrisos e sons discretos, quando eles mudam de posição no banco e olham um para o outro, talvez para ter certeza: sim, nós nos casamos; sim, eu estou feliz com isso; sim, esta é a nossa vida agora. Rosemary sente-se finalmente adulta, desperta, viva com a dor entre suas coxas. Os loucos anos sessenta podem já ter passado nas cidades grandes, mas, em

1969, o vilarejo em que Rosemary cresceu ainda era basicamente como na década de 1950. E revoluções culturais certamente não eram permitidas nos arredores da casa paroquial.

— Quer que eu leia para você? — pergunta Rosemary.

— Eu gostaria muito — responde George.

E Rosemary tira *Persuasão* da bolsa.

Em Lyme Regis, eles ficam em um hotelzinho peculiar que deveria ter vista para o mar, mas isso só seria o caso, George diz rindo, se eles ficassem em cima da chaminé. Eles olham pela janela na ponta dos pés e Rosemary, aprendendo a ousar, vira para o lado e beija o pescoço do marido, logo atrás da orelha, e ouve ele fazer um som que é quase um rosnado. Ela decidiu que gosta de sexo, gosta muito, na verdade, e que isso não precisa ser o teste de resistência que sua mãe lhe deu a impressão de que seria.

No último dia, eles se vestem — as roupas novas da vida de casados também tinham relaxado — e caminham ao longo do Cobb pela última vez. Rosemary, apesar de pouco sentimental na maior parte do tempo e prática em tudo, insiste em descer os degraus arriscados onde Louisa Musgrove caiu, no romance de Austen. George espera para segurá-la, e ela pula, com um grito — estar no ar, com os braços dele estendidos e esperando para pegá-la, deu-lhe uma sensação de aventura, embora ela só tenha pulado os últimos três degraus. *Talvez*, pensa ela, enquanto caminham de volta para a cidade, *o nosso casamento será assim: George amortecendo minhas quedas e eu fazendo ele rir. Será muito bom assim, até que os filhos venham.*

No caminho para o hotel, eles compram uma aquarela do Cobb como recordação. Ainda não têm uma câmera fotográfica.

De volta ao quarto, Rosemary desembrulha o quadro e o apoia no parapeito da janela. Então se deita na cama, olha para ele e chora, embora não saiba dizer por quê. George tira da parede o quadro que retrata um vaso de flores e pendura o deles no lugar, depois senta-se ao lado dela e segura sua mão.

Aquela imagem do Cobb manteve-se pendurada na sala de estar deles durante todo o tempo em que viveram em sua casa em Whitby.

✦ 15 ✦

Há duas coisas que não sabíamos sobre pandemias antes que uma acontecesse. Primeiro, se você for um dos sortudos — sem problemas de saúde, não especificamente preocupado com outra pessoa, enfrentando apenas o nível normal de medo que todos sentem —, pandemias são entediantes. Isso não é o que poderíamos ter imaginado. Se tivermos sorte, talvez mais tarde olhemos para trás e pensemos nesse período como meses em que passamos olhando-para-uma-tela ou trabalhando-a-distância--atrás-de-uma-máscara, com alguma limpeza solitária de armários nos fins de semana quando não suportamos mais assistir a outro episódio da série a que todos estão assistindo, por melhor que ela seja. De ficar feliz ao falar com parentes distantes e ser sistemático ao fazer compras para não atrapalhar o sistema de fluxo com distanciamento nas lojas. Viver a História com H maiúsculo pode ser, ao que parece, muito chato.

E, segundo, pandemias são solitárias. O tempo — geralmente gasto em lojas de roupas ou conversando com um vizinho quando se encontram na escada, indo ao cinema ou vagando por um supermercado, jogando netball ou fazendo uma caminhada de cinco quilômetros em uma manhã de sábado, ou arrumando a casa porque uma amiga vem visitar — se arrasta, esperando para ser preenchido.

Livros irão preenchê-lo, naturalmente. A leitura o encherá de palavras diferentes daquelas que estão na sua cabeça e, antes que se perceba, será como se o tédio nunca tivesse existido, tão esquecido quanto uma luva em uma mureta perto de um ponto de ônibus.

Desde que seja o livro certo, lógico.

E desde que a pandemia não tenha roubado sua capacidade de se concentrar, focar ou dedicar uma parte da sua mente à história de outra pessoa. Se esse for o caso, sinto muito. Mas não se preocupe, os livros estarão sempre à sua espera.

✦ 16 ✦

Kelly

Quando ouve o telefone tocar, Kelly está imersa em conversas no Instagram. Ela criou a conta para a Lost For Words e perguntou às pessoas o que estão lendo, e se surpreendeu com o número de respostas que está recebendo. Pensa em quando perguntou a Nathan como um concurso de poesia poderia dar dinheiro e espera que as redes sociais possam fazer alguma diferença. Ainda não houve visitas, vendas ou consultas no site, mas a conta só tem trinta e nove seguidores até o momento, e no Twitter é praticamente o mesmo. Se estão contando com as redes sociais para salvá-los, eles deveriam ter começado com isso muito antes de precisarem ser salvos.

O toque do telefone soa como uma tábua de salvação.

— Livraria Lost For Words. Aqui é a Kelly.

— Olá — diz uma mulher, suave e ligeiramente formal —, meu nome é Rosemary Athey. Escrevi para vocês um tempo atrás e vocês me mandaram...

— *Persuasão*! — exclama Kelly. — Eu estava me perguntando como estavam se saindo com o livro. — Ela acha que isso é menos esquisito do que "Eu tenho carregado sua carta comigo como se ela fosse um amuleto".

— Bem demais! Nós já lemos anos atrás e... Ah, eu li quando menina, depois li em voz alta para o George logo que nos casamos. Nós fomos para Lyme Regis em nossa lua de mel.

— Fico tão contente em saber. — A imaginação de Kelly funde o mundo do romance com o de Rosemary e George, e ela imagina uma jovem Rosemary em um vestido estilo regência olhando serenamente pela janela com um esperançoso George de pé ao seu lado, o livro aberto, "Sou metade agonia, metade esperança". — Como posso ajudá-la hoje?

— Não estou querendo nada, meu bem — responde Rosemary —, exceto dizer obrigada. George e eu já tomamos tantos comprimidos para tantos problemas. — Kelly julga ter ouvido um tremor na voz de Rosemary, porém não tem certeza. — Mas acho que esse foi o melhor remédio que tivemos em muito tempo.

— É tão bom ouvir isso. Coloquei outro livro no correio para vocês ontem, um para agradar o seu lado menos sério. Eu adoraria saber o que achou.

Rosemary parece surpresa.

— É muita gentileza sua querer saber a opinião de uma velha boba como eu.

Ah, esse é um dos incômodos de Kelly que a pandemia não mudou.

— Nada do que a senhora escreveu ou disse para nós me faz imaginar que seja boba — diz ela.

Há um suspiro do outro lado da linha.

— Você tem razão, lógico. Eu fui diretora de uma escola. Mas quando o cérebro fica velho, a gente comete erros. E partes do corpo começam a doer e não funcionar direito, e é difícil quando sentimos que não somos mais o que éramos antes.

É a vez de Kelly suspirar. Ela está cuidando do cérebro, com Sudoku e as palavras cruzadas do fim de semana, e com a sua pesquisa, quando consegue encontrar energia para isso. Mas precisa começar a correr de novo. Pode até não gostar muito disso agora, mas, quando envelhecer, ficará grata por seus ossos fortes.

— A senhora tem alguém que a ajude? Família?

— Nós sempre nos viramos. Se algum dia você vier a Whitby, será bem-vinda à nossa casa para ver com seus próprios olhos.

— Meu pai mora em Whitby — começa Kelly, mas tem que parar quando sua garganta começa a apertar ao pensar nele.

— Olha só! — diz Rosemary. — Até logo, meu bem.

Há um clique e um zumbido que indicam que Rosemary desligou. De volta às redes sociais, então.

Vinte minutos depois, Kelly está tão ocupada rolando a tela do celular que se assusta com o som de uma batida na janela, e leva outro susto quando vê Craig ali, acenando e sorrindo. Ela abre a porta da livraria, e, ah, como quer tocá-lo! Mas cerra os punhos ao lado do corpo e obriga seus pés a permanecerem do lado de dentro da loja, sentindo seu desejo ondular pelo espaço entre os dois, se encontrar com o dele e voltar a ela. Sua boca está úmida e suas mãos formigam com a vontade de alcançá-lo. Faz dois meses que não se veem frente a frente. As regras ainda não permitem que eles se encontrem, então vêm aguardando há semanas a perspectiva de um passeio com distanciamento social.

E aqui está ele.

— Que bom ver você — diz ele.

Parece mais pálido do que ela se lembra. Embora, pensando bem agora, talvez nunca tenham se visto à luz do dia, pois seus encontros sempre foram no inverno e após o trabalho, e Craig nunca passou a noite com ela.

— Você também. — E então o pânico substitui a saudade. — Você... Aconteceu alguma coisa?

Apesar de que, se ele está ali de pé, na frente dela, e os dois estão bem, nada de muito errado pode estar acontecendo. Não no mundo deles, pelo menos.

— Sim, estou bem. Mais do que bem. — Ele levanta um braço, como se fosse tocá-la, mas então se lembra de que não pode e enfia a mão no bolso. — Não aconteceu nada. — Aquele sorriso. — Agora meu trabalho tem uma exigência de que a gente fique uma hora longe das telas, das uma às duas da tarde, para descansar os olhos e tomar um pouco de ar. E passar por aqui pareceu o melhor uso possível desse tempo.

— Mas você teve que dirigir até York, não?

Craig ri.

— Sim, mas eu diria que essa foi uma viagem necessária.

Kelly, no fundo, não concorda. Se todos ficarem contornando as regras, todos sofrerão com isso. Mas, ah, ela sentiu tanta falta de Craig. De seu sorriso. Do cheiro de seu xampu. Do jeito que ele olha para ela. Não pode deixar de abrir um enorme sorriso.

— É tão bom ver você.

— É tão bom ver você também.

Eles se olham mais um pouco. Sorriem mais um pouco.

Então Craig olha para os sapatos. Ele está usando sapatos sociais e um terno azul-marinho que ela já viu antes. Ele costumava vesti-lo quando se encontravam depois do trabalho, jantavam juntos e caminhavam ao longo do rio até a casa dela. Essa gravata é a mesma que ela havia caçado no caos do chão de seu quarto, onde as roupas deles tinham sido abandonadas. O desejo aperta seu ventre, arranha suas coxas. Faz tempo demais. Craig olha para a orelha dela, como se seu brinco fosse a coisa mais interessante que ele já viu na vida.

— A questão é que eu não consigo parar de pensar em você, Kelly. E... me diga se essa for uma péssima ideia... eu, há, pensei...

Ela sabe o que ele vai dizer apenas uma fração de segundo antes que ele fale. Ele vai sugerir que eles morem juntos. Ela nunca nem esteve na casa dele, pois é muito longe da cidade para que pensassem em ir até lá. Mas, com as estradas vazias...

— Eu estava pensando que poderia me mudar para a sua casa. Eu só... nós dois estamos insatisfeitos, não é? Por não estarmos juntos. Então achei que faria sentido. E não queria perguntar a você por FaceTime. Não parecia certo.

— Já fizemos muita coisa por FaceTime — diz ela, rindo.

Ele ri também, até enrubesce um pouco.

— Acredite, você e o FaceTime mantiveram a minha sanidade. Mas isto... eu queria poder olhar para você e ver se você tinha certeza.

Ela o ama por sua decência. É o tipo de coisa de que seu pai também gostaria. Ela fala com o pai pelo menos duas vezes por semana pelo Zoom, mas, como ele sempre diz, não é a mesma coisa. Kelly reparou que eles raramente falam de sua mãe nessas conversas, ao passo que, se estivessem sentados na cozinha da casa dele, comendo torradas com queijo e resolvendo palavras cruzadas juntos como costumavam fazer, um deles a teria mencionado ao longo da conversa. Ela teria estado no aposento com eles, de alguma forma. No ar. O mundo pode ser digital, mas os humanos ainda estão longe disso.

Talvez Craig confunda seu silêncio com relutância ou dúvida.

— Aquela noite em que paramos aqui na frente e dissemos um para o outro que nos amávamos. Eu nunca vou esquecer. E queria que tivéssemos ido morar juntos quando todo esse lockdown começou. Eu... — Ele desvia o olhar por um momento. — Acho que pensei que, se ficássemos juntos o tempo todo, você poderia enjoar de mim.

Ela estende a mão. Craig a pega e segura com firmeza. É quase inebriante — tocar, ser tocada.

— Por que eu enjoaria de você?

Craig não diz nada. Olha para as suas mãos juntas e afaga a dela com o polegar.

— Meu apartamento é minúsculo.

Craig sorri.

— É aconchegante. E você pode pedir comida... ninguém vai até onde eu moro.

— Mas a gente não vai ficar um em cima do outro? — E então ela ri. — Se bem que, lógico, é isso o que eu quero.

Craig olha para os sapatos outra vez.

— Fico com um pouco de vergonha da minha casa. É um chiqueiro, não tem decoração, e tem mofo na cozinha e no banheiro. Não parece um lugar adequado para você.

Ela se lembra de ele lhe contar tudo isso em um dos primeiros encontros. Ela nunca tinha rido tanto, pensou depois, em uma conversa sobre impermeabilização e isolamento térmico nas paredes. A reforma ia começar em fevereiro, mas aí veio a Covid-19 e em seguida o lockdown, e tudo parece estar em uma espera indefinida.

— Não quero pressionar você — diz ele. — Mas você pode pensar a respeito?

— Já pensei — responde Kelly.

Lógico que eles podem se virar no apartamento dela.

Craig a beija na testa, diz que a ama e que a verá às sete da noite. Kelly o observa ir embora. Quase sobe para contar a novidade para Loveday, mas a tentação de manter a notícia só para si vence.

Então, ela mergulha nas redes sociais, de olho no relógio. Quando chegar o fim do expediente, às quatro da tarde, ela vai ter tempo de ir para casa, tirar suas calcinhas e sutiãs mais velhos de cima dos radiadores onde estavam secando, limpar o banheiro e abrir algum espaço no guarda-roupa para Craig. Talvez até tenha tempo de ir ao supermercado e comprar... o quê? O que casais comem? Camembert? Tiramisu? Coisas com ervas frescas espalhadas por cima? Está fazendo uma lista de compras, o Instagram e o Twitter esquecidos, quando o telefone toca. É o professor Azad, um de seus clientes favoritos.

— Kelly, minha querida — diz ele. — Espero que esteja bem.

— Estou — diz ela e, pelo menos desta vez, sente que está dando uma resposta genuína para essa que é uma das perguntas mais corriqueiras. — E como vai o senhor? E sua família?

— Nós estamos... — Ele ri, aquela risada tão afável. — Na maior parte do tempo, estamos muito gratos por estarmos juntos. E nossos netos nos mantêm jovens.

Kelly olha para o relógio.

— Como posso ajudá-lo?

O professor Azad leciona na universidade e sua área de especialização é engenharia civil. Ele está sempre interessado em livros sobre pontes, e sempre quer saber de livros sobre história curda, política ou geologia que tenham chegado à loja. Loveday, que adora esse tipo de desafio contínuo, sempre acaba encontrando algo que agrade ao professor. Ou costumava adorar. Nas circunstâncias atuais, ela deve estar preferindo pedidos mais lucrativos.

— Não é nada dentro da minha área de interesse habitual — diz ele. — Eu queria que você me ajudasse com alguma coisa para a minha vizinha.

✦ 17 ✦

Trixie

Os colegas de apartamento de Trix correram para casa quando viram o lockdown se aproximando, e ela não pode culpá-los — os pais de Philippe moram em uma fazenda no sul da França e a família de Izzy é cheia da grana, portanto ambos estarão muito mais confortáveis lá do que aqui. Izzy convidou Trix para ir junto: "Eu vou morar no anexo da minha avó, então você pode ficar com o meu quarto na casa principal." Mas, na época, parecia que o lockdown iria durar umas seis semanas, e seis semanas parecia tempo demais para morar com uma família que Trix não conhecia muito bem, e pouco tempo para que ela precisasse se preocupar com isso. E Trix é adulta. Ela gosta da própria companhia, do próprio espaço.

Era o que ela pensava na época.

No fim das contas, tinha se virado admiravelmente bem, Trix diz para si mesma, quando Caz aceitou o emprego no País de Gales. Cardiff não parecia tão longe então, e Trix não queria largar seu emprego e começar tudo de novo. Elas nem estavam morando juntas, não de verdade.

Administrar um restaurante pode não parecer o auge de uma carreira, mas Trix tinha começado como garçonete enquanto fazia as provas para a faculdade, depois subiu para supervisora enquanto refazia as provas, e aceitou o cargo de gerente assistente como um arranjo temporário enquanto decidia o que fazer quando mais uma vez não conseguiu as notas de que precisava para estudar medicina veterinária. Nos cinco anos desde então, ela se tornara confiante e competente, boa com os clientes e melhor ainda com os funcionários. É considerada uma estrela em ascensão dentro da empresa, e é a gerente mais jovem do país. E quase não pensa mais no fato de que o que realmente queria era ser veterinária.

Trix conheceu Caz quando esta começou a ir comer sozinha no restaurante. Caz gostava de almoçar às 14h30, quando o restaurante estava tranquilo, e ela e Trix começaram se olhando, depois passaram a conversar, e então um dia Caz deixou seu cartão na mesa quando pagou a conta e disse: "Não sei qual é a ética das relações gerente-cliente, mas seria bom encontrar você fora daqui qualquer dia desses."

Isso foi há dois anos. As coisas avançaram depressa. Trix sentia como se Caz fosse a primeira pessoa adulta com quem já havia saído, e isso a fazia se sentir mais adulta também. Elas gostavam das mesmas comidas, dos mesmos filmes e das mesmas músicas. Caz sempre usava preto, o que destacava seus olhos castanhos. Quando Trix a observava se vestir pela manhã, era como se estivesse vendo sua pálida e nua amada se transformar em outra mulher que ela amava, com a mesma intensidade, só que mais discretamente. Quando iam a shows, Caz sempre comprava uma camiseta para Trix, e Trix a usava para dormir naquela noite. Quando iam ao cinema, Trix gostava de se sentar junto ao corredor, pois saía para comprar pipoca e café depois que se acomodavam em seus lugares. Embora tanto Trix quanto Caz tivessem só vinte e poucos anos quando se conheceram em 2017, sua ideia de diversão era um dia passeando na Abadia de Fountains, onde comiam *scones* do lado de fora da cafeteria que dava para a água e improvisavam um diálogo entre os patos e cisnes. (Caz é a única pessoa de sua idade que Trix já conheceu que também é associada ao National Trust.)

Não demorou para que as noites separadas se tornassem a exceção. Trix conheceu a família de Caz — uma mistura acolhedora e caótica de primos, cunhados e tios de consideração — no casamento do irmão de Caz. Caz usou seus piercings de sobrancelha e nariz mais discretos para visitar a avó de Trix, que agora vive em uma casa de repouso. Caz foi assumida, como ela conta, a vida toda, e Trix foi recebida em sua família sem nenhuma hesitação. Já no caso de Trix, a avó dela tinha pouco contato com a realidade, então quando a garota contou, aos dezesseis anos, que era lésbica, a avó fizera um "hummm" e o assunto nunca voltou a ser mencionado — mas, pelo menos, não houve mais conversas sobre "rapazes bonitos da igreja".

E, então, Caz recebeu uma oferta de emprego em Cardiff.

Na verdade, Caz se candidatou a um emprego em Cardiff. Ela não contou a Trix, mas disse que foi porque não achava que conseguiria —

não estava levando muito a sério, na real. E então foi chamada para a entrevista. Ela disse a Trix que ia ver uma amiga em Cardiff, o que não era mentira: ela ficou na casa da amiga na noite anterior à entrevista sobre a qual não mencionou a Trix — a mulher com quem compartilhava a cama, cujo corpo ela adorava, cinco noites por semana.

Por alguma razão, durante a briga e a reconciliação que se seguiram quando Caz conseguiu o emprego, nenhuma delas mencionou que Trix poderia se mudar. Trix preferia pensar que essa havia sido uma atitude respeitosa. Ambas entendiam que o emprego de Trix era importante para ela, e não eram um casal hétero em que o parceiro com salário mais alto ditava a vida do outro.

Então, alugaram uma van e foram para Cardiff, para o apartamento compartilhado em que Caz ia morar até conseguir se estabelecer. Foi só naquela noite, que Trix passou com ela antes de voltar com a van para York, que Caz chorou e disse a Trix que não suportaria perdê-la. E assim Trix partiu com a certeza do amor delas em seu coração. E a certeza permaneceu. Ela e Caz mantinham conversas constantes pelo WhatsApp enquanto Caz se familiarizava com seu novo emprego e cidade. Caz não trabalhava nos fins de semana, então muitas vezes vinha para York nas sextas-feiras. Trix teve que trabalhar no dia de Natal, mas quando voltou de seu turno, Caz estava esperando por ela, tendo vindo para uma visita surpresa depois de seu telefonema de "Feliz Natal" de manhã cedo.

A princípio, a pandemia não parecia grande coisa. Parecia apenas algo hipotético, um episódio em outro canto do mundo. Caz foi a primeira a ficar ansiosa, porque a empresa para a qual trabalhava tinha escritórios na China, e ela vinha ouvindo coisas. Para Trix, que se recuperava do dezembro movimentado de costume, e usava janeiro para fazer o inventário do estoque, providenciar uma limpeza completa e tentar não se preocupar com o fato de que a cada duas semanas havia um novo restaurante abrindo em York, a Covid-19 era uma história só levemente interessante no noticiário.

E então…

Houve um breve intervalo — uma semana, talvez — em que Caz poderia ter decidido voltar para York, ou Trix poderia ter ido para Cardiff. O vento estava soprando com muita força em uma direção muito clara.

O restaurante vinha administrando os estoques de perecíveis da melhor maneira que podia: ninguém mais parecia estar disposto a comer fora. Trix fazia visitas diárias aos bancos de alimentos com as coisas que sabia que não conseguiriam usar a tempo. Caz estava fazendo análises complicadas de cadeias de suprimentos e passava muito tempo conversando com gerentes preocupados de escritórios do mundo todo.

No fim de uma noite de sexta-feira, elas conversaram sobre a possibilidade de morarem juntas. Na ocasião, Caz estava um pouco bêbada e Trix estava grogue de sono. Concordaram que algum tipo de lockdown era iminente, e sabiam que queriam estar juntas, que sentiam falta uma da outra.

— Você poderia vir para cá — sugeriu Caz. — O restaurante vai ter que fechar, não é?

— Sim — respondeu Trix. A audioconferência semanal dos gerentes envolvia uma carga de trabalho cada vez menor nos últimos tempos, com todos esperando por notícias de estratégias e contingências. — Mas talvez eu ainda tenha que estar por perto. Você poderia vir para cá. Você não disse que todos estão recebendo equipamentos para trabalhar de casa por um tempo?

— Poderia — concordou Caz, e Trix sentiu um frio na barriga ao pensar em ter Caz ao seu lado o dia todo, todos os dias, se o mundo inteiro tivesse que ficar dentro de casa por algum tempo. — Mas o meu apartamento é melhor do que o seu. E o Philippe me odeia.

— O Philippe vai voltar para a França — informou Trix.

Houve um momento de silêncio. Bastaria uma delas dizer "Certo, vamos fazer isso", ou "Vou morar aí com você", ou "Acho mesmo que me sinto melhor aqui, mas quero muito encontrar um jeito".

E então Caz falou:

— Parece que você está precisando dormir um pouco.

E, por algum motivo, elas não voltaram a tocar no assunto.

Depois, Trix pensou que, se nenhuma das duas tinha certeza, então era melhor assim. E Caz disse algo parecido durante a primeira semana de lockdown, quando elas compararam suas compras e Trix se ofereceu para enviar alguns de seus sachês de fermento instantâneo pelo correio.

Se soubessem na época que seriam meses, não semanas, teriam feito diferente? Ambas concordam que sim.

✦ 18 ✦

Remédios. Entendemos um remédio como algo que ingerimos para curar o corpo: algo para ajudar com um mal-estar específico. Tome paracetamol para sua dor de cabeça, tome antidepressivos para tornar a vida mais suportável, ou para deixar tudo menos... bem, só menos. Explique seu problema a alguém qualificado e deixe-o soltar alguns "hummmm" e "ah" e apalpar e apertar. Tire um pouco de sangue, mostre-se alegre enquanto fica deitado, vulnerável, dentro de uma máquina barulhenta, vestido com uma camisola hospitalar e fingindo coragem. Quando os resultados chegarem, faça um número aceitável de perguntas e tome seu remédio. Fique feliz por estar vivo, pois poderia ser pior. Especialmente agora.

Remédios não são a única coisa que usamos para curar.

Ou, talvez, a cura envolva mais do que remédios.

Há a demonstração de afeto através de abraços, se possível, ou sorrisos e olhares. Há o fechar a porta e desinfetar as mãos e saber que nos mantivemos tão seguros quanto possível. Há a magia da experiência compartilhada: que alívio saber que há algo de universal neste sofrimento, que há esperança de chegar ao fim dele!

E há livros. Os leitores sabem que, quando seu coração sofre com a perda ou a ausência, um livro que leram antes pode amenizar a dor. Leitores, confrontados com uma nova experiência, encontram um livro para ajudá-los a lidar com ela: um guia de viagem para uma nova cidade, mas também um romance ambientado ali.

Leitores dão livros para outros leitores, dizendo-lhes "Este vai fazer você rir", ou "Leia este, para que possamos conversar sobre ele", ou até mesmo "Não sei por quê, mas este me fez pensar em você".

Mas e quando a dor é generalizada demais, ou aguda demais, ou estranha demais para nos autodiagnosticarmos? O que acontece quando uma nova dor não pode ser curada com um velho remédio? Ou quando um problema parece trivial demais para mencionar — não estamos morrendo, não estamos nem sequer tossindo, não temos o direito de dizer que estamos sofrendo — ou grande demais para resolver?

E se até mesmo a leitura parece um esforço, ou alguém que sempre encontrou alívio em livros de repente não consegue encontrar a energia ou a empatia nem mesmo para pegar um de seus livros favoritos?

É aí que um livreiro pode ajudar você.

✦ 19 ✦

Loveday

Quando Loveday desce a escada, Kelly está se despedindo e desligando o telefone. Ela ergue o olhar.

— O professor Azad mandou um abraço. Ele quer que a gente pense em algo para a vizinha dele que não lê. E mais algumas coisas. — Kelly olha com o cenho franzido para o papel em sua mão, como se não acreditasse muito no que escreveu ali. — Eu disse que poderíamos entregar até o fim da semana.

— Claro. — Loveday adora andar de bicicleta pelas ruas quase vazias de York, mesmo que isso lhe dê a sensação de que não deveria estar gostando de um efeito colateral do lockdown. E o professor Azad é um dos poucos clientes de quem Loveday realmente sente falta. Seria bom conversar com ele, ainda que seja um oi rápido da calçada. — Você tem tempo para conversar? Eu tive uma ideia.

— Lógico. Estou sempre aberta a ideias.

— Eu estava pensando sobre como você me pediu indicação de livros hoje mais cedo. E acho... acho que entendo por que não estamos vendendo.

Kelly aguarda. Loveday gosta disso nela — ela sempre lhe dá tempo para formular o que precisa dizer. Kelly havia se candidatado à vaga de gerente pouco depois da reabertura da livraria após o incêndio, e na entrevista foi muito atenciosa, uma ótima ouvinte, diferente dos demais candidatos.

— Quando as pessoas nos pedem livros... — começa Loveday. — Quer dizer, quando elas podiam vir à loja. Muitas vezes elas não dizem: "Você tem alguma coisa da Charlotte Perkins Gilman?" Dizem: "Eu li tudo da Virginia Woolf e não sei para onde seguir agora." — Ela faz uma pausa, para ver se Kelly entende o que ela quer dizer.

Desde que Loveday começou na Lost For Words quando era adolescente, trabalhando para pagar a dívida de um exemplar roubado de *Possessão*, de A. S. Byatt, ela notou que, para cada cliente que chegava com uma lista ou um pedido específico, havia um que estava examinando as prateleiras, sem saber exatamente do que precisava, procurando uma resposta para algo — e eram essas pessoas que um livreiro podia de fato ajudar. E essa é a parte de que ela realmente sente falta, agora que a loja não está aberta.

Antes que ela diga mais alguma coisa, Kelly se empertiga, assentindo com vigor.

— Sim, você tem razão. A Rosemary disse que *Persuasão* foi melhor do que todos os remédios que ela já tomou, e o professor Azad quer um livro para ajudar a vizinha dele. Isso é o que costumávamos fazer.

Loveday concorda com a cabeça. Ela não está sendo ridícula, afinal.

— Nós costumávamos... prescrever livros. Como se fossem remédios. Conversávamos com a pessoa, fazíamos o diagnóstico e encontrávamos algo que pudesse resolver o problema.

Archie, com sua cordialidade e sua energia de mestre de cerimônias vitoriano, parecia ser capaz de encontrar o livro certo para qualquer pessoa só de observar o jeito como elas passavam pela porta. Loveday deseja, como sempre, que ele estivesse aqui. Ele saberia o que fazer em uma pandemia.

Mas ele também esperaria que ela fizesse algo por si mesma. Pela loja. Pelos leitores. Por esse mundo estranho e triste. Ele não esperaria que ela inventasse uma vacina ou liderasse uma manifestação na frente do Parlamento, lógico. Mas esperaria que ela soubesse como transformar a Lost For Words em um lugar que fizesse algo bom.

— Então acho que o que precisamos fazer — retoma Loveday — é abrir uma farmácia de livros.

✦ 20 ✦

Hozan, agora

É Loveday quem vai entregar os livros, como o professor havia secretamente desejado que fosse. Há algo nessa moça que o faz pensar nos muitos órfãos que conheceu em sua terra natal, no Curdistão, cujos pais Peshmergas caíram nas mãos do regime de Hussein, e cujas mães morreram das mais variadas doenças ou coisa pior. Loveday não sorri muito e demonstra um tipo de diligência que sugere que ela está sempre tentando se agarrar a seu lugar no mundo, convencida de que pode perdê-lo a qualquer momento.

Ela pôs o pacote no chão e recuou até o portão. Está segurando a bicicleta, com o quadril apoiado no selim, as mãos no guidão. Atualmente, as pessoas estão sempre prontas para partir a qualquer momento.

— Desta vez você pediu umas coisas diferentes, hein, professor? — comenta ela.

Ele ri enquanto abre o pacote. Havia encomendado algo para ajudar sua esposa a acompanhar os personagens e histórias da famigerada novela *EastEnders*, que agora domina a vida deles — o professor só a assiste para fazer companhia a Zhilwan —, e, apesar das advertências de sua esposa quanto a julgar e interferir, um livro para Lorraine. Talvez tudo que tenha faltado a ela seja alguém que coloque um livro em suas mãos. E pediu também um exemplar de *Paddington*.

Em uma reviravolta com a qual ele realmente tenta não se importar, Lana transferiu para Lorraine o privilégio de ler seu livro favorito. E as duas começaram a lê-lo por FaceTime com Claire e Arthur. "A Lorraine é mais boa com vozes, mas você é mais bom em me carregar", Lana tinha dito quando o professor se ofereceu para começar o livro seguinte da série de Paddington com ela. Sazan riu e, dessa vez, não corrigiu a gramática da filha. Talvez todos eles estejam aprendendo.

Além de *Paddington*, o pacote contém uma enciclopédia de *EastEnders* para Zhilwan e um livro chamado *Before the year dot*, a autobiografia de uma tal June Brown. Quando o professor retornar ao *campus*, pretende discutir tudo isso com Tim, de estudos de mídia.

— Obrigado — diz ele.

Loveday assente com a cabeça.

— Vou ficar de olho em qualquer coisa interessante de engenharia civil que aparecer também, quando as pessoas puderem voltar a levar livros para nós. Vai ter muita gente limpando estantes.

— Podem surgir tesouros. — O professor sorri.

— Pois é, nunca se sabe.

— E como está você, minha querida? Como está sua mãe? E o seu mágico?

Loveday balança a cabeça.

— Minha mãe ainda não se recuperou totalmente da Covid-19. Ela foi a única lá de casa que pegou, e foi logo no começo. Tirando a tosse, ela não ficou muito mal, mas se sente exausta o tempo todo — conta ela. Ele percebe como ela olha para as mãos, que estão apertando o guidão da bicicleta. — O médico diz que tudo isso ainda é muito novo e que temos que esperar para ver.

— A mãe da Zhilwan costumava dizer "espere para ver" em relação a tudo. — O professor ri com a lembrança.

— E o Nathan está bem. Está limpando os fundos da loja, só para ter alguma coisa para fazer. Não tem havido muita demanda por mágica de salão.

— Antes havia?

Loveday ri e Yad vem espiar na porta a mulher com quem seu avô está conversando.

— Havia! Eventos empresariais, festas e coisas do tipo. Isso sempre me surpreendeu. O Nathan ganhava mais em uma noite do que a livraria em uma semana. — Todo o divertimento desaparece de suas feições. — Em um mês, provavelmente, agora.

— A paciência é a chave para a satisfação — diz o professor, e imagina como Zhilwan zombaria dele se o ouvisse falar isso, quando ela mesma o aconselha com tanta frequência a ter paciência. Ele balança a cabeça. — Desculpa. Quer dizer, espero que tudo dê certo para você, Loveday.

Loveday encara as mãos.

— Eu também. Nós tivemos uma ideia, mas, se não funcionar, não sei mais o que fazer.

E antes que o professor possa dizer mais alguma coisa, Loveday já subiu na bicicleta e foi embora.

✦ 21 ✦

York Herald

NOSSA ESTIMADA LIVRARIA LOST FOR WORDS ABRIU A PRIMEIRA FARMÁCIA DE LIVROS DE YORK

A Lost For Words, uma das mais tradicionais instituições culturais de York, encontrou uma maneira de ajudar aqueles que estão enfrentando dificuldades durante a pandemia.

A loja de livros usados no centro de York agora está oferecendo um "serviço de prescrição de livros". A proprietária Loveday Cardew explica: "Quando a livraria estava aberta, muitos clientes não vinham procurando um livro específico. Eles procuravam a solução para um problema, ou alguma leitura que os fizesse se sentir melhor. Como não podemos receber clientes no momento, encontramos outra maneira que esperamos que possa suprir essa necessidade."

Quem visitar o site da Lost For Words encontrará algumas "prescrições genéricas": livros para tédio, para ansiedade, para pessoas que estão sentindo falta da família etc. Não são livros de autoajuda, embora haja também uma seção de autoajuda. "É fácil encontrar o livro de autoajuda de que você precisa", explica Loveday, "mas pode ser mais difícil achar o romance ou livro de não ficção que fará você se sentir melhor, ou ajudará você a pensar de forma diferente. É nesses casos que nossa farmácia de livros pode ajudar". E não para por aí. Há também um serviço personalizado. "Se alguém tiver uma necessidade específica e quiser um livro para isso", acrescenta Loveday, "será muito bem-vindo para nos contatar pelo site ou por telefone. Não cobramos pela prescrição e o cliente pode retirar os pedidos na própria loja ou, caso resida em York, receber em casa — nas demais localidades, o envio será feito pelo correio. Nós realmente queremos ajudar".

✦ 22 ✦

Casey

Caros Lost For Words...

Casey não se lembra da última vez que dormiu. Quer dizer, um sono daqueles de apagar, sem sonhos, e acordar se sentindo pronta para outro dia, ou noite, ou qualquer turno em que estivesse. É até difícil acreditar que isso tenha sido algo que ela já foi capaz de fazer.

Mas, antes, ela dormia. Nos primeiros dias da pandemia, ela cambaleava do trabalho para o chuveiro na área de serviço. Seus pais o haviam instalado a princípio para o pai dela, que se lavava antes de entrar em casa depois de um dia particularmente sujo no trabalho: ele passara trinta anos limpando resíduos perigosos para uma construtora. Mais tarde, quando ele se aposentou precocemente por causa de problemas na coluna, o chuveiro se tornou útil para lavar o grosso da lama dos cachorros na volta dos passeios no inverno.

Nenhum deles jamais imaginou que Casey o usaria, especialmente porque ela tinha seu próprio banheiro no quarto. Mas, depois que a pandemia se intensificou, ela tomava banho com a água mais quente possível, vestia o pijama limpo que deixava sobre a pia antes de sair para o hospital, jogava seu traje cirúrgico na máquina de lavar, higienizava as mãos outra vez e só então entrava em casa. Dependendo de seus turnos, seus pais poderiam estar acordados ou não, estar em casa ou não. Logo Casey passou a preferir quando eles não estavam lá para recebê-la, porque ela não sabia como responder às perguntas de "Como foi seu dia?". Não encontrava as palavras e, mesmo que encontrasse, não queria que eles soubessem.

Naqueles primeiros dias, ela comia o que sua mãe deixava para ela, dizia oi para os cachorros e ia para a cama. Punha os fones de ouvido, escolhia uma meditação para dormir, se enfiava sob as cobertas e capotava até o alarme tocar. Às vezes, dormia até dez horas seguidas. Naqueles dias, seu corpo não funcionava depois de um turno longo, e ela só tinha as próprias necessidades para pensar. Voltou a morar com os pais depois que seu casamento acabou, em 2019. Eles conversaram sobre ser um arranjo temporário, mas logo restabeleceram a rotina em família que existia antes de Casey se casar com Josh.

Tirando seu tempo em repúblicas e lugares compartilhados quando estava na universidade, Casey havia morado com os pais até se casar. E, durante o divórcio, descobriu que gostava de estar em casa outra vez, afinal sua família continuava sendo o trio feliz de sempre. E ela gostava de se concentrar no trabalho, que sempre foi o que havia de melhor e mais satisfatório em sua vida. E, por alguma razão, Josh dizia que isso era parte do problema — e não, lógico, seu vício em jogos. Mas isso ficou para trás. No dia em que saiu o divórcio, ela comprou um carro novo, um pequeno BMW esportivo, e, às vezes, quando terminava seu turno no meio da tarde ou no começo da manhã, saía da cidade e dirigia pelas colinas em alta velocidade, com a música no último volume.

✦ 23 ✦

Kelly

Cara Rosemary,

Isto não se encaixa exatamente no que você pediu, mas é uma edição tão bonita e, por algum motivo, pensei em você quando a vi.

Não lembro quando foi a primeira vez que li Alice no País das Maravilhas, *de Lewis Carroll, ou, mais provavelmente, quando alguém leu para mim. Lembro a primeira vez que li um monte de coisas, até mesmo meu primeiro Malory Towers! Mas este deve ter estado comigo quase desde que nasci. Foi só quando li já adulta que percebi quão estranho é. Mas a vida é estranha, suponho, ou pelo menos não é como imaginamos. Tive uma surpresa incrível, e estou tentando apenas aproveitar o momento em vez de ficar pensando demais.*

Espero que você e seu marido estejam bem. (Ou, talvez eu devesse dizer, tão bem quanto possível.)

Com amor, da livraria Lost For Words,
Kelly

P.S.: Loveday, a proprietária, e eu conversamos sobre Whitby e sobre como sentimos falta do mar.

Craig começou a fazer um almoço para Kelly levar. Ele prepara seu próprio almoço ao mesmo tempo, ocupando-se na cozinha enquanto Kelly se arruma. A primeira reunião dele costuma ser às 9h30, então ela se programa para sair de casa antes disso, dando-lhe um beijo no alto da cabeça enquanto ele liga o notebook.

Se Kelly tivesse tido tempo de pensar sobre a mudança de Craig para lá, talvez tivesse se preocupado com as coisas que perderia: tempo para trabalhar em seu doutorado, tempo gasto relaxando na banheira, seu hábito de cortar e organizar todos os componentes de suas refeições com antecedência e guardá-los em pequenos potes, algo de que um ex-namorado zombava e que a deixou constrangida desde então. Mas, por outro lado, Craig lhe deu mais tempo. Às vezes, quando ela chega em casa, ele ainda está trabalhando, então ela passa uma hora estudando em vez de se largar na frente da TV ou ler Agatha Christie até ficar com fome suficiente para cozinhar, como teria feito se estivesse sozinha. Craig lava os pratos depois do jantar, e Kelly pode ir tomar um banho, se quiser; e, às vezes, ele se junta a ela depois que termina a louça. Ele até mesmo é fã de sua metodologia de cortar-e-organizar-tudo-primeiro.

Então, esta manhã, ela lhe dá um beijo de despedida, pega seu almoço e segue caminho ao longo do rio em direção ao trabalho. Sente vontade de sair saltitando. Parece errado estar tão feliz. Por outro lado, por que aumentar a carga de tristeza do mundo, reprimindo sua alegria?

Quando Kelly chega à livraria, Loveday está no notebook.

— Está funcionando — diz ela, quando Kelly entra. — Recebemos quinze pedidos de prescrições durante a noite.

— Que fantástico!

Para Kelly, isso é mais um sinal de que sua vida está indo na direção certa. Ela não vai precisar procurar um novo emprego, afinal.

— Muito — responde Loveday. — Eu imprimi os e-mails para podermos anotar nossas ideias neles.

Kelly concorda com a cabeça.

— Certo. — Então, porque não consegue mais não falar nada, ela dispara: — Eu nunca vivi uma paixão tão fácil e leve quanto a de agora.

Loveday olha para ela e Kelly se lembra, tarde demais, das coisas que sabe sobre a família de Loveday e sobre seu passado. Mas Loveday sorri e diz:

— Eu sei.

✦ 24 ✦

Mo

Caríssimos Lost For Words,
Quando o lockdown começou, achei que ficaria bem. Eu me acostumei a viver só, posso trabalhar de casa e não faço parte de nenhum grupo de risco. Meu único parente, meu irmão, mora em Londres com a família e estamos acostumados a ficar muito tempo sem nos ver.
No começo, estava tudo bem. Mas agora meu apartamento está redecorado e eu já terminei aquele programa do aplicativo de correr cinco quilômetros. Assisti a tudo que recomendavam na TV e li todos os livros que pretendia ler mas nunca lia. E, no fim do dia de trabalho, a caixa de entrada do meu e-mail está sempre zerada.
*Nunca tive problema por não ter um relacionamento sério (as pessoas dizem que sou egoísta, mas acho mais egoísta ainda se comprometer pela metade com um relacionamento só para ter as partes de que se gosta). Porém percebi que sinto falta de todas as pequenas interações casuais que tinha antes. Falar com as pessoas na academia. As conversas no trabalho. Tudo que seria simpático ou razoavelmente interessante conversar cara **a cara** soa trivial **pelo** Zoom. E egocêntrico, quando sete outras **pessoas têm** que ficar **escutando**.*
*O que estou dizendo é: não há **nada de** errado comigo e eu não tenho nada do que reclamar. Mas, **se** vocês tiverem algum livro que possa me ajudar, eu agradeceria.*
Atenciosamente,
Mo

◆

Olá, Mo,

    Ah, sim. Estamos vivos, por isso não podemos reclamar. Sei exatamente o que você quer dizer. Até pouco tempo atrás, eu estava em uma posição bem parecida com a sua. Achei que adoraria todo o tempo extra e finalmente conseguiria fazer tudo que não conseguia antes. Parece que você se saiu melhor do que eu na parte de fazer coisas, mas com certeza eu me identifico.

    Estou enviando sugestão de cinco livros. Desconfio que você já tenha lido bastante, por isso não vou me ofender se já tiver lido todos e eu precisar mandar outra lista! Você vai encontrar uma mistura de clássicos e romances mais contemporâneos. Avise quais lhe interessam e eu os enviarei o mais rápido possível. Dependendo de onde você mora, podemos mandar pelo correio ou entregar na porta da sua casa.

    Atenciosamente,
    Kelly

Middlemarch, *de George Eliot. Um romance sobre comunidade e todos os pequenos e fortes vínculos que unem as pessoas de uma cidade. Como os melhores romances (na minha opinião), ele mostra o cotidiano, mas é sobre coisas muito maiores.*

A piece of the world, *de Christina Baker Kline. Sobre uma mulher que está presa em casa por conta de uma doença e sua relação com a vida e a arte.*

As aventuras de Tom Sawyer, *de Mark Twain. Reli este livro há pouco tempo e adorei. É uma incrível evocação do mundo de uma criança, e fiquei totalmente envolvida com coisas como encontrar uma bolinha de gude perdida.*

Um homem chamado Ove, *de Fredrik Backman. Insista neste. É sobre um homem de quem talvez você não goste de primeira, mas acredito que vai tocar seu coração.*

A lista dos meus desejos, *de Grégoire Delacourt. Uma costureira de uma cidadezinha francesa ganha na loteria, mas não tem certeza se quer que sua vida mude.*

✦ 25 ✦

Leitores podem ter pensamentos complexos, contradições e oposições morais em suas mentes. Essa é uma das habilidades que aprendemos com as palavras em uma página. Pode-se torcer por Emma Bovary e ao mesmo tempo reconhecer que ela é egoísta e insensível. E você provavelmente gritou "Não!" para o livro quando ela... (sem spoilers) faz algumas das coisas que faz. Pode-se suspirar tanto por Henry Crawford quanto por Edmund Bertram ao ler *Mansfield Park*, de Jane Austen. Talvez Katniss Everdeen seja irritante, mas você afiaria as flechas dela se pudesse.

Então, aqui está uma contradição: você pode amar livros e ainda assim decidir não terminar um.

Sim, você pode.

Livros não julgam você.

Livros podem conter, e invocar, todos os sentimentos que existem. Podem levar você à raiva, ou às lágrimas, ou à felicidade, ou aos três em rápida sucessão. Podem ter um efeito tão profundo em suas emoções que talvez mudem o curso da sua vida. Quantos advogados foram inspirados por *O sol é para todos*, de Harper Lee? Quantos veterinários, pelos livros de James Herriot? Quantos professores, por *Matilda*, de Roald Dahl?

É assim que os livros funcionam. Eles combinam o que está neles com o que você agrega à leitura, criando uma conexão que, muitas vezes, torna impossível largar o livro. Às vezes, essa força é tão grande que faz você passar a noite acordado, absorto nas páginas. E, às vezes, a necessidade de chegar ao fim é tão urgente que você se vê obrigado (e, sim, é de necessidade mesmo que estou falando) a desmarcar uma ida a um café só para saber como a história termina.

Outras vezes, falta uma parte da química. Ou há algo no livro que simplesmente não funciona para você. Talvez o mocinho tenha o mesmo nome do ex que você nunca superou. Pode ser que o cenário não agrade, ou que haja alguma coisa no modo como os personagens se relacionam que não faz sentido para você.

Às vezes, você não gosta o suficiente da história para querer continuar lendo.

Isso é algo que os livros entendem. Que escritores entendem. Que outros leitores entendem. Faz parte da vida. Nem todos os amantes de comida gostam de banana, por exemplo.

Então, se você ainda não entendeu isso... pare um pouco. Respire fundo. Na próxima vez que já tiver lido cinquenta páginas de alguma coisa e, em vez de pegar o livro, ficar navegando pelas suas redes sociais... você pode simplesmente parar de ler essa história, se quiser. Pode passá-lo para a frente e começar algo novo.

A leitura deve ser um prazer e uma alegria, uma forma de se educar e uma promessa, uma válvula de escape e um respiro. Os livros que você escolhe para si jamais devem dar a sensação de ser um castigo ou uma obrigação.

✦ 26 ✦

George, 1980

George e Rosemary planejam começar a formar uma família após seu quinto aniversário de casamento, em 1974. Então, Rosemary para de usar métodos contraceptivos e — embora seja difícil olhar para trás e imaginar que isso um dia tenha sido verdade — eles têm certeza que os bebês virão.

Mas não é assim que as coisas acontecem.

O quinto aborto espontâneo de Rosemary coincide com o início das férias de verão de 1980. George vai buscá-la no hospital. Ele a acomoda no banco do carro, meio que esperando que ela o repreenda, dizendo-lhe que não precisa de ajuda. Mas ela fecha os olhos e deixa que ele aperte seu cinto de segurança e coloque um cobertor sobre suas pernas, mesmo sendo um dia quente de julho. É tudo que ele consegue pensar em fazer.

Quando chegam em casa, ela sobe a escada devagar, vai direto para a cama e cai em um sono profundo, com George ao seu lado. Quando ela acorda, ele oferece todo tipo de comida em que consegue pensar, mas Rosemary olha para ele e diz:

— George, eu não quero nada, a não ser o meu bebê. — A tristeza toma conta do seu rosto, os olhos cerrados. — Apenas um deles.

George nunca se sentiu tão impotente na vida.

Após os quatro primeiros abortos espontâneos (um que foi quase como uma menstruação atrasada, os outros entre nove e doze semanas), Rosemary se fechou em sua concha. E então eles conversaram, só um pouquinho, sobre suas perdas e concordaram que para algumas pessoas não era fácil, mas que as coisas eram assim. E que o esforço valeria a pena quando tivessem seu bebê.

George tinha dito coisas como "A decisão é sua" e "Eu não suporto ver você passar por isso". O médico os encaminhou para exames e eles enfrentaram a vergonha que sentiam, juntos e separadamente. Mas não havia nada errado. Continuem tentando, era o conselho, e eles tentaram. Sua vida sexual, antes amorosa e feliz, não era mais um prazer em si, mas um meio para atingir seu objetivo. Assim que acabava, Rosemary, em vez de se aninhar no peito de George, virava na cama, punha os quadris sobre o travesseiro, apoiava as pernas contra a parede e fechava os olhos. George procurava sua mão, mas só às vezes ela aceitava o toque.

Essa quinta perda, na décima quinta semana — depois de eles terem contado a toda a família e aos amigos, e não só aos seus pais —, é insuportável. É terrível para George, e não foi ele quem passou pelos enjoos, que sentiu seu corpo mudar em preparação e acolhimento a um bebê. A mãe de Rosemary havia falado "Esse bebê veio pra ficar" e Rosemary sorrira, radiante, e concordara. Eles haviam começado a planejar, a ter esperanças. Por fora, especialmente na escola, George observava Rosemary tentando ser a pessoa de sempre. Ele, e talvez apenas ele, sabia que, por dentro, sua esposa estava fervilhando com uma mistura de cansaço e euforia. À noite, durante o jantar, ela falava sobre o que estava acontecendo dentro de seu corpo, sobre os vasos sanguíneos em seu útero comunicando-se com os da placenta, os nutrientes em seu corpo transmitidos para o bebê, permitindo que ele ou ela formasse suas articulações, seus órgãos, seu cérebro. Ela lhe confessou que, nas aulas, dava aos alunos tarefas de leitura e de discussões em dupla para poder fazer listas de nomes para bebês.

— Nomes de flores — tinha dito ele. — Rose. Lily. Zinnia...

Rosemary riu.

— Zinnia? Acha que temos essa coragem? Zinnia Athey. Parece um nome muito especial.

— É verdade.

George havia pensado em como, apesar dos enjoos e do cansaço, fazia muito tempo que ele não ouvia sua esposa rir tanto. Ela riu ainda mais quando ele sugeriu Basil, manjericão, caso fosse um menino, e ela achou que ele estivesse brincando. George não se importava. Tinha certeza de que estavam esperando uma menininha e, de qualquer modo, depois do que Rosemary havia passado, ela poderia dar ao bebê qualquer nome que quisesse. Quando as dores começaram, ela abandonou qualquer esforço do estoicismo que havia encontrado nos abortos anteriores e chorou durante toda a longa noite e dia que se seguiram.

Mais cautelosos a cada gravidez, eles não haviam comprado roupas de bebê dessa vez. Mas Rosemary comprou livros. E, lógico, um deles era de Lewis Carroll.

✦ 27 ✦

Rosemary

Quando Rosemary abre o pacote da Lost For Words e vê que é *Alice no País das Maravilhas*, em uma edição ilustrada por Helen Oxenbury, seu primeiro pensamento é colocá-lo direto para doação e fingir que a batida na porta tinha sido só alguém passando para ver se eles estavam bem. Mas ela nunca — quase nunca — escondeu coisas de George, e hoje não parece um bom dia para uma mentira.

Ela vai até o banco no jardim para se juntar a ele. O vento está frio, então, além do livro, ela traz um cobertor. George anda quieto desde ontem. Lógico que está — a visita ao hospital não tinha ocorrido como esperavam.

Tudo começara bem. Seguiram pelo amplo corredor em direção à clínica ambulatorial, quando esbarraram em uma enfermeira que se lembrava deles da escola — na verdade, ela chamou Rosemary pelo nome de solteira quando os avistou. A princípio, foi difícil saber quem ela era, com a máscara cobrindo boa parte do rosto e a faixa da viseira na testa. Mas ela repetiu:

— Srta. Bell?

E acrescentou:

— É a Carol. Carol Johnson. A senhora me deu aula de inglês.

E então Rosemary estava de volta à sua primeira sala de aula, ainda encontrando sua voz e seu estilo, abandonando o método de cada um ler um trecho em classe em favor da encenação da abertura de *Romeu e Julieta*.

— Carol! — exclamou Rosemary. — Que bom ver você!

Elas não conversaram. Carol evidentemente estava com pressa para ir a algum lugar. Mas disse "Espero que vocês estejam bem" de uma maneira que transmitia a certeza de que não estavam. Todos sabiam que, caso contrário, não estariam no hospital.

— Não passamos tanto tempo no hospital desde... — tinha dito George, enquanto aguardavam na sala de espera, sob um quadro de avisos que dizia: "Esta clínica está com 35 minutos de atraso."

— Eu sei — disse Rosemary. Sua mão encontrou a dele. Era difícil acreditar que hospitais ainda cheirassem da mesma forma, mas o cheiro era inconfundível: desinfetante e lençóis fervidos, sobrepostos a fluidos corporais.

As palavras da médica de olhos bondosos podiam soar abafadas atrás da viseira, mas o diagnóstico era inequívoco. As palavras "tratamento conservador", Rosemary entendeu, significavam que não havia nada a ser feito para reverter, ou curar, o quadro de George. Ele havia segurado a mão dela com força, e ela apertou de volta. Alguém tinha dito "Sinto muito". Não qualquer pessoa — Rosemary, que chorava. O rosto de George permaneceu imóvel.

— Não estou pronta. — As palavras dela soaram desesperadas, como uma súplica, e ela se obrigou a parar de falar. Isso não era sobre ela. Era sobre George, o forte e obstinado George, que não merecia isso.

— Que bom, porque eu também não estou — dissera ele.

E, agora, aqui estão eles, vinte e quatro horas depois, e tudo continua quieto. Mal disseram uma palavra. É exatamente como quando perderam o último de seus bebês. (Perderam. Por que as pessoas falam em "perder"?)

Rosemary serve o chá e entrega a caneca a George. Está prestes a perguntar como ele está, mas já deve ter lhe perguntado dezenas de vezes hoje, e em todas ele só assentiu com a cabeça, como se dissesse "Estou aqui e isso é tudo que sei".

— Recebemos outro livro da Lost For Words — diz ela.

— Ah, é?

Ela lhe passa o exemplar e ele o folheia devagar.

— Não são as ilustrações de que eu me lembro — comenta ele.

— Não — concorda ela —, é uma versão mais recente. Nós tínhamos as ilustrações de Tenniel. — Rosemary se lembra de como, doente e enlutada, enfiara a biblioteca de seu bebê em um saco e o jogara no lixo, depois que escureceu. Foi a única vez na vida que fez isso com livros. — Nunca contei para você, mas joguei fora os livros do bebê.

— Eu percebi. Um dia eles estavam ali, e no outro não.

Rosemary quase ri. Ela guardou esse segredo durante anos e, lógico, nunca foi de fato segredo.

— Desculpa — diz ela.

— Você não tem nada pelo que se desculpar. Sinto muito por não termos conseguido ser pais — diz George, fechando o livro e segurando a mão dela. — Não sei se eu disse isso, na época.

— Não importa mais.

Mas importa, sim. Eles deviam ter conversado a respeito. Se fosse agora, eles teriam sido encaminhados para a terapia. Na ocasião, receberam um folheto sobre adoção, que Rosemary jogara fora também.

Algo havia morrido em Rosemary depois daquele último aborto e, talvez, se ela tivesse deixado George ajudá-la, algo novo teria nascido.

Rosemary observa o marido enquanto ele olha para o mar. Talvez seja a vez dela testemunhar a dor dele, como ele testemunhou a dela. Não sabe o que ele está pensando. Então, ele se vira para ela e estende o braço sobre o encosto do banco, fazendo uma careta de dor com o movimento.

— Se vamos ler este livro — diz ele —, você tem que chegar mais perto para nós dois podermos ver as figuras.

✦ 28 ✦

Loveday

Aqueles quinze pedidos de prescrições no primeiro dia foram apenas o começo. A farmácia de livros da Lost For Words provavelmente é o mais próximo que se pode chegar de um sucesso da noite para o dia em um mundo em que tudo ficou mais devagar por causa do vírus e do distanciamento social. O formulário on-line é preenchido pelo menos trinta vezes ao dia, e as pessoas também vêm à porta da loja, procurando escapismo, ajuda com o tédio ou simplesmente "alguma coisa que me faça parar de assistir aos noticiários". Os pedidos mais pessoais vêm on-line. Loveday se identifica com isso, afinal ela não ia querer parar na rua e contar a um estranho que está começando a odiar a própria mãe ou que está convencida de que todos que ela ama vão morrer. Não ia querer nem preencher um formulário e enviá-lo por e-mail dizendo essas coisas, mas muitas pessoas o fazem. *Nem todos têm tanta sorte quanto eu*, ela lembra a si mesma, pensando em sua mãe na segurança de sua casa e em Nathan sempre ao seu lado. (Ter sucesso, de certa forma, parece ostentação neste momento, mas Loveday está feliz mesmo assim. Ela nunca se perdoaria se a loja que herdou de uma das melhores pessoas que já conheceu tivesse falido apenas seis anos depois de sua morte.)

O artigo que saiu na imprensa local sobre a iniciativa da livraria apareceu na seção "comunidade" no site da BBC News. Histórias que faziam as pessoas se sentirem bem pareciam raridade, então a notícia de suas prescrições de livros chegou longe.

A *Bookseller* ligou pedindo uma entrevista, o que deixou Kelly entusiasmada, mas Loveday não achava que entregar sua ideia de bandeja para todos os outros livreiros do país pudesse ter alguma utilidade. Porém, teria parecido mesquinho dizer isso, então ela não falou.

O fato é que estavam atarefados. Era um alívio tão grande ter uma forma de ocupar o dia que não se resumisse a fazer hora — por mais que se goste de poesia, chega um momento em que não há mais o que organizar nessa seção — ou a perder tempo. Desfrutar das coisas parece errado quando há tanta coisa errada no mundo. Mas trabalhar parece certo. As prescrições de livros prontas para serem retiradas estão em sacolas de papel à esquerda da porta, e as que esperam para ir para o correio estão embaladas para serem coletadas. Os dias de Loveday pedalando até a agência do correio com as cestinhas cheias acabaram, mas ela ainda gosta de entregar as encomendas locais de bicicleta.

— O Craig falou que pode vir nos dar uma mãozinha no sábado, se você quiser — diz Kelly, do outro lado da loja, onde está embrulhando livros de receitas em papel pardo, para alguém que enjoou da própria comida e não sabe por onde começar a experimentar coisas novas.

Loveday responde com um murmúrio evasivo. Por nenhum motivo específico, ela criou antipatia por Craig. O que é ridículo, porque ela nem o conhece. Nathan diz que é seu comportamento de sempre — não gostar de alguém até que essa pessoa prove que presta —, e ele não está errado.

Kelly acrescenta:

— É tão bom estar com alguém que realmente se importa comigo.

Inesperadamente, Loveday se ouve dizendo:

— Eu sei.

Kelly sorri.

— Ele diz o que sente, e parece achar que, contanto que estejamos juntos, nada é complicado ou difícil. E fala que o mundo está do lado de fora da nossa porta e pode continuar lá.

— Fico contente por você estar feliz — diz Loveday com sinceridade.

Loveday pensa na noite anterior, no sofá, as pernas enlaçadas nas de Nathan, ambos lendo. Vanessa estava lavando a louça ao som de sua "Playlist de Tarefas Domésticas". Vanessa e Nathan estiveram ensaiando falas durante o jantar, preparando-se para algum tipo de maratona de piadas em bicicletas que planejam levar pelas proximidades. Loveday não sabe como os dois conseguem se divertir tanto na pandemia, mas eles são bons nisso. Melhores do que ela.

Quando Vanessa veio morar com eles, Loveday havia se preocupado que elas pudessem acabar se irritando uma com a outra, afinal nunca haviam passado mais do que um almoço em família juntas. Mas Vanessa é tão fácil de conviver quanto Nathan, e Loveday logo descobriu que realmente gosta dela, sem precisar se esforçar. Sarah-Jane diz que as duas são como as irmãs Dashwood de *Razão e sensibilidade*, e Loveday percebeu que seu receio tinha sido de que a relação delas pudesse ser mais como a de Elizabeth Bennet e Caroline Bingley em *Orgulho e preconceito*.

Os jornais estavam cheios de histórias desalentadoras sobre o aumento nas buscas on-line por "divórcio rápido", e quase todo programa de rádio parecia conter uma piada sobre como seu parceiro devia estar enlouquecendo você depois de passarem tanto tempo juntos. No entanto, Loveday, com seu namorado e seus livros, e as bochechas doendo de rir das piadas de Nathan e Vanessa, estava plenamente satisfeita. Ou estaria, se sua mãe estivesse mais como era antes da Covid-19. Ela conseguiu se isolar adequadamente em sua suíte, e o fez no segundo em que começou a ter febre, então ninguém mais na casa pegou. Ou, se pegou, não ficou sabendo, pois não havia testes na época. Loveday se lembra de como ficou aliviada. Sua mãe não foi hospitalizada nem morreu, mas esse mal-estar persistente ainda é difícil para Sarah-Jane lidar e para Loveday presenciar.

Loveday havia levantado os olhos da leitura e visto Sarah-Jane folheando uma revista, apática e pálida, embora parecesse ter apreciado a refeição naquela noite em vez de ficar só empurrando a comida pelo prato e dizendo "Tenho certeza de que está delicioso, mas não sinto o gosto de nada".

— Mãe? Você está bem? — havia perguntado Loveday.

Sarah-Jane olhou para ela e respondeu:

— Não posso reclamar.

E Loveday sabia o que ela queria dizer. O pai de Loveday tinha sido — não no início, lógico — um homem violento, e, quando descobriu que sua esposa planejava deixá-lo, a briga resultante acabara na morte dele. Sarah-Jane foi presa, Loveday foi encaminhada para o sistema de assistência social, e anos se passaram até que mãe e filha pudessem se reencontrar, se perdoar pelos longos anos de silêncio e reconstruir sua relação. Portanto, Sarah-Jane sente que não pode reclamar, lógico. Ela está segura e confortável, e na companhia de sua filha. Apesar do lockdown, ela ainda tem sua liberdade.

— Você pode, sim, mãe. — Loveday tinha largado o livro e ido se sentar aos pés da mãe. Sabia que, se recostasse a cabeça, sua mãe acariciaria seu cabelo, e Sarah-Jane o fez, a pele seca de seus dedos enroscando nas mechas de Loveday. — Você tem o direito de se sentir mal. E de dizer isso.

Sarah-Jane fez que sim com a cabeça.

— Eu sei, eu sei. Mas, mesmo eu sempre tendo que parar no meio da escada para respirar, esta ainda é a melhor fase da minha vida.

Na livraria, o celular de Loveday vibra com uma mensagem.

> **Nathan:** *Estarei aí em uns dez minutos. Vou fazer mais umas coisas no quintal, tudo bem? Te amo. Bjs*

Loveday adora o fato de ele dizer o tempo todo que a ama — por mensagem, à noite e de manhã. É o tipo de coisa que ela imaginaria que ia achar irritante, antes de se tornar parte de sua vida. Ela teria pensado, também, que "Eu te amo" não precisava de reafirmação. Uma vez dito, está registrado, certo? Mas isso acabou também não sendo verdade. Dizer a Nathan que ela o ama — às vezes, é até ela quem começa — é como ler sem parar sua página favorita de um livro.

✦ 29 ✦

Bryony

De: Bryony
Para: Lost For Words

Socorro! Eu vi a matéria sobre a farmácia de vocês no York Herald. Preciso de alguma coisa totalmente escapista. Sempre adorei livros sobre crimes de todos os tipos: crimes reais, investigações policiais, qualquer coisa que tivesse um serial killer. Mas agora estou em lockdown sozinha e não consigo dormir. Mulheres solitárias sendo assassinadas na cama não me dão mais o prazer de antes. Será que psicopatas e assassinos respeitam as medidas contra a Covid-19?! Nunca se sabe. Meu orçamento é de vinte libras e posso pegar na loja

✦

De: Kelly da Lost For Words
Para: Bryony

Querida Bryony,
 Tudo está de cabeça pra baixo, não é? Eu achei que o lockdown ia ser minha chance de finalmente ler Dostoiévski. Em vez disso, mal tenho tempo para leituras. A vida nunca é o que a gente espera.

Dei uma olhada em nossa seção de ficção por quatro libras. São todos brochuras em boas condições. Fiz uma lista de seis livros (está logo abaixo). Se me disser quais lhe pareceram interessantes (se houver algum), eu separo para você. Pode vir pegá-los aqui na porta. No momento, só estamos aceitando pagamentos em cartão.
Fique bem,
Kelly

Livros para uma fã de histórias de crime sofrendo de insônia:

The daughter of time, *de Josephine Tey. Um policial que está se recuperando de uma perna quebrada fica fascinado pela ideia de que talvez Ricardo III não tenha sido tão terrível assim.*

Dissolution, *de C. J. Sansom. A primeira série policial ambientada na época dos Tudor. Crime, mas não do tipo que vai deixar você acordada à noite.*

A primavera da srta. Jean Brodie, *de Muriel Spark. Uma professora exerce uma grande influência em uma escola de meninas no período entre guerras. É ao mesmo tempo divertido e arrepiante, e eu invejo qualquer pessoa que vá ler pela primeira vez.*

Birdcage walk, *de Helen Dunmore. É difícil descrever este. É uma espécie de mistério histórico/thriller psicológico, e eu adorei.*

A mulher de branco, *de Wilkie Collins. Ele praticamente inventou a ficção policial. Este é envolvente e cheio de reviravoltas, sem ser aterrorizante!*

Garota exemplar, *de Gillian Flynn. Este pode fazer você não conseguir dormir por uma razão diferente: não consegui parar de ler depois que comecei. Uma mulher some e seu marido é o suspeito... mas nada é o que parece.*

✦ 30 ✦

Loveday

Uma hora mais tarde, Loveday vai até o quintal para ver o que Nathan está fazendo. Ele parece ter tirado toda a terra, mato e lixo que havia em volta e esfregado no cabelo. Ela o ama por essa confiança que ele tem de mergulhar de cabeça nas coisas.

Ele sorri ao vê-la, como sempre.

— Oi — diz ele.

— Oi.

Ele coça a cabeça.

— Eu diria para você se sentar, mas acho que não tem nenhum lugar seguro. Ou limpo.

Loveday dá de ombros e se senta no chão, onde pode apoiar as costas na parede.

— Vou pôr esta calça para lavar mesmo.

Ele se senta ao lado dela.

— Este espaço poderia virar algo realmente legal, sabia?

Loveday olha ao redor. O velho galpão não sobreviveu ao incêndio, cinco anos atrás. Há um pátio, algumas lixeiras e, embora o café ao lado tenha estado basicamente fechado desde o início do lockdown e agora só venda coisas para viagem, o ar ainda tem cheiro de leite azedo e fritura. Ou talvez os canos precisem de uma lavagem. Ou seja lá o que for que se faz com canos.

— Legal para ratos?

Nathan ri e esbarra o ombro no dela.

— Para ratos de biblioteca. A gente poderia construir algum tipo de treliça aqui para bloquear a visão do beco. — Ele gesticula, suas mãos de mágico criando formas no ar. — E poderíamos ter alguns bancos, para as pessoas se sentarem ao ar livre para ler. Se pintarmos a parede de uma cor legal, pode dar a sensação de uma sala. E poderíamos ter mobília de quintal e, se arrumarmos uma caixa adequada, poderíamos guardar almofadas nela... — Ele dá uma olhada em Loveday. — Não?

Loveday suspira. Ela não gosta de ser a pessoa que diz não, mas esse tende a ser seu papel, já que Nathan está tão acostumado a fazer as coisas acontecerem, com uma combinação de entusiasmo e expectativa de que o mundo dirá sim. Ele lhe ensinou que as coisas são possíveis. E, sempre que Loveday quer fazer algo, ela sabe que a melhor maneira de conseguir é mencionar a Nathan e então deixar a positividade dele incentivá-la a seguir com seus planos apesar de suas dúvidas.

Além disso, às vezes ele está certo.

Mas não desta vez.

— Nós não temos tempo. Quer dizer, eu não tenho. Não gosto de deixar minha mãe sozinha tanto quanto estou deixando. E acho que não deveríamos gastar dinheiro agora. Não até quê...

Os gestos de Loveday não são tão fluidos quanto os de Nathan, mas ela ainda consegue transmitir a ideia: até que estejam ganhando mais dinheiro, ou até terem certeza que a farmácia de livros é mais do que uma novidade e que a loja vai sobreviver à pandemia, ou até que a pandemia chegue ao fim — ou que ela tenha energia para pensar em qualquer outra coisa em meio a esse novo cotidiano.

— Mas você não se importa se eu continuar trabalhando aqui, para ficar agradável para o seu intervalo de almoço?

— Lógico que não.

A vontade de Loveday é dizer "Não consigo pensar em uma única coisa que você faça que me desagrade", mas ela se lembra do concurso de poesia pelo qual não conseguiu se entusiasmar. Administrar um negócio, mesmo uma livraria de que ela tanto gosta, é difícil. Há muita coisa envolvida. E uma delas é decidir onde concentrar os esforços, porque nunca existe tempo suficiente para tudo que se quer fazer, e nunca dá para saber se foi ou não a decisão certa.

Por isso, em vez de dizer qualquer coisa, ela aperta a mão de Nathan e esbarra o ombro no dele, no que ele chama de movimento de pinguim. Loveday fecha os olhos e, ao seu lado, Nathan suspira.

— Eu te amo — diz ela.

De repente, ouvem um murro na porta — ou, se não um murro, algo mais assertivo do que uma batida.

Loveday sente o velho medo, embora não haja nada a temer agora. Ninguém que venha aqui pode machucá-la ou assustá-la. O pior que pode acontecer é um cliente com uma reclamação sobre um livro.

Nathan segura a mão dela e a aperta.

— Quer que eu vá ver?

— Não. — Ela se levanta. — Mas obrigada.

Loveday caminha até a porta da loja. Há uma criança esperando do outro lado, espiando pelo vidro. Na verdade, uma adolescente. Cabelo alisado e uma tentativa de delineado de gatinho, os dentes ainda um pouco grandes demais para o rosto.

— Oi — cumprimenta Loveday ao abrir a porta. Ela desconfia, pela falta de um sorriso no rosto da menina, que ela não é do tipo que gosta que as pessoas demonstrem satisfação ao vê-la, então fica na sua. — Como posso ajudá-la?

— Vi aquele seu negócio.

— A farmácia de livros? — pergunta Loveday.

— Nome idiota — responde a garota.

Loveday não diz nada. Ela deixa a porta aberta e começa a conferir os papéis na mesa que informam quais livros serão coletados e a hora aproximada em que os compradores devem chegar. Não que eles obriguem as pessoas a serem pontuais — não vão mandar ninguém embora por não chegar no horário marcado —, mas ela não quer se arriscar a ter uma fila na porta. Se for responsável por um novo surto da doença, nunca se perdoará.

Loveday dá uma olhada na menina, mas desvia o olhar em seguida. Ela tem um instinto para esse tipo de adolescente.

— Meu nome é Loveday. Gosto de nomes idiotas.

A menina ri e isso a faz parecer outra coisa: um duende feliz.

— Meu nome é Madison — diz ela. — As pessoas dizem que é idiota também.

Loveday dá de ombros, um gesto de eles-não-sabem-de-nada.

— Eu acho um nome legal — diz ela, antes de se dar conta de que legal talvez não seja mais uma palavra legal. — Você precisa de algum livro?

Madison a analisa com um olhar duro por um momento, depois responde:

— Um livro não vai resolver nada.

— Não vai resolver tudo. — Loveday concorda em parte.

— Não gosto muito de ler. Mas a minha mãe trazia revistas do trabalho. Agora, ela diz que está cansada de olhar para a televisão e desistiu de ler o jornal porque já tem problemas suficientes.

— Mulher sensata. De que tipo de livros ela gosta?

Madison desvia o olhar.

— Ela não é muito de ler. Nenhuma de nós duas é.

Loveday não é dada a demonstrações de afeto com estranhos. Ela até gosta do fato de que o distanciamento social significa que pessoas que mal conhece não podem mais abraçá-la sem mais nem menos. Mas, neste momento, tem vontade de segurar Madison pelos ombros e lhe dar um abraço apertado. Que coragem é preciso ter, aos catorze ou quinze anos, para vir à porta de uma livraria e tentar comprar um livro para sua mãe, ainda que nenhuma das duas leia. Loveday não tem ideia do que ela própria seria sem a leitura, mas sabe que não teria sobrevivido à infância.

— Certo. Ao que sua mãe assiste?

Madison faz uma careta.

— Agora que meu pai foi embora, ela finalmente pode ver as coisas de que gosta. Coisas idiotas. *Emmerdale. Casualty.* E ela gosta de uns negócios com... — ela gesticula para a cabeça de Loveday, com seu cabelo preso em um coque alto — ...chapéus.

— Chapéus?

Madison põe a mão aberta sobre a própria cabeça (sem chapéu) e a move para cima.

— Chapéus altos. E vestidos grandes. Cavalos.

— Ah! — Loveday finalmente compreende. Na mesma hora lhe dá uma vontade de renomear a seção de ficção histórica para "Chapéus Altos, Vestidos Grandes e Cavalos". — Histórias de época? Como *Downton Abbey*? Ou *Bridgerton*?

— É, isso aí.

Madison revira os olhos, e Loveday revira os dela em resposta. Parece que ela não é a única que viveria muito bem sem nunca mais ver um cartão de visita sendo entregue em uma bandeja de prata.

— Peraí.

Ela vai até as estantes e volta com *Riders*, de Jilly Cooper, e *A indomável Sofia*, de Georgette Heyer.

— Este — diz ela, mostrando o livro de Cooper — é basicamente *Emmerdale* chique com cavalos. — O de Heyer é uma antiga edição popular, com as bordas gastas e um desenho de Sofia recostada em uma lareira ornada, com um vestido de cetim creme, um leque pendurado na mão, ignorando solenemente um homem de olhar cobiçoso usando calça culote cor de pêssego. — E este é sobre uma mulher que tem que resolver a vida da família inteira.

Madison pega os dois e hesita.

— Pode ficar com eles de graça — diz Loveday. — Peraí... — Ela se enfia no corredor de livros jovens adultos e pega *Um ano solitário*, de Alice Oseman. — Este é pra você.

— Eu não gosto de ler. — Mas ela está olhando para a capa com algo que se aproxima do interesse. Aquela faixa vermelha vibrante, que toma a forma de muitos espinhos se você se concentrar. — Sobre o que é?

Loveday dá de ombros.

— Leia a primeira página para ver se gosta.

Madison enfia os livros de qualquer jeito dentro da mochila e Loveday se esforça para não fazer uma careta. Mas a garota continua ali parada. Por fim, pergunta:

— Quem mais trabalha aqui?

— Eu e a minha gerente. E alguns voluntários. — Então ela tem uma ideia. — Você está procurando emprego?

Madison olha para ela com sarcasmo.

— Ei, eu tenho quinze anos! E estou na escola.

— Estou procurando alguém para ajudar aos sábados. Embrulhar livros, arrumar as estantes, essas coisas...

Madison hesita, depois dá de ombros.

— Pode ser. Mas só posso depois do meio-dia. Preciso pegar ônibus. E arrumar o cabelo.

— Então vejo você no sábado — diz Loveday, e Madison pendura a mochila no ombro e vai embora.

— Bom trabalho — diz Nathan, entrando pela porta que dá para o quintal.

Loveday ri.

— Há quanto tempo você está ouvindo?

— Acabei de entrar, então ouvi desde "Estou na escola". O sarcasmo adolescente vai longe.

— A Kelly e eu estávamos mesmo comentando que íamos precisar de ajuda — diz Loveday.

Nathan sorri e dá um beijo na cabeça dela.

✦ 31 ✦

Casey

Caríssimos Lost For Words,
Não sou muito de ler, mas. .

Foi cerca de dois meses depois do início da pandemia que os sonhos começaram. Casey achou que a exaustão estava dando lugar à ansiedade, sabia que muitos colegas estavam passando pelo mesmo.

Os sonhos não eram exatamente sonhos. Eram mais como um emaranhado de memórias, fora de ordem e de sincronia. Casey sonhava que estava vendo pacientes serem intubados enquanto ela ficava em um círculo de colegas da equipe médica, aplaudindo. Sonhava que levava um paciente em uma cadeira de rodas para o necrotério em vez da entrada do hospital onde a família esperava para levá-lo para casa. Sonhava que tirava sangue que então se coagulava em algo vivo, algo com espinhos e olhos, na ampola. Um som ofegante que acabava se revelando ser sua própria respiração. Sonhava que era incompetente e ninguém percebia, nem mesmo ela, até que se via parada na entrada da sua ala no hospital e todos esperavam que ela lhes dissesse o que fazer. Sonhava que estava internando seu pai, e que sua mãe estava inconsciente com níveis de oxigênio despencando como uma pedra de um penhasco.

E o pior de todos: sonhava que tentava entubar a si mesma, porque não restava mais ninguém para fazer isso.

◆ 32 ◆

Zoe

De: Zoe
Para: Lost For Words
Assunto: Prescrição de livros

Olá,

Vi suas prescrições de livros on-line e queria saber se vocês poderiam me ajudar. Tenho um filho de quatro anos e uma bebê de três semanas. Meu marido é um trabalhador essencial (paramédico) e decidimos que seria melhor ele morar separado de nós neste momento, pelo risco de infecção.

Minha mãe viria ficar conosco para ajudar quando a bebê nascesse, mas meu pai não está bem de saúde e ela não pode viajar.

Estou contando isso porque não quero que pensem que estou sendo fraca. Conheço muitas pessoas em situações muito piores do que a nossa. Só estou um pouco... não tenho ninguém que me ajude. (Não estou me fazendo de coitada.)

Pensei se por acaso vocês poderiam encontrar alguns livros para o meu menino, para ajudá-lo a se sentir corajoso. Ele só tem quatro anos, tem uma irmãzinha nova, sente falta do pai e não pode ir à escolinha ou ver os amigos. Eu faço o melhor que posso, mas estou bem cansada. A bebê mais cochila do que dorme e não consigo dormir mais que três horas seguidas desde que ela nasceu. Estou usando muito a TV como babá para o Tommy, mesmo sabendo que não deveria.

Temos alguns livros em casa, mas costumávamos usar a biblioteca. Não temos muito dinheiro e nosso apartamento é bem pequeno.

Acreditam que levei dois dias para escrever este e-mail, entre os horários de dar de comer para as crianças e tudo o mais?! Fomos ao parque ontem, mas fiquei um pouco assustada com todas as outras pessoas lá, então voltamos para casa imediatamente. O Tommy chorou muito. Mas eu fico pensando que, se ele não pode ver o pai para não corrermos o risco de pegar Covid-19, não quero vê-lo em um escorregador atrás de um monte de crianças que talvez não tenham lavado as mãos. Eu deveria ter pensado nisso antes de sair com ele. Não consigo tomar conta dele no patinete quando estou com a Ellie no carrinho de bebê e ele não tem tanto controle quanto acha que tem!

Obrigada,
Zoe

P.S.: Não sei quanto os livros custam, mas o que seria possível comprar com vinte libras? E o que vocês fazem para garantir que os livros não estejam infectados antes de enviá-los?

Assim que clica em "enviar", Zoe deseja poder cancelar o e-mail. Tudo o que precisava dizer era: "Por favor, enviem alguns livros adequados para um menino de quatro anos, no valor de vinte libras." Pelo menos na livraria eles não sabem quem ela é, e se ela passar por lá, não precisa se identificar. O centro de York é de fato muito agradável para uma caminhada, agora que não há tanto movimento. Quando está com energia, ela e Tommy fazem um jogo chamado "ver coisas interessantes". Eles se revezam com um deles apontando algo ao redor e o outro dando uma nota de um a cinco. Com isso, ela descobriu que as coisas que Tommy acha mais interessantes são: cocô de cachorro na rua, máscaras penduradas em árvores — "Como uma fruta, mamãe!" — e cascas de banana. Literalmente lixo. Ele lhe dá as notas mais altas em: um desenho de arco-íris colado em uma janela no segundo andar de uma casa, que ela precisa levantá-lo para ver, e um gato sobre um muro, balançando o rabo com aborrecimento vigilante. Ah, como Zoe queria ser criança!

Neste momento, às quatro da tarde de uma quinta-feira cinzenta que parece úmida demais para junho, as crianças estão dormindo. Zoe sabe que vai se arrepender disso mais tarde, quando estiver desmaiando de cansaço e Tommy continuar pulando pela casa, pegando a casa de bonecas ou a caixa de carrinhos para brincar, quando tudo o que ela desejaria é deitar no escuro ao som de algo tranquilo na TV. Se fechar os olhos, então, imaginará que está na companhia de adultos. A "hora do mau humor" de Ellie, como Will chama, é sempre das sete às dez da noite. A única vez que Zoe se aventurou a pedir algum conselho de outras mães on-line, desejou que não o tivesse feito. A maioria das mães nas aulas de pré-natal de Zoe estavam na primeira gravidez e isso transparecia: muitos comentários de "não vejo a hora do nascimento" e questionamentos se poderiam levar as chapinhas de cabelo para o hospital. Ainda assim, o grupo do WhatsApp é o único lugar onde há garantia de encontrar alguém on-line. Então, ela havia feito a pergunta, e as respostas não tinham ajudado em nada.

> **Scarlet:** *Querida, já pensou que, se você espera que a Ellie fique tensa, ela pode acabar ficando? Não subestime o vínculo entre vocês!*

> **Bex:** *Isso é depois do banho? Será que a água está quente ou fria demais? Você a veste com pijamas lavados com produtos não orgânicos?*

> **Jude:** *O que você come no almoço? Talvez seja algo que está passando pelo seu leite. Estou tão feliz por termos optado por uma alimentação limpa quando eu descobri que estava grávida!*

Houve uma única resposta que foi realmente útil para Zoe. Ela se sente, até onde pode dizer, igualmente tensa o tempo todo, usa o mesmo sabão em pó sempre, para todas as roupas, não tem a menor condição financeira nem de pensar em produtos orgânicos e considera um luxo quando consegue passar manteiga no pão em seu sanduíche de batata chips no almoço.

> **Louise:** *Só três horas de choro? A Cate faz isso o dia inteiro. Vamos trocá-las! Deixe a Ellie na porta e eu chego em dez minutos.*

Zoe riu quando leu, um som agradável. Tommy olhou para ela.
— Você viu uma piada? — perguntou ele.
— Não, é que a mãe da bebê Cate acha que nós deveríamos trocar a Ellie pela bebê dela, porque a Cate chora muito mais que a Ellie.
Tommy tinha dado uma olhada para o bebê-conforto em que Ellie contorcia o rosto como se estivesse em uma discussão silenciosa (embora, mais provavelmente, estivesse se preparando para explodir cocô pelas costas da fralda e da roupa até os finíssimos cabelos castanho-claros).
— Se a bebê Cate grita mais que a Ellie, eu acho que a gente não devia fazer isso — declarou Tommy, e o puro pragmatismo cansado em sua voz de quatro anos fez Zoe rir outra vez.
Zoe sabe que também deveria tentar dormir, ainda que esteja no meio da tarde. Mas não pode se permitir fechar os olhos por mais que um instante. Esse tempo de silêncio é o momento para realmente sentir falta de Will. Para pensar nele de verdade, em vez da preocupação constante, o receio de algum negacionista cuspir nele ou um paciente morrer em suas mãos. Seu marido se considera responsável por cada morte que acontece sob seus cuidados, seja lá qual for a situação. Ela anseia pela oportunidade de mergulhar em pensamentos sobre ele. Na última vez que o viu, ele beijou o alto da cabeça de Ellie, depois a dela, e saiu da sala de parto com lágrimas nos olhos. Haviam combinado que ele ficaria na casa de um colega pelo tempo que achassem necessário. Algumas pessoas que eles conheciam — enfermeiros, médicos e colegas paramédicos — tinham instalado chuveiros no jardim para poder se lavarem antes de entrar em casa, ou fizeram da lavanderia uma zona proibida para a família, onde se lavavam, trocavam de roupa e se desinfetavam antes de retomar suas vidas domésticas. Mas Will e Zoe não têm espaço no apartamento e, de qualquer

modo, há um saguão compartilhado no térreo. Por isso tomaram uma decisão prudente, pelo bem da família e da comunidade. Mas, ah, como dói! Zoe tem amigas que tratam os maridos ou parceiros como estorvos, aborrecimentos, ou filhos extras. Ela e Will não são assim. Nunca foram.

É como se ela o tivesse conjurado, pois a tela de seu celular se acende com uma videochamada dele.

— Oi, Zo. — O rosto dele, o rosto encantador dele. — Você pode falar agora?

FaceTime é uma maravilha, mas, ah, ele parece cansado. E ela não consegue se acostumar com ele sem sua barba grande e linda, que a arranhava suavemente desde que começaram a ficar juntos, e da qual ele teve que abdicar para que a máscara se ajustasse adequadamente ao rosto. Zoe chorou quando ele a raspou, e então sentiu que estava sendo covarde. Ela não tem nada para lamentar. Nada justificável.

— Sempre — responde ela quase em um sussurro, o que não é verdade. As últimas vinte e quatro horas tinham sido de mensagens de texto e ligações não atendidas, enquanto tentavam encontrar cinco minutinhos livres. — Os dois estão dormindo faz meia hora.

Ele olha para o relógio e Zoe sabe que está fazendo o mesmo cálculo que ela: paz agora *versus* falta de sono mais tarde.

— Está tudo bem — diz ela. — Acho que vou passar a ignorar as horas daqui para a frente. E olha. — Ela vira a câmera e aponta para o colo, onde Ellie está esparramada, uma expressão de satisfação no rosto, a bochecha e o nariz ainda pressionados contra o seio de Zoe.

Tommy está ao lado dela no sofá, dormindo comportado como sempre: de lado, os joelhos dobrados, os punhos cerrados sob o queixo como patinhas de animal. Quando ele completou um ano, tiveram que fazer o esforço de parar de chamá-lo de "Ratinho", receosos de que esse viesse a se tornar seu nome.

Zoe vira a câmera de volta para si. Will está com os olhos vermelhos e ela se pergunta, de repente, se isso ajuda. Sempre achou que manter contato fosse bom. Mas talvez, se eles estivessem fora de vista, ficassem também fora da mente um do outro e pudessem levar adiante o que tinham que fazer e parar de despedaçar o coração um do outro desse jeito.

Políticos falam da pandemia como se fosse uma guerra. Se ela não tivesse como falar com Will, seria essa a sensação. E talvez, em uma guerra, ela fosse mais corajosa.

Ele a está observando e ela de repente pensa que gostaria de estar com uma aparência... melhor. Embora não saiba como seria esse melhor. Na última vez em que planejou usar maquiagem, no penúltimo Natal, seu rímel estava seco e o batom havia se dividido em uma camada de gosma grossa e escura e outra de gelatina aquosa.

Ela ri de si mesma.

— Qual é a graça?

Ela balança a cabeça.

— Só estava pensando... Eu queria estar bonita para você.

— Você e as crianças são as melhores coisas que eu já vi, Zoe. Não se esqueça disso.

E, ainda que essa não tenha sido sua intenção, ela não consegue evitar a expectativa pelo que ele dirá em seguida. "Você está sempre bonita", ou "Você não ficaria feia nem se tentasse", ou "Você e as crianças são a coisa mais linda que eu poderia ver". Mas ele não fala nada disso. O que ele diz é:

— Zoe, tenho uma coisa para te contar. Você não vai gostar.

O pior aconteceu, afinal.

Em vez de temer que a Covid-19 chegasse à sua família, de viver com um aperto no peito e uma sensação de nuvens carregadas pairando sobre eles, chegou a hora de Zoe enfrentar a situação. De certa forma. Pelo menos ela e Will agora sabem que estavam certos ao se separar, apesar do que a mãe dele disse sobre fazer drama, e do pai dele balançando a cabeça ao fundo da chamada do Zoom quando eles mostraram a recém-nascida Ellie para os avós e explicaram que não, ninguém estava autorizado a fazer visitas e, inclusive, Will estaria morando com um de seus colegas de trabalho quando Zoe voltasse para casa com Ellie. Tommy tinha ficado com a vizinha do andar de baixo e integrante do círculo de apoio deles, a "tia" Julia, e, embora não fosse o ideal, era quase uma vitória. Assim como Ellie ter nascido à uma da tarde, sem epidural, de modo que Zoe pôde estar de volta em casa, exausta, mas praticamente inteira, para a hora de Tommy dormir.

Will prometeu ligar para ela sempre que quisesse, ou se as coisas mudassem, sem se preocupar se poderia estar incomodando ou não. E que seria honesto com ela: nada de poupar sentimentos, de resguardá-la do pior. Por sua vez, ele fez Zoe prometer ficar longe do Google e dos noticiários.

Sua mensagem das cinco da manhã informa que ele tossiu a noite inteira, mas que não há sinal de febre. Seu colega de apartamento temporário, Barney, saiu para o trabalho e deixou cereal, leite, um bule de chá e um pacote de biscoitos na porta do quarto de Will. Ele está transitando apenas entre o banheiro e o quarto, e esterilizando tudo que toca quando sai do quarto. Zoe estende o braço sobre o espaço vazio no lado da cama que é de Will. Tommy ainda não veio se aninhar junto a ela e Ellie está dormindo no moisés, os braços erguidos sobre a cabeça, perto o bastante para Zoe ouvir a suavidade de sua respiração. Zoe nunca imaginou uma situação em que alguém de sua família estivesse doente e ela não pudesse cuidar.

Enfim. Se ele está sendo honesto, não há nada a fazer a não ser seguir com a rotina. Ela se levanta e tira fotos de Ellie e Tommy, que ainda está encolhido e ressonando — já são quase oito da manhã, mas era mais de meia-noite quando ele foi dormir na noite passada —, e as envia por WhatsApp para Will. Ele não está on-line, e Zoe espera que esteja dormindo. Não saber ao certo lhe dá um aperto no peito.

✦ 33 ✦

George, 1983

George nunca soube ao certo quando decidiram que não teriam uma família. Ou melhor, ele acha que nunca chegaram a conversar sobre isso. Apenas ficou evidente, certo dia, uns seis meses depois do quinto e último aborto espontâneo, que seriam apenas eles dois. Eles haviam se tornado Um Casal Sem Filhos.

O desejo de George de ser pai não é nada comparado à necessidade de garantir que Rosemary nunca mais sofra do jeito que sofreu depois do último aborto. Portanto, por ele está tudo bem. Sente muito por não terem conversado a respeito. Mas, como sua mãe diz sobre quase tudo, quanto menos se fala, mais rápido sara.

E eles sararam, até onde George pode ver. Dormem bem, se alimentam bem e sentem... talvez como se a empresa que estivessem tentando manter à tona durante anos tivesse finalmente afundado, imagina George. Rosemary não falou muito sobre o assunto, exceto uma vez, quando disse que se sentia como se tivesse tirado sapatos que estavam lhe causando calos nos pés dia após dia, durante um longo e frio inverno.

Rosemary repinta a sala de estar em amarelo-prímula, substituindo o verde-claro anterior. George rejunta os azulejos da cozinha. Eles falam sobre ter um novo banheiro. Rosemary tinha escolhido o banheiro original da suíte, que incluía uma pia em formato de concha cor pêssego, e George tinha imaginado que aprenderia a conviver com aquilo. Mas não aconteceu, e ele considerava a hora de se barbear todas as manhãs como sendo semelhante aos Dois Minutos de Ódio em *1984*, de Orwell.

George conta isso a Rosemary em um domingo, enquanto estão esperando as cenouras e ervilhas cozinharem. É a data em que o bebê deveria ter nascido. Rosemary não tocou no assunto, mas está quieta, e George está desesperado para distraí-la da tristeza que deve estar sentindo.

Rosemary primeiro parece que vai chorar, e George xinga a si mesmo por ter balançado aquele barco que mal se mantém à tona. Mas, em vez disso, ela ri, põe as mãos na cintura e se apoia no balcão da cozinha, ofegante.

— Desculpa. — E balança a cabeça como se não tivesse a menor ideia de por que aquilo é tão engraçado. George também ri. É um momento que permite uma alegria fugaz.

A ideia de reformar o banheiro lhes dá algo sobre o qual conversar. Eles examinam catálogos, mas, no fim das contas, não fazem nada a respeito. O outono se intensifica e o jardim precisa ser preparado. E, no inverno, a pia já virou uma piada tão grande que passaram a sentir afeição por ela.

Ainda assim, o ano após o último aborto passa devagar. Ao fim dele, as reformas que fizeram na casa e o tempo que passaram juntos os fazem lembrar que podem ser felizes. Durante aquele primeiro inverno, enquanto Rosemary está fora visitando o pai doente, George pega as coisas que haviam guardado em uma gaveta para seus vários bebês e as transfere para uma caixa, que deixa no sótão. Se Rosemary percebe, ela não diz nada, e George não pergunta. Ele não menciona os livros infantis que também sumiram. Finge que isso entre ele e sua esposa — essa cautela, esse não perguntar, essa precaução — não é novo. Eles trancam a porta do quarto do bebê e a mantêm fechada, e quando Rosemary às vezes leva uma hora para vir para a cama e entra no quarto com os olhos vermelhos, George apenas ergue o olhar do livro e sorri de uma maneira que espera que diga a ela que ele compreende. Ela começa a procurá-lo novamente durante a noite e, em vista disso, George supõe que estejam se curando.

Rosemary sempre foi uma professora meticulosa e incansável, e ela tem jeito não só com crianças, mas com os pais e com os outros professores também. George também é bom com seus alunos, especialmente os que se sentem condenados só de ouvir falar em matemática ou que chegaram ao ensino médio convencidos da própria burrice. Ele se torna querido pelos pais por sua fé inabalável nos filhos deles. Mas, na sala dos professores, ele não se integra. Os outros têm um pé atrás com ele, temendo que ele leve fofocas para Rosemary, que tinha sido promovida a vice-diretora pouco após seu retorno ao trabalho depois da perda do último bebê, aos trinta e oito anos. E George prefere fazer palavras cruzadas a tentar contribuir para uma conversa sobre um jogo de futebol que não lhe interessa ou um programa de TV a que não tem nenhuma intenção de assistir. Ele se dá bem com os colegas, e, quando Rosemary traz legumes de sua horta (eles não dão conta de tantas abobrinhas), ele gosta de ser o centro das atenções. Mas, de modo geral, é reservado.

E então Rosemary recebe seu primeiro posto de diretora e, ah, George não poderia estar mais orgulhoso dela. Ela vai trabalhar em uma pequena escola secundária em Ripon. Eles compram um carro usado, e, pela primeira vez em sua vida juntos, vão para o trabalho separadamente. É estranho, mas não é horrível. Às vezes, George escuta a Rádio 3 no caminho para a escola. Agora eles têm novas coisas e pessoas sobre quem conversar.

Novas pessoas. George nem sempre é fã delas.

Rosemary, George repara, fala muito de Glenn, seu vice-diretor. Ele é professor de geografia e, pelo jeito, do tipo natureba. Tem planos de criar algo chamado eco-horta, onde as crianças possam planejar e participar do plantio, pensando em termos de sustentabilidade.

— Mas hortas são inerentemente sustentáveis — diz George, com mais irritação do que pretendia. — Coletar água da chuva em um barril e usá-la para regar as plantas. Fazer compostagem com resíduos da horta e reincorporá-la ao solo para alimentá-lo. Comer os alimentos. Preservar as sementes. Propagá-las. Continuar cultivando...

— Pare com isso — diz Rosemary. Então, ele se cala.

Quando Rosemary chega em casa cheia de ideias que Glenn tem para isto e aquilo, George faz questão de não reagir — ou, pelo menos, de não reagir mal. "Que interessante", diz ele sobre canteiros de espinafres, ou "Nós deveríamos tentar cultivar aspargos abrindo uma vala". Glenn tem até dicas sobre o uso de miniestufas, algo que George faz desde que começou com a horta. Mas ele tenta ficar feliz por Rosemary parecer tão animada com a vida outra vez. E tenta não sentir ciúme por Rosemary estar encontrando sua vida longe dele. Mas ele não se sai tão bem nisso.

Ela está cansada demais, ou ocupada demais, para ajudá-lo no jardim nos fins de semana, então George trabalha sozinho. Ele pensa em como Rosemary fala à vontade sobre Glenn.

Lógico que, se houvesse algo minimamente inapropriado no fato de eles ficarem trabalhando até tarde juntos, ela não falaria com seu amado marido sobre isso.

E Glenn tem a própria família.

O que é mais do que Amber tem.

Amber é uma estudante de licenciatura que faz estágio na escola de George. A primeira coisa que George nota, quando são apresentados, é que não há nada âmbar nela. Ela tem a pele pálida, cabelo preto e olhos verdes, usa vestidos azul-marinho ou cinza e, às vezes, um lenço prateado que a faz parecer ainda mais cansada. George tem por ela o que supõe serem sentimentos paternais. (Ele de fato acha isso, por um longo tempo.) Ela parece perdida. Tem excelentes planos de aula e uma formação teórica muito boa. Formou-se em matemática com as melhores notas na Goldsmiths e está determinada a lecionar, embora George tenha certeza de que ela poderia estar desenhando sistemas operacionais para submarinos nucleares ou projetando o crescimento econômico global para o Tesouro.

Mas Amber quer ser professora.

Infelizmente, Amber parece estar, se não exatamente aterrorizada pelas crianças, ao menos surpresa com elas e seu comportamento quando estão entediadas e cansadas no final do dia. Ela leva seus planos de aula meticulosamente preparados para a classe e começa com uma confiança vacilante, que nunca dura. Em geral, as coisas já dão errado nos três primeiros minutos, especialmente se o quarto ou quinto ano começa a bombardeá-la com perguntas. (Professora, você acha que é velha o suficiente para dar aula? Professora, você tem namorado? Professora, por que você nunca usa maquiagem? Professora, qual é o seu número favorito? É o 69?) E Amber fica parada na frente da classe, perdida e em silêncio. O rubor começa a subir pela sua nuca e toma conta de todo o rosto. Os alunos ficam conversando entre si, até mesmo no dia em que George vai assistir à aula, para poder dar um feedback a ela.

— Não entendo — diz ela depois. — Se eles ao menos me dessem uma chance...

George balança a cabeça.

— Você tem que fazê-los lhe dar uma — diz ele.

Ela balança a cabeça em resposta.

— Realmente não entendo.

— Eu sei. — Ele se senta ao lado dela e dá uma palmadinha em seu ombro em um gesto solidário. — Ok, vamos ver o que podemos fazer.

Amber vai ganhando confiança, mas ela parece obter sua segurança diretamente de George — por osmose, talvez. Ela se senta ao lado dele na sala dos professores. Anota perguntas quando repassa o dia de trabalho em casa, traz na manhã seguinte e as discute com George, uma por uma, antes do sinal para a primeira aula tocar. Ele encaminha algumas das perguntas para Charles, o chefe de departamento, mas Charles diz: "Não há nada sobre ensinar matemática que o George não possa lhe responder." George não sabe se isso o agrada ou não. Ou, pelo menos, não está refletindo o suficiente sobre isso para saber.

Amber gosta de criptogramas e assiste ao noticiário. Ela se preocupa com a situação do mundo. Há um lado abstrato nela que atrai George, o oposto à sua pragmática Rosemary. Quando pensa nisso, seu estômago se aperta como se estivesse tentando dissolver a vergonha que sente.

Apesar da primeira impressão abatida, Amber é bonita. Muito bonita, na verdade, sob a luz certa. George admite isso para si mesmo, corajosamente, como se, ao fazê-lo, ele se declare imune. (Está acostumado com a vergonha, agora, mal percebe que ela existe.)

Ele menciona Amber para Rosemary nos termos mais vagos possíveis, e fala sobre ela no máximo uma vez por semana — Amber, a estagiária, como ele a chama. Rosemary responde com histórias de seu próprio estagiário, que não sabe o que o cu tem a ver com as calças, o que não seria tão ruim se ele não estivesse lecionando biologia. Ela ri da própria piada, mas George não. Rosemary fala "traseiro", não "cu". Então soa como uma piada feita por outra pessoa, e ele sabe muito bem quem.

Porém, George não fica preocupado por pensar em Amber, porque tem certeza de quão feliz é no seu casamento. E Amber vai ficar na escola por pouco tempo. Quando ela vai embora, abraça George e lhe dá um cartão de agradecimento, que contém sentimentos tão corretos — "Agradeço por tudo que você fez por mim e espero um dia ser uma professora tão boa quanto você" — que George leva para casa e mostra para Rosemary. "Ela teve sorte de ter você para ajudá-la", diz ela, e sorri de um jeito que faz George pensar que sua esposa realmente o valoriza e que ele é um bobo por imaginar qualquer coisa diferente.

Entretanto, Glenn continua a ser uma presença constante nas conversas com Rosemary. Ele é cheio de bons conselhos, do tipo que o próprio George jamais teria ousado oferecer ao seu chefe. Ou, na verdade, a Rosemary. E George menciona isso em uma sexta-feira, encorajado por sua cerveja de fim de semana e pelo fato de que são nove e meia e eles ainda estão no meio de um relato detalhado da reformulação radical de Glenn para as noites com os pais. (Ou Conferências Pai/Mãe-Professor, como ele vai chamá-las, para sugerir igualdade de contribuições e expectativa de resultados.) Uma expressão momentânea de surpresa e mágoa atravessa o rosto de Rosemary e o faz desejar ter mantido a boca fechada. Depois disso, ela decide não falar mais da escola a menos que seja para responder às perguntas de George. Ele não sabe dizer se ganhou ou perdeu essa discussão, e tira Glenn e Amber da cabeça.

Então Amber se candidata a um emprego na escola de George. E Charles resolve pedir a opinião de George, com uma piscadela: "Achei que era melhor conferir com você se tudo bem, garotão."

George, relaxado após uma viagem de fim de semana para Whitby com Rosemary, depois de terem concordado que seus pais idosos poderiam se virar bem sem eles por um dia, é pego desprevenido. Pode ter sido a menção ao nome de Amber ou a suposição que Charles está fazendo, mas, antes de ter tempo de refletir, ele pergunta, com a aspereza geralmente reservada às advertências dadas aos alunos:

— Como assim?

Charles lhe dá um tapinha no ombro e se inclina em direção a ele.

— Deixe disso. Ninguém aqui é bobo, George. E ninguém o culpa, com a Rosemary subindo tanto na carreira e sem dúvida tão ocupada...

George se afasta antes que ele diga qualquer outra coisa.

Posteriormente, Amber recebe a oferta de emprego e aceita.

Naquele fim de semana, George cava o jardim como nunca.

Amber fica na escola por um ano e depois muda de emprego, mas durante seu tempo ali George é sempre educado e prestativo com ela. Ele não faz mais palavras cruzadas na hora do almoço; em vez disso, lê um livro. Ele e Rosemary têm dinheiro de sobra agora. Os dois têm bons salários, pagam uma previdência privada e não têm família para sustentar. Então passam a comprar mais livros com mais frequência, em vez de ter que escolher criteriosamente a próxima leitura e ler em voz alta um para o outro.

Às vezes, George fica sentado no carro de manhã e observa Amber atravessar o estacionamento, sua cabeça baixa, os livros junto ao corpo, usando um novo casaco xadrez azul e branco que realmente lhe cai bem, embora ele nunca vá lhe dizer isso. Desta vez, quando ela vai embora, não deixa nenhum cartão.

✦ 34 ✦

Rosemary, agora

— Acho que nós nunca lemos este, não é? — George havia perguntado quando o livro chegou.

Rosemary olhou para o marido, que havia aberto o pacote da Lost For Words e segurava um exemplar de *A época da inocência*, de Edith Wharton.

Agora, estão quase no fim da leitura, ainda que, quando ela viu o que era, tenha desejado que ficassem longe do livro.

Ela certamente já o havia lido. Lembrava-se vividamente como uma leitura que tinha sido recomendada pela chefe do departamento de inglês quando assumiu seu primeiro cargo como diretora. Tinha começado a ler movida por um senso de dever e política interna — Glenn a alertara de que a chefe do departamento tinha se candidatado ao cargo de diretora —, mas logo se viu envolvida pela história. Era a primeira obra de Edith Wharton que Rosemary lia, mas não a última. Na época, ficara surpresa ao sentir como um romance que ganhou o Pulitzer em 1921 poderia ser tão atual, tão moderno. Mas talvez não tivesse mencionado isso a George.

Deixe disso, Rosemary, diz ela para si mesma. Você pode até esquecer um nome ou outro hoje em dia, mas sabe exatamente por que não quer falar sobre isso com George.

— Eu li quando recebi meu primeiro cargo de diretora — diz ela.

— Ah. — A expressão de George permanece imóvel.

Então ele se lembra. Lógico que sim. Ele se lembra de tudo. Ela sente uma agitação de medo e tristeza: o que vai acontecer quando ele não estiver aqui? Quanto dela vai desaparecer quando não tiver mais ninguém a quem perguntar o nome de algo que esqueceu ou se ele se lembra de uma determinada história?

Rosemary não teve que fingir seu entusiasmo pelo livro para a chefe do departamento de inglês: na verdade, ele a levou a sugerir uma seção específica na biblioteca dedicada a romances premiados e, depois, a apoiar a ideia da professora de inglês de que a escola também deveria promover um grupo de leitura e discussão, possivelmente com a participação de outras escolas, e premiar as melhores resenhas de livros. Na época, ela vinha trabalhando até tarde e se sentindo sozinha — George não conseguia, ou não queria, falar sobre seus filhos perdidos. E quando ela entrava no quarto tarde da noite depois de passar um tempo sentada no quarto do bebê nunca usado, ele sorria e assentia com a cabeça, como se o lugar onde ela havia estado não pudesse ser mencionado. Ele havia até tirado as roupinhas das gavetas. Ele não queria falar sobre isso, e ela não tinha forças para obrigá-lo. Na verdade, ela também não tinha vontade de conversar a respeito, mas sentia que deveriam. Talvez estivesse errada. Agora, ela se lembra apenas da solidão visceral de seus braços vazios.

Desde a consulta no hospital, Rosemary tem observado seu marido evitar qualquer conversa sobre as semanas e meses vindouros de seu lento processo de morte. E então ela percebeu que o modo como ele agiu naquela ocasião não era algo que ela deveria ter levado para o lado pessoal. É o jeito dele. Ela sabe disso. Durante as próprias perdas, George foi solícito, atencioso e carinhoso, e não havia nada que ele não fizesse por ela.

Ela se lembra de observá-lo, cavando o jardim, todos os fins de semana, mesmo quando ela achava que não havia nada para cavar. Rosemary punha em dia seu trabalho burocrático e pensava em Glenn, que passava os fins de semana, como ele dizia, "transportando suas filhas de um lado para o outro". Ele era casado e tinha três filhas, e jamais dizia qualquer coisa ruim sobre nenhuma delas. Alguns professores reclamavam das necessidades e vontades de suas esposas e filhos, como se pagar aulas de dança e casinhas de boneca, aulas de futebol e idas ao cinema fosse algum tipo de fardo ou castigo. Mas Glenn nunca reclamava. Ele valorizava a família, como Rosemary e George teriam valorizado a deles.

O exemplar de *A época da inocência* que chegou da Lost For Words é uma edição clássica da Penguin, com a capa mostrando uma mulher magra — irrealmente franzina, na verdade, com uma cintura minúscula marcada por um espartilho — preparando-se para disparar com um arco e flecha. Está cercada por outras mulheres em vestidos eduardianos, o que transmite a energia de um grupo reunido para passar alguns dias junto. É o tipo de capa que a chefe do departamento de inglês de tanto tempo atrás teria pedido para seus alunos analisarem: "É uma capa adequada para esse romance? Pressupomos que elas estão atirando em um alvo, mas qual é a sugestão mais ampla? Edith Wharton teria gostado dessa capa para sua obra?"

Rosemary sempre tentou manter contato com seus velhos colegas de escola. Agora, não consegue lembrar o nome dessa professora, mas se lembra de seus óculos de armação escura e das unhas roídas. Ela havia morrido de um derrame quando tinha pouco mais de cinquenta anos.

Revisitar o romance acalmou o coração de Rosemary. Newland Archer, o herói de Wharton, só fez a coisa certa quando foi forçado a isso, mas Rosemary fez a coisa certa o tempo todo. Nem uma palavra inadequada saiu de sua boca ou da de Glenn. Ela sabia que as pessoas cochichavam e sabia que seu coração se agitava, mas ela amava George. E nunca deixou de amá-lo. Nem mesmo quando achou que ele pudesse estar se apaixonando por aquela estagiária.

Eles leram até a parte em que Newland e sua esposa estão oferecendo uma festa de despedida para a duquesa. Parece avassalador: a tensão, a emoção, e a própria ideia de tantas pessoas dentro de uma sala. Todo aquele ar compartilhado.

Então, Rosemary larga o livro e desliza sua mão para a de George.

— Eu sempre te amei — diz ela.

— Eu sei — responde ele. Ele soa cansado e abatido, mas o toque de sua mão na dela é o mesmo de sempre.

O ar desta tarde está quente e parado, a vista do mar, nítida e perfeita. Há o som de um carro subindo a ladeira. Carros parecem tão barulhentos agora. Ontem, no táxi de volta do hospital, Rosemary se sentira atordoada pelo som do motor, do rádio e do motorista falando ao mesmo tempo, sua voz mais alta que a música e abafada pela máscara que ele usava. Era como se Rosemary estivesse sendo sacudida. Ela olhou pela janela, avistando o mar pelas lacunas entre as casas, e então teve o que só poderia descrever como uma premonição, tão arrebatadora que fez seu coração errar uma batida. E se George fosse dormir naquela noite e seu corpo decidisse não acordar? E se, só de pensar nos problemas que estavam por vir, seus pulmões parassem?

Porém, aqui estão eles, hoje. Ela havia acordado duas vezes durante a noite e posto a mão no peito dele, do mesmo jeito que punha sobre a própria barriga e desejava força para seus filhos.

✦ 35 ✦

Kelly

Kelly se sente ridícula pelo jeito como corre do trabalho para casa. Ela não é uma criança a caminho de uma festa de aniversário. É uma adulta, em um relacionamento sério com outro adulto, e imagina que essa adulta aproveitaria o tempo para desfrutar o ar livre, talvez se permitir alguns pensamentos filosóficos sobre como a primavera se infiltra no verão.

No entanto, desde que Craig foi morar com ela, Kelly caminha depressa ao longo do rio, pensando nas melhores e mais divertidas partes de seu dia, na forma como fará Craig rir e no jeito como ele vai ouvir. Como a noite vai passar voando: uma bebida, um banho, um deles vai cozinhar ou talvez eles peçam comida, depois vão conversar e ela vai ler com os pés no colo de Craig enquanto ele assiste à TV. Depois vão para a cama, não tarde demais, e vão fazer sexo — que não é menos empolgante do que costumava ser. É melhor, até, porque eles sabem que vão dormir e acordar juntos. Kelly mal consegue se lembrar de como era sua vida antes, sem Craig tão presente na vida dela. E nem precisa lembrar. Essa nova vida é algo permanente — ambos disseram que têm certeza disso.

Hoje é sábado, e Kelly não precisa repassar seu dia para decidir o que contar a Craig.

Quando ela chega em casa, ele já limpou a cozinha e o banheiro e lavou a roupa. Ela não é muito fã do jeito como ele amontoa coisas nos radiadores para secar, especialmente quando eles não estão ligados e, se não se tiver cuidado, tudo seca amassado e com cheiro de umidade. Mas as janelas estão abertas, o apartamento cheira a limpeza e Craig a abraça apertado e lhe diz que sentiu saudade.

— Como foi seu dia? — pergunta ele.

Acomodaram-se no que se estabeleceu como os seus respectivos lados do sofá, e ele está massageando seus pés, algo em que é muito bom: ele sabe como fazer a pressão perfeita, que fica no meio-termo entre um afago e um aperto.

Kelly ri e balança a cabeça.

— Loveday arrumou uma pessoa para trabalhar aos sábados, e ela começou hoje.

Craig também ri.

— Pela sua cara, posso dizer que vamos ter uma fonte contínua de entretenimento.

— É. Porque essa garota me odeia.

— Impossível! Você é a melhor pessoa do mundo.

— Sim! Mas ela me odeia. É como se ela tivesse olhado para mim e simplesmente... decidido que não quer ser minha amiga. Tudo que eu disse foi: "Oi, você deve ser a Madison. Eu sou a Kelly. Nós costumamos começar o dia com rolinhos de canela."

— Madison? — pergunta Craig.

— Sim, é o nome dela. Parece que ela foi até a livraria procurar uns livros para a mãe. A Loveday deve ter ficado com pena da menina.

Kelly move os dedos dos pés para que Craig recomece a massagem. Ele o faz, mas com força demais.

— E o que ela disse?

— Literalmente nada. Para mim, pelo menos. Ela fez perguntas para a Loveday o dia inteiro, então não é que ela seja tímida. Mas, sempre que chegava perto de mim, ela desviava o olhar e fingia que eu não estava lá. Estranho, né?

Craig concorda, depois balança a cabeça, o que Kelly interpreta como um movimento de eu-concordo-que-é-estranho-alguém-não-gostar-de--você.

— Ela vai continuar lá?

Kelly dá de ombros.

— Acho que sim. Ela embrulhou todos os pacotes direitinho e a Loveday parece gostar dela.

— Você não poderia pedir para a Loveday dispensá-la?

De repente, o que Kelly quer é um banho e uma cerveja gelada, e não ter que pensar em uma garota que decidiu voltar suas angústias juvenis contra ela.

— Eu não faria isso. Se ela quer me ignorar, que seja.

Craig concorda com a cabeça.

— Acho que você está certa. Mas...

— Mas o quê? — Kelly se levanta e se alonga. Ela se pergunta que doenças ocupacionais afligem os livreiros. Às vezes, sente que está desgastando o pescoço e os ombros mais rápido que o resto do corpo.

Craig balança a cabeça.

— Nada. Vou preparar um banho, aí você pode deixar ela para lá.

✦ 36 ✦

Pense no autor.

Vivo ou morto, todos fizeram a mesma coisa: escreveram palavra após palavra, criando uma história.

Há muitas maneiras de fazer isso. Alguns criam uma história como se estivessem tricotando um cachecol. Cada ponto é feito a partir do anterior. Silenciosa e lentamente, através do trabalho e da paciência, um livro — um cachecol — cresce.

Certos autores o fazem em um frenesi, breve, direcionado e frenético, como se eles e sua ideia fossem amantes que se reencontraram. Alguns tratam seu trabalho com cautela e mais escutam do que escrevem, às vezes por anos, os sussurros e palavras se acomodando.

Alguns começam com um esboço que elaboraram com cuidado; outros perseguem um pensamento ou sentimento na página em branco; outros, ainda, escrevem na esperança de extirpar aquela coisa que se acomodou em seu ventre e os torna diferentes de todos os outros, por mais que tentem se encaixar.

Há autores que escrevem para um público voraz e expectante, e autores que acrescentam palavra após palavra sem nenhuma expectativa de que seu trabalho um dia será visto por outra pessoa.

Mas o resultado é o mesmo: um livro em suas mãos. E, por trás dele — talvez séculos antes —, está alguém que o escreveu. Quando você lê a primeira frase, está completando o trabalho dela ou dele.

Nem todos os autores se importam com os leitores. Alguns escrevem pelo bem de sua própria alma, e alguns, apesar de toda a sua vívida imaginação, nunca viram seu trabalho ser publicado.

Porém, para outros, muitos outros, o olhar do leitor sobre cada página que escreveram é a manifestação de um sonho.

Obrigada.

✦ 37 ✦

Zoe

Está chovendo outra vez, mas os três-quartos-de-uma-família saem para passear mesmo assim. Zoe prende Ellie em um canguru junto ao peito e convence Tommy a deixá-la pôr a haste atrás da bicicleta para ele poder ir pedalando. Tommy está de galochas e capa de chuva e Ellie também está de capa, mas Zoe esqueceu seu próprio chapéu.

Desta vez, o parque está tranquilo. Zoe pensa em todas as mães que conhece, cujas casas têm salas de brinquedos, ou duas salas de estar, ou uma cozinha suficientemente grande para fazer um café da manhã para convidados. Lógico que elas não ficam tão desesperadas para sair. Lá, Tommy desce da bicicleta e pula nas poças, e Ellie chora e berra até dormir. Quando chegarem em casa, Zoe decide, vão tomar chocolate quente e ela vai pôr um filme para Tommy assistir. E ela vai tomar um banho com a porta aberta. Isso considerando que Will tenha entrado em contato outra vez. Caso contrário, ela ficará sentada com as roupas molhadas, atualizando sem parar o celular e tentando não pensar que o pior tenha acontecido.

Ela não vai fazer isso, de jeito nenhum. Ela prometeu.

Mas vai se permitir se preocupar. E ter medo.

Ficam fora até a cabeça de Zoe estar fria da chuva e seus olhos arderem da água constantemente entrando neles. Seu casaco à prova d'água não é suficientemente à prova d'água, e ela sente os braços e ombros úmidos. *Você não está com febre*, ela se repreende com irritação, *só precisa de um casaco decente. Ou que o tempo fique mais seco.*

Até a hora em que chegam em casa, ainda não há notícias de Will. Ele não está on-line, e Zoe imagina o rosto dele sonhando, um canto da boca tremendo, a expressão calma. Doenças — qualquer doença — sempre o fazem dormir.

São só quatro horas da tarde, mas ela tira a roupa úmida de Tommy e já o veste com o pijama: ninguém vai ligar se ele não tomar um banho esta noite. Zoe se esqueceu de parar para comprar leite, então não há chocolate quente, mas ela não havia oferecido, então não importa. Ellie mama e Tommy monta sua fazendinha, espalhando animais por todo o apartamento e empurrando um trator entre eles. Os olhinhos de Ellie se abrem quando ela acaba de mamar e ela estica os bracinhos e perninhas e boceja — ah, que mãozinhas fofas!

Zoe não é dada a sentimentalismos, mas lamenta, de repente, tudo o que Ellie já perdeu. A presença dos avós, os braços do pai, ser passada de um colo para outro quando parentes e amigos viessem conhecê-la... Ela não teve nem a atenção exclusiva que Tommy recebeu nas semanas depois de nascer, quando Zoe o amamentava e depois o deitava ao seu lado e o observava, por horas a fio, como se ele fosse o melhor filme que ela já tivesse visto na vida. Não há nada disso para Ellie. É mamar, arrotar, colocá-la para dormir ou deitá-la no bebê-conforto enquanto Zoe faz outras coisas. E isso sem falar na Covid-19. Zoe tem medo de que seu leite esteja cheio de ansiedade. Ela o imagina com gosto de álcool em gel. Pobre pequena Ellie. Que mundo para se nascer! Zoe afasta esses pensamentos. Já mal consegue conter seu amor e sua preocupação, mesmo sem nutrir essas ideias.

A campainha toca. É um som quase esquecido. Ninguém mais faz visitas, lógico, e o carteiro toca no apartamento de Julia se houver uma encomenda para qualquer um dos três apartamentos, porque sabe que Zoe está ocupada com as crianças, e Jay — do andar de cima — voltou para a casa dos pais durante o período do lockdown. Zoe deixa a porta do apartamento aberta para poder ouvir Tommy e desce a escada de pés descalços e ainda úmidos, carregando Ellie. *Não podem ser más notícias*, diz ela a si mesma, *ninguém teria tempo para vir me ver pessoalmente. Apenas telefonariam.* Ela toca o bolso. O celular está ali.

Quando abre a porta, há um pacote diante dela, e uma mulher, com uma bicicleta com uma cestinha na frente e cestas maiores atrás, está de pé na calçada, a uma distância segura.

— Zoe? — pergunta a mulher.

— Sou eu. — Zoe percebe que estava estúpida e irracionalmente esperando que fosse Will, ou alguém trazendo notícias dele.

A mulher indica o pacote com a cabeça.

— Desculpa ter feito você descer. Não sabia quanto tempo o pacote ia continuar seco aí.

Ainda que haja um toldo sobre a porta, isso não iria manter a embalagem em papel pardo protegida por muito tempo.

Zoe olha do pacote para a mulher, cujo rosto está todo molhado pela chuva apesar do capuz, ou talvez por causa dele. Alguns dias simplesmente querem que a gente se molhe.

— Desculpa, mas eu acho que não... — começa Zoe.

— É da livraria. A Lost For Words. Você nos mandou um e-mail.

— Ah! — Aquele e-mail longo e desconexo, cheio de autopiedade. E isso foi antes de Will adoecer. — Desculpa por aquilo.

A ciclista balança a cabeça, lançando pingos através da chuva implacável.

— Não, por favor, você não tem por que se desculpar. Está difícil para todo mundo. — A mulher sorri e olha para o pacote aos pés de Zoe. — Espero que goste.

Zoe analisa a logística de se inclinar e tentar levantar o pacote com Ellie no colo e decide não tentar. Em vez disso, ela o empurra com o pé para um lugar mais seco. Vai pedir para Tommy pegá-lo depois.

— Obrigada — diz ela. — Eu tinha esquecido.

A mulher na bicicleta assente com a cabeça, e então diz:

— Não é da minha conta, mas...

Ah, não, pensa Zoe, *ah, não. Que a minha única interação humana hoje não seja com alguém que vai me dizer que preciso estabelecer uma rotina.*

— Não se preocupe demais com a coragem — continua a mulher, olhando para as próprias mãos no guidão da bicicleta antes de olhar de volta para Zoe. — Não acho que nenhum de nós deveria sequer estar tentando ser corajoso. Só precisamos seguir em frente.

Poderia ser uma crítica — seria, vindo de sua mãe ou de Will —, mas Zoe olha nos olhos da estranha e sabe que ela está tentando ajudar.

— Obrigada — diz ela.

— De nada — responde a mulher. Ela endireita a bicicleta e coloca o pé no pedal. — Me chamo Loveday. Espero que vocês gostem dos livros. Pode nos ligar ou mandar um e-mail se precisar de mais. É tranquilo para mim vir entregar.

— Obrigada — repete Zoe, e então, em um impulso: — Meu marido é paramédico. Ele está com Covid-19.

Loveday coloca o pé de volta no chão.

— Ah, meu Deus! Sinto muito. Vocês estão bem? Precisam de alguma coisa?

— Ele não está morando conosco. — Ah, Zoe perdeu o hábito de conversar com adultos. — Quer dizer, ele está morando com um colega. Para poder ir trabalhar e nos proteger.

— Ah. Sinto muito — repete Loveday. — Isso é...

— Sim. — Zoe guarda consigo a sensação de não estar sozinha que recebe da expressão de Loveday, o fato de que ela sabe que não há nada que possa dizer para fazer Zoe se sentir melhor.

Então a voz Tommy soa, aguda:

— Mamããããe? Você ainda está atendendo a porta?

— Ei — chama ela —, vem ver o que chegou para a gente! — E acrescenta para Loveday: — Ele não sabe sobre o pai.

A mulher assente com a cabeça.

— Sinto muito. Não sei mesmo o que dizer. Minha mãe também teve, e está melhorando. Se isso ajuda.

— Obrigada por dizer que não precisamos ser corajosos — diz Zoe. E então ela entra e sobe as escadas atrás de Tommy. Que terrível ela ter pensado que era disso que seu filho precisava, como se ter coragem pudesse salvar qualquer um deles.

Ela se lembra tarde demais de que deveria ter deixado os livros de quarentena, mas Tommy já está abrindo o pacote. E então ela pensa em Will, febril e fraco, desinfetando o banheiro de Barney depois de ter tocado na descarga, nas torneiras, na tomada...

Will.

Zoe confere o celular. Nada.

Ela se proíbe de pensar em Will e coloca Ellie no bebê-conforto. Ainda não trocou de roupa, então tira a calça jeans molhada e se senta ao lado de Tommy no chão, apenas de calcinha e camiseta úmida. É a primeira vez que consegue se sentar com tanta facilidade, ela repara, desde o parto — a sensação de que os pontos não vão segurar e ela vai se abrir ao meio passou. Mas ela ainda se senta em uma almofada. Sua barriga ainda grande cai para a frente e ela a acaricia como fazia quando Ellie ainda estava crescendo lá dentro.

Há cinco livros. Três são para Tommy: *Billy and the dragon*, de Nadia Shireen, *The book about Moomin, Mymble and little My*, de Tove Jansson, e *O sapo e o mundo imenso*, de Max Velthuijs. Há um para Ellie, um livro molinho preto e branco com páginas que fazem sons de chocalhos e guinchos. E um que pode ter sido enviado para Zoe, ou talvez ela o pudesse ler em voz alta para Tommy: *Anne de Green Gables*, de L. M. Montgomery. Parece se lembrar de que ela mesma tinha esse livro quando criança.

Tommy está animadíssimo com seus livros novos. Zoe respira fundo, deixa o mundo de lado e começa a ler para seu lindo menininho, que não precisa ser corajoso, mas apenas ser ele mesmo.

Às oito horas da noite, Tommy já está dormindo, e o relógio interno de Ellie deve estar desregulado, porque ela choramingou das sete às oito e depois adormeceu, enquanto Zoe continua sentada ao lado de Tommy no escuro. É então que seu telefone toca. Ele está no volume mínimo, mas ainda alto o suficiente para fazer as pálpebras de Tommy se moverem brevemente antes que o sono o envolva de novo. Ellie resmunga, se contorce contra o ombro da mãe e sossega.

O nome de Will aparece na tela.

— Espere um pouco — sussurra ela ao atender. — Só vou pôr a Ellie no berço.

Zoe leva o celular para a sala de estar, fecha a porta e diz:

— Eu estava preocupada com você, amor. Dormiu o dia todo?

— Zoe? É o Barney.

Ah, meu Deus... Ah, meu Deus...

Zoe sente a garganta se apertar e tem que fazer um esforço para conseguir falar:

— O que aconteceu?

— Não se assuste, Zoe, mas, quando cheguei do trabalho uma hora atrás, ele estava tossindo. Continuei com o equipamento de proteção e fui dar uma olhada nele. Ele estava com febre alta...

— Quanto? — Ela não é criança. Protegê-la não vai ajudar. Não agora.

— Trinta e nove, e continuava subindo. E a oxigenação estava em oitenta e três.

— Isso é ruim, não é?

Will a havia instruído que, se algum deles ficasse doente, mesmo que fosse só com sintomas leves, precisavam usar o oxímetro e, se a oxigenação ficasse abaixo de noventa e três, tinham que chamar ajuda.

— É ruim. Levei ele direto para o hospital e... — Zoe ouve a hesitação na voz de Barney, e ela já está murmurando "Não, não..." quando ele continua: — Sinto muito, Zoe, mas vamos ter que entubá-lo. Não tem outro jeito.

Isso não pode ser verdade.

— Falei com ele hoje de manhã.

— Eu também. — Ela escuta o medo na voz de Barney. — É assim com algumas pessoas.

Zoe se força a respirar.

— Preciso vê-lo.

— Vou pôr você no FaceTime na UTI em um minuto. Peraí. Já te ligo de novo.

Barney desliga. Zoe fica olhando para o telefone, pensando em Will, na voz dele esta manhã, no jeito como ele lhe disse para não se preocupar. Ele estava certo. Preocupar-se não teria ajudado. Talvez, em vez de concordar sobre qual era a melhor maneira de manter as crianças em segurança, eles deveriam ter conversado sobre a melhor maneira de manter a família unida. Ele poderia ter largado o emprego de paramédico e arrumado um trabalho como entregador, ou ter ido trabalhar em um depósito. Eles teriam dado um jeito. E estariam juntos. Caramba, poderiam ter se mudado para a casa dos pais dele. Maldito Will e sua maldita filosofia de salvar o mundo.

Que é uma das razões pelas quais ela o ama.

Quando a tela se acende com uma chamada do FaceTime, ela se atrapalha para aceitar e vê o rosto de Barney, de máscara e viseira.

— Oi — diz ele. — Vou segurar o iPad para o Will. Você está pronta?

— Estou — responde Zoe, mas sabe, pela angústia no olhar de Barney, que provavelmente não está. Não faz mal. Ela precisa ver Will.

— Oi — diz Will. Seu cabelo está molhado de suor. A pele sob os olhos está branca, o resto do rosto de um vermelho não natural.

Um soluço escapa dela.

— Oi — responde ela.

Will começa a tossir. Ela percebe que dói e que ele está com medo. De repente, sua preocupação dobra, triplica. Esse é o verdadeiro significado de exponencial.

— Vai dar tudo certo — diz ela. — Não se preocupe. Só trate de melhorar.

Ele faz um movimento mínimo com a cabeça e então ela o vê se esforçando para se mover. Há uma voz ao fundo acalmando-o, mas Zoe sabe o que ele está tentando fazer: levar os dedos à boca para lhe mandar um beijo. Ela lhe manda um beijo e ele fecha os olhos. E em seguida... rápido demais... ah, rápido demais, porque Zoe sabe como é preciso ficar olhando uma pessoa amada dormir... o rosto de Barney preenche a tela.

— Estão cuidando dele — diz ele.

Zoe assente com a cabeça. Ela não consegue falar. Quer perguntar "Estão começando agora? Eles o estão sedando, preparando os tubos para enfiar pela garganta dele?", mas as palavras não vêm.

Barney parece ter lido seus pensamentos.

— O hospital vai manter você informada — diz ele — e eu venho aqui dar uma olhada sempre que puder. Ele vai ficar bem, Zoe. Aguente firme aí. Você precisa ser corajosa, pelas crianças.

Zoe encerra a chamada, larga o telefone, apoia a cabeça nas mãos e começa a soluçar. Seus seios estão vazando leite e, três semanas após o parto, ela ainda sangra. Cada centavo da renda deles está comprometido, ela não vê sua mãe há cinco meses e quase todas as suas conversas com adultos foram com Will, seu amado Will, com quem talvez, *talvez*, nunca mais possa falar.

Corajosa.

Zoe não tem a menor ideia do que é isso.

Ela sabe que deveria ligar para os pais de Will, mas, em vez disso, senta-se no chão e começa a folhear *Anne de Green Gables*.

✦ 38 ✦

Loveday

Os sábados à tarde na livraria nunca foram tranquilos. Costumavam ser o refúgio para os entediados e os solitários, os que esperavam juntar a mesada e os curiosos, os pesquisadores e os eu-mereço-um-mimo de fim de semana. Loveday olhava para o relógio ao meio-dia e de repente, sem ela nem saber como, já eram quatro e meia da tarde, com todo esse tempo preenchido com pedidos e consultas sobre livros, além de muitas vendas, a mesa coberta de anotações e xícaras de chá pela metade. Mesmo quando a Lost For Words estava mergulhada no marasmo pré-pandemia, os sábados à tarde eram uma garantia de movimento, barulho e renda. Loveday se resignava a uma tarde de atendimento ininterrupto ao público e, quando chegava em casa, Nathan lhe preparava um banho e lhe dizia que ela havia feito um bom trabalho. Ela fechava os olhos e afundava na água morna e, mais tarde, eles assistiam a um filme que ela nunca conseguia ficar acordada para ver até o fim.

No domingo, ela imaginava todas as pessoas que ela e Kelly haviam atendido na véspera, agora aconchegadas em sofás com seus livros novos, sentadas em cafés pedindo mais uma xícara de chá para ganhar mais meia hora de leitura, descascando batatas às pressas porque prefeririam estar lendo.

Mas, no mundo pandêmico, é como se as pessoas tivessem decidido que sair à tarde é dispensável, ainda mais aos sábados. As manhãs são razoavelmente movimentadas, com pessoas vindo buscar pedidos e a rua de paralelepípedos cheia de gente passeando com cachorros ou olhando com ar de saudade para os restaurantes fechados. Richard, da porta ao lado, geralmente esgota seus sanduíches, bolos e biscoitos ao meio-dia: ele acha que, apesar do interesse atual por assar pães e doces em casa, as pessoas se sentem desesperadas para comer algo que não precisaram fazer. Loveday suspeita que ele esteja certo.

Este sábado, o segundo de Madison na loja, parece mais parado do que o habitual lá fora, mas há muitas prescrições de livros para atender. Madison é encarregada de embrulhar e colar os rótulos de endereços, e de imprimir os novos pedidos de prescrições conforme chegam. Kelly e Loveday, separadamente ou consultando uma à outra, dão o seu melhor para encontrar livros que atendam às necessidades de seus clientes. Loveday mal acredita em como estão indo bem. Imagina que Archie ficaria orgulhoso dela, ou tenta imaginar. Mas sabe que ele teria feito melhor, teria feito mais.

Madison aprende rápido e faz um bom trabalho. Ela conversa com Loveday, aparentemente sem notar ou se importar com o fato de que Loveday não retribua a conversa, embora Loveday responda às perguntas de Madison sobre o funcionamento da livraria com paciência e algo que se aproxima da satisfação. Ela explica que o estoque vem em parte de livros vendidos a eles por pessoas que fazem limpeza em suas estantes, alguns de desocupação de casas e outros de leilões. Ela diz a Madison que não há como saber de fato o que vai vender ou não, mas que, com o tempo, a gente vai ficando melhor nisso. E isso lembra Loveday do quanto ela já sabe, quanto Archie lhe ensinou, sim, mas também quanto de sua expertise foi conquistada com o seu empenho, algo muito importante para ela.

Madison parece ter um pé atrás com Nathan, que está martelando no quintal outra vez. Talvez, Loveday acha, ela tenha receio de ser convocada para algum dos planos dele. Ele está falando em construir móveis usando paletes, o que parece exaustivo. Mas isso parece deixá-lo feliz. Vanessa arrumou um emprego como entregadora de supermercado, então boa parte dos esquemas e passatempos de Nathan foram interrompidos.

Kelly e Madison, porém, não se acertaram. Madison suspira, dá as costas para a mulher ou começa uma conversa com Loveday sempre que Kelly aparece. Na última segunda-feira, Kelly disse a Loveday que conseguia lidar com uma adolescente mal-humorada que decidiu descontar sua irritação nela e que Loveday não precisava se preocupar com isso. Desde que Craig foi morar com ela, Kelly está mais imperturbável — Loveday reconhece contentamento quando o vê, embora Kelly o expresse de uma maneira diferente da dela. Então, por enquanto, Loveday está confiando na palavra de Kelly e tentando manter Madison fora de seu caminho. Ela se lembra bem de que ser adolescente não é fácil, e que Madison pode não estar totalmente no controle de suas próprias reações.

Às três e meia da tarde, todo o trabalho do dia já foi feito. A loja está limpa, a área de livros a serem empacotados foi esvaziada e um saco de pacotes está pronto para ser coletado segunda-feira. Kelly até lavou as canecas.

— Você teve tempo para ler? — pergunta Loveday a Madison, enquanto desliga o notebook.

Ela tem lhe dado livros para levar para casa e, quando Madison entendeu que eram presentes, e não um substituto para seu salário, ela os aceitou de bom grado.

— Achei muito chato aquele do menino na plantação, gostei mais daquele sobre homens ricos e horríveis e mulheres divididas em categorias. Mas não sei direito o que achei do fim. Não entendo por que os escritores não podem só contar de uma vez o que aconteceu.

Bom para *O conto da aia*, então, mas não tanto para *O apanhador no campo de centeio*. Nathan é um grande fã de Holden Caulfield e está louco para eles fazerem uma nova tatuagem: "Case com alguém que ria **das mesmas** coisas que você". Mas Loveday não acha que ela ri o suficiente **para tatuar algo** assim.

— E os livros da sua mãe?

Madison dá de ombros.

— Ela diz que tem sexo demais em um deles, e muito nomes esquisitos para carruagens e vestidos no outro.

— Certo — diz Loveday. — Nesse caso, vá pegar *Círculo de amigos*, da Maeve Binchy, para ela. Aposto que ela vai gostar desse. E se você gostou de *O conto da aia*, acho que vai gostar de *Não me abandone jamais*. É do Kazuo Ishiguro.

— Está bem — diz Madison, sua voz se afastando quando ela vai procurar os livros —, mas eu achei legal aquele com sexo e cavalos de que minha mãe não gostou.

— Acho que merecemos encerrar mais cedo — diz Loveday, quando Madison volta com os livros.

Ela não está a fim de imaginar o que Madison poderia estar aprendendo ao ler Jilly Cooper. Disse a Nathan que teria que pensar no que queria pôr no espaço dos fundos, agora limpo, mas pode fazer isso no banho. Não há um centímetro desta livraria que ela não conheça. Porém, mudar qualquer coisa faz com que pense em Archie — imagina-o olhando por cima de seu ombro. Não que ele fosse impedi-la de fazer quaisquer mudanças, lógico. Mas ela precisa estar em outro lugar para poder refletir sem que uma onda de saudade de seu velho mentor a derrube.

— Você vai descontar do meu salário? — pergunta Madison. O horário dela seria até às quatro da tarde.

— Não, não vou — responde Loveday.

Kelly, que acabou de descer as escadas, revira os olhos, mas Loveday finge não notar. No que se refere às relações entre seus funcionários, ela só pode fazer algo a respeito do que é dito e feito, não de coisas subentendidas. E Madison está evidentemente preocupada com dinheiro, talvez seu salário esteja contribuindo para manter a casa. Afinal, muitas pessoas estão enfrentando dificuldades. Loveday não vai piorar as coisas cortando meia hora do pagamento de Madison. E, se ela estiver errada, e Madison estiver gastando seu dinheiro com tênis e seja lá o que for que ela passa no cabelo que cheira a flores e chiclete, melhor ainda.

Ela vai até a mesa e ajeita um dos pacotes. É o mais recente para Rosemary e George: contém *I capture the castle*, de Dodie Smith, *Reparação*, de Ian McEwan, e *A vida secreta das abelhas*, de Sue Monk Kidd. Não sabe bem por que escolheu esses, só que não tem como alguém não gostar do primeiro, que o segundo é irresistível e que o terceiro aquece seu coração só de pensar nele. E, refletindo agora, há alguma coisa no ritmo lento da vida em todos esses romances, em que tudo tem seu próprio tempo, que ela acha que vai agradar a Rosemary e George.

Pensar em Whitby é, de repente, insuportável. Está um dia bonito.

— Acho que eu mesma vou entregar isto — diz ela.

Estava chovendo esta manhã, então ela veio de carro — é muito mais fácil estacionar em York do que costumava ser. Pode estar em Whitby às cinco da tarde, o que significaria uma hora e meia dirigindo (ela teve que fazer o teste de direção três vezes até passar, mas agora gosta) e sem falar com ninguém. Uma bênção. E, às vezes, quando dirige sozinha, imagina Archie ao seu lado. Ela o veria se virasse a cabeça. Mas ela nunca o fazia.

— Você vai para Whitby? — pergunta Kelly.

— Fiquei com vontade. — Loveday, talvez induzida pela lembrança de Archie, faz a coisa certa. — Quer vir comigo? Para passear?

— Se você pudesse me deixar na casa do meu pai... — O pai de Kelly mora nos arredores de Whitby, mas está em isolamento, e Loveday sabe que ela não o vê há meses.

— Madison, podemos deixar você em casa, se quiser — oferece Loveday.

— Pode ser.

A expressão de Madison oscila. É só um instante, mas o bastante para Loveday perceber que não está tudo bem de fato. Pensa no pai de Madison, que foi embora, na mãe dela, vendo *Bridgerton* e desistindo de Jilly Cooper e Georgette Heyer.

— Ou você pode vir conosco — diz Loveday. — Se sua mãe autorizar, lógico. Vamos ficar com as janelas do carro abertas.

— Vou mandar uma mensagem para ela.

Estão no carro quando Loveday lembra que havia prometido à mãe que não voltaria a Whitby sem ela. Então, passam em casa para buscá-la e, finalmente, pegam a estrada em direção ao litoral. Sarah-Jane e Kelly sentam-se no banco de trás, e Madison, que costuma ficar enjoada ao andar de carro, está na frente.

Loveday imagina que Madison vai falar o tempo todo, já que ela parece pressupor que as pessoas à sua volta estarão interessadas em ouvir sobre seus amigos, seus gostos e seu pai imbecil — mas ela se mantém em silêncio, com os olhos fechados. Talvez assim seja melhor para o enjoo. No banco de trás, Kelly e Sarah-Jane conversam sobre Covid-19 prolongada, sobre Craig (Loveday sempre se espanta com o interesse de sua mãe pela vida amorosa de outras pessoas, tendo em vista como tudo deu tão errado em seu próprio grande romance) e sobre o pai de Kelly.

— Você devia vir conhecê-lo — diz Kelly —, se não se importar de sentar no jardim.

— Eu ia esperar no carro — responde Sarah-Jane. — Estou quase terminando o livro que estou lendo. — A mãe de Loveday fica nervosa perto de pessoas novas.

Mas, quando chegam à residência do pai de Kelly, uma bela casa geminada em uma propriedade dos anos 1950, Kelly diz:

— Ele tem uma rede no jardim, caso você ache mais confortável para ler.

E Sarah-Jane, para a grande surpresa de sua filha, sai do carro, pega seu exemplar de *Bitter greens*, de Kate Forsyth, e acena para Loveday e Madison.

◆ 39 ◆

Paul

Caríssimos Lost For Words,
   Meu pai, Frank, era um sujeito muito inteligente. Desde que eu me entendo por gente, ele estava sempre lendo.
   Já eu nunca liguei para livros. Sempre preferi sair por aí com meus amigos, e larguei a escola assim que pude. Trabalhei com construção civil por um tempo, depois como entregador, e acabei virando taxista. É uma vida boa. Acho que meu pai tinha orgulho de mim.
   Meu pai morreu de Covid-19. Parece que foi um dos primeiros, mas não deve ter sido. É mais provável que tenha sido o primeiro que realmente me marcou. Mas foi bem no começo, em fevereiro. Foi muito difícil para mim. E, lógico, eu não estava trabalhando, a não ser por uma corrida aqui ou ali para levar pessoas a consultas e coisas do tipo. Por isso passei a ter muito tempo livre. Minha mulher trabalha em uma farmácia, então está sempre na correria, e meus filhos não podem me visitar e estão ocupados com a própria família. Eu fiquei sobrando, andando de um lado para o outro que nem barata tonta.
   Então encaixotei a biblioteca do meu pai. Ele tinha centenas de livros. Eu trouxe todos para casa e estou lendo. Todos.
   Como eu disse, meu pai era um sujeito inteligente. Gostava de história, principalmente da Segunda Guerra Mundial e daí para a frente, e gostava de política, especialmente tudo o que tivesse

a ver com sindicatos, o partido trabalhista, socialismo e coisas assim. Eu sabia bastante sobre isso, de conversar com ele e ver documentários e o canal de história na televisão, mas não tinha ideia de como tudo se conecta. Como uma coisa leva a outra, entende? Como tudo é detalhado, quando a gente vê direito, do jeito que os livros fazem a gente ver.

Tenho livros suficientes para anos aqui. A maioria é de não ficção, como eu disse, mas tem alguns romances de John le Carré no meio. Os romances ajudam muito. Eles trazem tudo à vida, por assim dizer. E as coisas se encaixam melhor. Então eu fiquei pensando, depois que li sobre as suas recomendações de livros no jornal... será que vocês poderiam sugerir alguns livros de ficção para mim? Não consigo me concentrar nos assuntos mais pesados à noite. E, depois que vejo os noticiários, não quero mais nenhuma dose de realidade.

Atenciosamente,
Paul Pritchard

◆

Caro Paul,

Que coisa linda você fazer isso em honra do seu pai. Sinto muito pela sua perda. Nem posso imaginar. Não vejo meu pai desde que o lockdown começou e tem sido muito difícil. Não consigo pensar em como seria saber que não o veria nunca mais.

Adoro os romances de le Carré. É engraçado porque foi o meu pai que me apresentou a eles também. Eu estava estressada com as provas para entrar na faculdade e lendo muitos clássicos, e ele disse: "Por que você não se dá uma folga?" Depois disso, eu lia le Carré todas as noites antes de dormir, e passei o verão enquanto esperava os resultados das provas lendo tudo o que ele tinha escrito. Eu era aquela que invejava os colegas que saíam por aí com os amigos.

Abaixo está uma lista de livros de que talvez você goste. Posso enviar pelo correio os que você achar que lhe interessam.
Fique bem,
Kelly

Union Jack, *de Val McDermid*. Assassinato em uma conferência de sindicatos.

A very British coup, *de Chris Mullin*. Um dos favoritos do meu pai, sobre um primeiro-ministro socialista que tenta enfrentar seu partido (é apenas ficção).

House of cards, *de Michael Dobbs*. Você talvez tenha visto as adaptações para TV, mas o livro é sempre melhor (lógico que eu ia dizer isso, né!).

Toda luz que não podemos ver, *de Anthony Doerr*. Este é ambientado na Segunda Guerra Mundial e acompanha um garoto alemão e uma garota francesa ao longo do conflito. Eu me senti como se estivesse lá. Não sei muitos detalhes sobre a guerra, mas, para você, que sabe mais, tenho certeza de que será ainda melhor.

Transcrição, *de Kate Atkinson*. A história de uma mulher que começa sua carreira como transcritora (é esse mesmo o nome?!) no MI5 e se vê envolvida com espiões e nazistas. É divertido e prende a atenção.

Mar de papoulas, *de Amitav Ghosh*. Este é ambientado no início dos anos 1800, no período que antecedeu a Primeira Guerra do Ópio. Por favor, leia. É tão bom! Não está dentro das áreas de interesse do seu pai, eu sei, mas tem tudo a ver com os jeitos estranhos como acontecimentos e pessoas se conectam e influenciam uns aos outros.

✦ 40 ✦

Casey

Caros Lost For Words,
   Eu não estou mais dando conta e...

Casey sabia que não precisava de um psicólogo para lhe dizer o que seus sonhos significavam. E sabia que não era a única pessoa sofrendo. Via nos rostos de seus colegas, atrás das viseiras embaçadas. Às vezes, pessoas de sua equipe lhe diziam, através das máscaras que abafavam suas vozes, que não sabiam quanto tempo mais conseguiriam aguentar. E Casey, a garganta doendo com o esforço de sempre falar mais alto para ser ouvida através da máscara, dizia a eles: "Eu sei. Sinto o mesmo. Vamos só tentar chegar até o fim do dia."

Não era uma estratégia deliberada, embora, na época antes do vírus, Casey tivesse feito cursos de gestão e *role-playing* de empatia e aprendido a falar "Sim, e..." em vez de "Sim, mas...", como uma maneira de se comunicar com pessoas com quem talvez não se estivesse de acordo. Mas, neste caso, Casey concordava com o que seus colegas diziam, porque era verdade. Ela também não sabia quanto tempo mais conseguiria aguentar. Mas não havia outra opção. Então, ela sonhava e tentava e dava o seu melhor. E, a cada dia que passava, tudo parecia pior.

Casey tentava contar aos pais apenas o suficiente para mantê-los seguros, sem assustá-los: para diminuir a tentação de fazer visitinhas para ver como estão seus vizinhos e amigos da igreja. "Por favor", dizia ela, "por favor, lembrem-se de que eles serem mais vulneráveis não significa que vocês são imunes. Não entrem na casa de ninguém. Falem com eles do jardim". Ela não lhes contava quantas pessoas tinham morrido em sua ala do hospital naquele dia. Como era segurar um iPad para uma família em casa poder se despedir de um pai, mãe, irmão ou filho que não sobreviveria muito mais tempo. Como ela estava sempre contando mentalmente quantos respiradores e leitos de UTI ainda estavam disponíveis, e como uma parte clínica e fria de seu cérebro estava constantemente recalculando a ordem da fila de potenciais pacientes que ainda não estavam tão ruins a ponto de precisar de um respirador, mas que poderiam ficar em poucas horas. Ela não contava isso aos pais, porque não queria pensar nisso quando saía do trabalho. Que nem parecia mais trabalho. Quando ela estava lá, parecia ser a única realidade. E, quando não estava, parecia algo pior do que um sonho febril, tão inimaginavelmente estranho que não podia ser verdade. E então, ela entrava na UTI mais uma vez, para o seu próximo turno.

✦ 41 ✦

Loveday

Whitby nunca esteve tão quieta. Não há turistas nem amigos reunidos no píer, praticamente nenhum trânsito. Loveday estaciona na frente da casa de George e Rosemary. É um imóvel vitoriano que faz parte de um bloco de casas, a porta dando direto para a rua, o peitoril da janela da cozinha com uma fileira de mudas de plantas, novas raízes se estendendo em jarros de vidro com água turva.

Agora que está aqui, ela se sente como uma intrusa. Elas nem avisaram. E não podem entrar. Ela não pode fazer duas pessoas idosas ficarem de pé na rua para conversar com ela. Devia ter pensado nisso.

Antes que Loveday possa sugerir que mudem os planos, Madison, que voltou à vida agora que estão fora do carro, vai até a porta e bate.

Leva um tempo para Rosemary atender. Ela é mais alta do que Loveday esperava e tem um ar severo. Madison esconde o celular no bolso assim que a vê, como se ele pudesse ser confiscado, e Loveday endireita a postura inconscientemente. Mas, assim que entende quem elas são, Rosemary sorri e faz um pequeno som de "oooh", como se elas fossem um bolo de aniversário surpresa.

Há uma viela no fim do bloco que leva Loveday e Madison ao jardim nos fundos, de modo que, no fim das contas, elas não precisam atravessar por dentro da casa. Elas passam por dois gramados malcuidados com mobília externa de ar solitário, antes de chegar ao portão do jardim de George e Rosemary. É um paraíso estival de cheiros e cores e, quando elas entram, Rosemary está ali sentada junto de George em um banco de madeira que já viu dias melhores.

— Estas são as nossas amigas da livraria em York, George. Loveday e... Madison, certo?

— Sim.

Loveday nota que a costumeira beligerância de Madison desapareceu quando ela se viu diante de Rosemary e George. Acha que eles devem ter sido o tipo legal de professor: aquele que deixa você ficar na sala de aula durante o almoço sob o pretexto de fazer o dever de casa, quando sabe que na verdade você está ali porque não quer sair e sofrer bullying.

George parece preocupado.

— Espero que não tenhamos esquecido que vocês vinham. Andamos com a cabeça um pouco cheia ultimamente.

— Não, não. — Loveday se sente ridícula, agora que está aqui. Egoísta. Que direito ela tem de vir se sentar no jardim de outra pessoa, quando tem seu próprio jardim? Quando o correio poderia ter entregado o pacote com muito menos rebuliço e sem perturbar a tarde de Rosemary e George? — Nós passamos o dia na livraria, aí reparamos no seu pacote, e faz tanto tempo que não vemos o mar...

— Ah! Estamos contentes por terem vindo — diz Rosemary. Ela olha para a cestinha no chão, que contém uma garrafa térmica. — Acho que não posso oferecer um chá, ou qualquer outra coisa.

— Não se preocupe — responde Loveday.

De repente, sente um calafrio ao pensar em todas as pessoas que passaram pela loja e pararam à porta hoje. Respirando, falando, tocando a maçaneta, pegando pacotes, usando seus cartões de crédito a centímetros dos dedos dela... Álcool em gel com cheiro sintético de limão e máscaras não pareciam mais suficientes na presença de George e Rosemary.

— Nós não tivemos companhia desde que tudo isso começou — diz Rosemary. — A gente até se esquece de como é.

— Já não víamos muitas pessoas antes — acrescenta George, como que para evitar alguma pressuposição de que eles tinham uma vida cheia de jogos de bridge e churrascos. — Mas costumávamos conversar com os vizinhos e visitar algum velho amigo de vez em quando.

Loveday faz uma nota mental de que, se vierem aqui outra vez, ou quando vierem, farão melhor. Para início de conversa, ela os avisará antes para saber se a visita é conveniente ou não. Pedirá para sua mãe assar alguma coisa, e irão trazer mais do que os livros pelos quais o casal já pagou. Agora, toda interação é preciosa.

— Eu trabalho na livraria aos sábados — diz Madison, quebrando o silêncio da tarde. É como se todos tivessem se esquecido de como conversar. Ficam olhando uns para os outros, sorrindo, como se fossem convidados de um casamento que ainda não tivessem sido apresentados. — Sou encarregada de encontrar os livros para vocês.

A primeira carta de Rosemary está pregada no quadro de avisos sobre a mesa onde são feitos os pacotes, e qualquer livro que Loveday, Kelly e Madison achem que poderia ser adequado para eles é colocado em uma pilha sob a carta. Madison escolhe com mais entusiasmo do que expertise, mas todos têm que começar de algum ponto. Loveday vetou *Crepúsculo* ("Um monte de gente na escola leu e achou muito bom") e *The magic cottage*, de James Herbert ("Mas um livro que se chama 'A cabana mágica' não pode ser terror").

— Você está fazendo um ótimo trabalho — diz Rosemary. — Não é, George? Nós gostamos muito de tudo.

— Ela está, Rosie. — George muda de posição no banco, como se estivesse com dor, e o rosto de sua esposa se contrai de preocupação em resposta.

— Nunca fui de ler muito, mas aí a Loveday me deu umas coisas para experimentar — diz Madison. — Gosto daqueles em que tudo é horrível. Vocês conhecem a Margaret Atwood? Ela escreveu um livro chamado *O conto da aia*. Tem uma série de TV, mas eu acho o livro melhor.

Rosemary sorri.

— Geralmente os livros são melhores mesmo.

— O seu jardim é lindo — comenta Loveday. Poucas vezes ela tem o prazer de sentir que disse a coisa certa, mas este é um desses momentos.

George concorda com a cabeça e Rosemary diz:

— Amamos cuidar dele.

— Dá pra ver.

Sentar-se neste jardim é como ler um bom livro. Todos os cheiros e sons combinam, e George e Rosemary parecem pertencer a este lugar.

Tudo faz sentido. Nada existe fora daqui. Loveday fecha os olhos e pensa na Lost For Words, em Nathan. E neste momento sabe o que Archie faria com o quintal da livraria.

— Nós tínhamos um refúgio de leitura no andar superior da livraria — diz ela —, mas, lógico, não podemos mais deixar as pessoas entrarem, e não sabemos quando vai ser possível usá-lo de novo. Então vamos montar uma espécie de... santuário nos fundos da loja, na área externa.

— É uma excelente ideia — diz George.

— Um jardim de leitura — acrescenta Rosemary.

— Sim, exatamente! Na verdade, foi ideia do meu namorado — diz Loveday. — Mas agora estou pensando, se eu comprar vasos, vocês poderiam me aconselhar sobre os tipos de plantas que poderíamos cultivar?

Parece que ela disse a coisa certa. Duas vezes em uma mesma conversa. Porque George sorri e se empertiga, e Rosemary olha para ela com gratidão. Loveday não entende de fato o que fez, mas é óbvio que fez alguma coisa. Meia hora depois, quando o sol baixa e começa a escurecer, ela está cheia de ideias e possibilidades. George lhe fez um monte de perguntas sobre iluminação e espaço e para que direção o jardim está voltado, e a levou para ver os canteiros de flores e a horta. Rosemary e Madison ficaram sentadas nas pontas opostas do banco e conversaram sobre alguma coisa que Loveday não conseguia ouvir. Mas as duas pareciam felizes.

— Nem sei como lhes agradecer — diz Loveday, no portão, antes de voltarem pela viela até o carro.

É hora de pegar Kelly e Sarah-Jane, mas ela teria ficado ali para sempre.

— Acabei cochilando na rede — conta Sarah-Jane. — Que vergonha! Mas o Neil fez eu me sentir absolutamente bem quanto a isso. — Ela boceja enquanto prende o cinto de segurança. — Ele precisou se despedir e pediu desculpas por não poder vir aqui falar com vocês. Ele vai moderar um quiz em uma reunião no Zoom hoje à noite.

— Zoom — repete Madison, revirando os olhos. Loveday concorda, mas não diz nada.

Quando Kelly entra no carro, Loveday a olha pelo retrovisor e vê que ela está chorando.

— Você está bem? — pergunta ela, e então se sente uma idiota. Lógico que não está. Quem é que chora porque está bem? Mesmo chorar de alegria significa que se está com medo de que aquilo que se tem agora não possa durar.

— Foi tão bom vê-lo — diz Kelly — e tão difícil não poder abraçá-lo.

A voz de Sarah-Jane soa baixinha do banco de trás:

— É muito emocionante se encontrar com alguém que não se vê há muito tempo.

Loveday sabe que ela está pensando nos anos em que as duas ficaram separadas, e tudo o que pode fazer é concordar com um aceno de cabeça. Ela não quer chorar. Não aqui. Não quando está na posição de responsável pelo grupo e tem que dirigir, e Kelly é quem tem o direito de estar triste, enquanto Loveday pode simplesmente se virar e segurar a mão da mãe, assim, sem mais nem menos.

— Estou morrendo de fome — diz Madison, com um bocejo.

— Eu sei que os restaurantes estão fechados, mas talvez tenha algum food truck no cais — diz Loveday.

É de comida que elas precisam. E ela vai poder contar a Nathan e Vanessa que comeram à beira-mar e isso, além de tudo que tem a dizer sobre o jardim dos Athey, a fará ganhar pontos no peculiar sistema ficar-ao-ar-livre-é-bom que eles têm para avaliar a vida.

Quando chegam ao cais, encontram um food truck.

Madison, Loveday, Sarah-Jane e Kelly sentam-se lado a lado sobre uma mureta e ficam olhando para o mar. A luz faz a superfície cintilar com uma cor que varia entre o azul-marinho e o prata. As batatas fritas estão um pouquinho quentes demais, o vinagre ácido no nariz de Loveday e o sal acentuado. Ela come rápido demais e não se importa. Sente que as outras estão fazendo o mesmo. Gaivotas se aproximam, mas, percebendo que não vão conseguir nenhuma batatinha, se afastam de novo.

Kelly se levanta, limpa a calça, recolhe as bandejas de papel e talheres de madeira e os coloca na lata de lixo. Enquanto caminha de volta, ela estica os braços sobre a cabeça — por um instante, parece que vai fazer uma estrelinha —, agita o cabelo e diz:

— Isso foi bom. Tudo isso. Obrigada, Loveday.

Considerando que seu plano original era fugir de todo mundo, Loveday não acha justo aceitar o agradecimento.

— Nós devíamos ter planejado melhor. Poderíamos ter trazido o Craig. Ele já conheceu o seu pai?

— Não. Acho que eles iam gostar um do outro. Mas não tínhamos nada tão sério antes da pandemia, então... — Ela dá de ombros. — Vamos ter tempo para isso depois.

— Vocês estão em um relacionamento sério agora? — pergunta Madison.

— Estamos morando juntos. E nos amamos. Então... sim.

— Só que tudo é estranho em uma pandemia. — Madison parece séria sob o peso de seus quinze anos de sabedoria acumulada. — Eu não confiaria em um cara que quis ir morar com você assim, de repente.

Sarah-Jane sorri, um pouco triste.

— Não dá para saber o que se vai fazer, Madison.

Loveday se aproxima um pouco mais de sua mãe, de modo que seus ombros se tocam.

Kelly diz, não exatamente para Madison, mas definitivamente dirigido a ela:

— Contei a ele sobre as tatuagens de Loveday e Nathan. Ele estava lendo *O sol é para todos*, porque estamos fazendo noites sem telas, e ele leu em voz alta aquilo sobre... — Ela faz um gesto frustrado, tentando recordar. — ...se o amor se chamasse veneno, nós o beberíamos mesmo assim. Então eu disse que a gente deveria tatuar isso.

— Não sei por que gente velha tem essa mania de tatuagem.

— Eu tenho trinta anos, Madison, e Craig tem trinta e sete. Estamos longe de ser idosos.

Madison chuta a areia no chão.

— Só fazer uma tatuagem não significa que ele gosta tanto assim de você — declara ela. — Minha mãe disse para eu estar em casa umas oito e meia. Podemos ir embora?

✦ 42 ✦

Trixie

No começo, Trixie e Caz conseguem se virar bem. Elas assistem aos mesmos programas na TV nos mesmos horários, comem os mesmos salgadinhos e bebem o mesmo vinho. De início, é fofo. Mas não depois do primeiro mês. A novidade do sexo por telefone e uso de vibradores também se esgota. Trix, que não tem absolutamente nada para fazer, compila todas as listas de filmes-para-ver-antes-de-morrer em uma única planilha e a compartilha com Caz. Elas a percorrem seguindo um padrão: um filme que nenhuma delas tenha visto, um que Caz não tenha visto, um que Trix não tenha visto, e o padrão se repete. Isso as mantém interessadas por umas seis semanas, a três filmes por semana, mas aí Trix confessa que está enjoada de ver Filmes Excelentes e Caz admite que quase sempre dorme antes do fim e tem que procurar o resumo no Google na manhã seguinte. Então elas começam um jogo em que seus avatares têm uma fazenda, mas se esquecem de alimentar as galinhas e nunca chegam a um acordo sobre o que comprar com as moedas.

Quando param de se virar bem, elas passam a se virar mais ou menos bem. Trix aprende tudo sobre a vida profissional de Caz e logo já sabe calcular um fuso horário sem esforço. E Caz é muito boa em fingir interesse pelas experiências de Trix com o macramê quando Trix mostra emaranhados de fios e tenta explicar onde acha que errou.

Então elas param de se virar mais ou menos bem e começam a ir mal. Não é culpa delas — elas mandam mensagens uma para a outra depois de cada conversa irritada. É só que não há nada para dizer. Nada para fazer. Nenhuma fofoca para contar. Caz diz que não suporta mais ficar olhando para uma tela, agora que faz isso o dia todo em casa. Trix tenta se manter motivada, mas estar de licença parece a mesma coisa que ser paga para não fazer nada, e então, cada vez mais, ela passa a não fazer nada. Quando elas conversam, há um desequilíbrio de energia, de experiência. Caz está cansada e sem ânimo, e Trix esteve o dia inteiro esperando para ouvir a voz da namorada.

— Se ao menos pudéssemos nos ver — dizem elas toda hora. — Se ao menos pudéssemos nos tocar...

— E se fizéssemos isso? — propõe Caz, uma noite, quando Trix chora de pura solidão. — E se nós duas pegarmos o carro e nos encontrarmos no meio do caminho? — Trix sabe, pela expressão de Caz, que ela está consultando o Google Maps. — Algum ponto ao norte de Birmingham? Tamworth?

— Não vai ter nada aberto — diz Trix, mas para de chorar. — O que vamos fazer lá?

Caz sorri. De verdade. É uma expressão que Trix não via fazia muito tempo.

— Vamos nos pegar dentro do carro e comer sanduíches. E podemos fazer xixi atrás de uma moita.

E elas fizeram isso.

A sensação de tocar e ser tocada foi inebriante. Trix, que havia se esfregado mais do que de costume no banho, como se estar sozinha tivesse criado uma crosta, começou a chorar quando Caz colocou a mão em seu rosto. Havia imaginado que estariam vorazes uma pela outra, mas elas se aconchegaram no banco de trás do carro novo de Caz, que ainda cheirava a purificador de ar, borracha e plástico, e Trix pousou a cabeça no colo de Caz e elas cochilaram. Compartilharam sanduíches, depois comeram o bolo que Trix tinha feito e Caz fez uma brincadeira sobre migalhas no banco, e foram felizes.

E, quando Trix chegou em casa, tudo parecia pior.

Ela não conseguia dormir.

Sentia ainda mais falta de Caz.

E tinha menos para conversar com ela.

E, então, ela foi demitida. Os dias ficaram mais longos e ela percebeu que a esperança de voltar ao trabalho havia preenchido boa parte de seu tempo. Ela só havia trabalhado em um único lugar na vida. Sentia-se sem chão.

Porém, a indenização pela dispensa e a liberdade significavam que ela podia se mudar para Cardiff.

Mandou uma mensagem para Caz.

Caz não respondeu, embora tenha visualizado a mensagem quase imediatamente.

Ela telefonou naquela noite. Na verdade, ela a chamou pelo Zoom, o que Trix deveria ter percebido que era um mau sinal. Elas conversavam basicamente por viva-voz, pois Caz ficava com dor de cabeça por causa do excesso de chamadas no Zoom.

— Você sabe que eu te amo muito, Trix — disse ela —, mas você se mudar para cá não parece a coisa certa para nós.

— E qual é a coisa certa para nós?

Trix não diz: "Que porra é essa?"

Ela havia passado a tarde toda procurando empregos em Cardiff. Lógico, não havia muitos no momento, mas, assim que os restaurantes reabrissem, ela encontraria algo em um piscar de olhos. Havia escassez de funcionários em toda parte e ela tinha oito anos de experiência e um currículo impecável. O gerente da área, que pareceu ter ficado mais chateado com a demissão dela do que a própria Trix, havia prometido lhe dar referências incríveis.

Caz desviou o olhar.

— Eu gosto desta versão nossa.

Trix se ouve bufar.

— Se pegando dentro do carro em estacionamentos vazios? Tenha dó! Acho que nós merecemos mais do que isso.

— Quando isso acabar...

— Quando isso acabar, você ainda vai estar em Cardiff e eu, em York.

— Nós estávamos fazendo funcionar, Trix.

Não havia como contestar. Elas tinham sido felizes até a pandemia. E então veio o lockdown. E muitos casais ficaram infelizes. A tensão era multifacetada e estranha. Trix não havia seguido a carreira que queria, mas, depois que se acostumou com a vida no restaurante, ela foi feliz.

E nunca lhe ocorreu que um dia não poderia pegar um trem, ou que pudesse ter um dia de folga e dirigir para fora da cidade, mas não ter para onde ir. Nunca havia imaginado que gastaria dinheiro com entrega de *bubble tea*, ou que passaria meses sem ver sua avó. Tudo no mundo estava fora dos eixos, dificultando coisas que antes eram simples. Não era de admirar que o relacionamento delas estivesse indo mal. (Será que o fato de Caz não querer que Trix se mudasse para Cardiff era um sinal de problema? Ou Trix estava imaginando coisas? Nunca teve tanto tempo ocioso quanto agora.)

— Sim — diz ela. — Estávamos.

Ela sabe que está falando com uma voz deliberadamente sem entusiasmo, inexpressiva; que está fazendo isso para que Caz a console e lhe confirme de todas as maneiras o quanto ela, Trix, é adorada. Jamais teria se comportado desse jeito antes. Ela teria dito "Olha, estou me sentindo uma merda com esta situação", ou "Parece que você não me ama tanto assim". Não teria tentado usar aquela técnica passivo-agressiva para induzir sua namorada, com quem estava há quase quatro anos, a algum tipo de demonstração de amor.

— Preciso desligar, estou esgotada — diz Caz. A luz do Zoom nem sempre é lisonjeira, é verdade, mas ela está com olheiras fundas e uma expressão apática.

Trix lhe pergunta se ela tem bebido água suficiente, mas Caz já encerrou a chamada.

Não há nada de errado, diz Trix a si mesma. *Nada com a gente.*

Ela manda uma mensagem para Caz, mais um balão de diálogo para se somar aos meses de conversa durante o lockdown: *Desculpa. Eu também estou cansada. Sinto sua falta e quero estar com você.*

Mas Caz não responde.

Trix fica acordada e, em algum momento no silêncio profundo da escuridão, ela tem uma ideia. Fecha os olhos e mergulha em um sono sem sonhos até quase dez horas da manhã. Depois de se levantar, comer, tomar banho e secar o cabelo — que está chegando ao meio das costas agora, o mais longo que ela já teve desde os dez anos —, ela reflete sobre sua ideia para ver se ainda a acha boa e resolve colocá-la em prática.

Quase telefona em vez de mandar mensagem, mas sabe que é uma manhã cheia para Caz, com reuniões pelo Zoom com Xangai.

>Trix: *Eu poderia me mudar para Cardiff de qualquer modo. Não tem nada a ver com você. É uma cidade tão legal. E uma mudança me faria bem. Bjs*

Caz visualiza imediatamente, mas leva três horas até que haja uma resposta. Tudo bem, ela está trabalhando. Enquanto isso, Trix passa o aspirador na sala e faz uma boa limpeza no cômodo.
A resposta chega às cinco.

>Caz: *Acho que isso seria estranho.*

Sem beijo, Trix observa. Sem interrogação. Apenas uma afirmação.

>Trix: *Por quê? Bjs*

>Caz: *Você se mudaria para Cardiff se eu não estivesse aqui?*

>Trix: *Mas você está, Caz.*

Então, silêncio.
A noite passa enquanto Trix assiste a um filme da planilha — *O cozinheiro, o ladrão, sua mulher e o amante* — que nenhuma das duas tinha visto. No fim das contas, não gosta muito dele.
Justo quando Trix vai para a cama, pouco antes da meia-noite, seu celular se ilumina com uma mensagem.

>Caz: *É pressão demais, Trix.*

Depois disso, nada mais foi como antes.

✦ 43 ✦

Bella

Caros Lost For Words,
Não consigo nem colocar em palavras o que eu preciso neste momento. Acho que, resumindo, eu diria que estou com medo. Mas poderia procurar alguma coisa no Google para isso. Ele provavelmente me recomendaria Apesar do medo, *que é um livro ótimo, mas não quero autoajuda. Quero me identificar com a história. Companheirismo em forma de romance. Acho que um livreiro deve ser melhor nisso do que um site, pelo menos nestas horas!*
Sou atriz, cantora e dubladora e tenho quarenta e cinco anos. Moro em York praticamente desde sempre, quando não estou viajando a trabalho. Nunca alcancei o estrelato (ah, meus sonhos não realizados!), mas me saí bastante bem. Meu eu de dezessete anos, que obrigava os pais e avós a ouvirem seus ensaios para testes de atuação, não concordaria, mas gosto de pensar que sou mais sábia do que ela. Definitivamente mais velha!
Não fiz muita coisa para a TV. Minha agente uma vez deixou escapar que um diretor de elenco disse que eu tinha "o tipo de rosto errado para a tela", imagina só! Mas fiz muitas turnês de teatro ao longo dos anos, começando com o papel de Dorcas (uma das noivas) em Sete noivas para sete irmãos, *em 1998, e eu era a substituta da atriz principal. Que era forte como um cavalo, infelizmente! Sempre a dama de honra, jamais a noiva, se é que me entendem!*
Costumo passar boa parte do ano em turnê e, no resto do tempo, trabalho em um pub aqui na cidade. Eles gostam de

mim lá porque eu conheço as manhas, e sou mais confiável que a garotada. Nos últimos quinze anos, minha vida tem se resumido a sair em turnê, fazer um bom trabalho, voltar para casa, descansar por uma semana, telefonar para o Jack no pub e retornar ao emprego lá, onde eles agem como se eu nunca tivesse saído. E faço uns trabalhos de dublagem de vez em quando (fiquei entre as duas últimas finalistas para aquelas propagandas da Marks & Spencer!). Gosto dessa vida. Ou gostava!

Meu maior medo é estar sozinha. Quer dizer, eu sempre morei sozinha, afinal não dá para manter um relacionamento com a vida que eu levo! Mas eu nunca ficava em casa. Estava sempre fora a trabalho, ou pondo a conversa em dia com pessoas que eu não via fazia um tempo. A gente faz muitos amigos quando está na estrada, então sempre tinha alguém me visitando, ou alguém para eu visitar.

Então vocês podem imaginar que o lockdown foi um choque e tanto para mim!

Foi realmente horrível no começo. Eu fiquei péssima. Era Zoom o dia inteiro, com uma coisa ou outra, mas não era o mesmo que ver gente em carne e osso. E eu não cozinhava! Comi um monte de sopa enlatada e torradas, até dizer a mim mesma: "Arabella, você não quer chegar ao fim de tudo isto parecendo uma bruxa! Trate de tomar vergonha na cara e aprenda a cozinhar." Agora, tenho um repertório bastante decente. Sei até fazer um molho holandês razoável!

Fiz o que sempre faço quando estou para baixo: me mantive ocupada. Fiz uma boa limpeza no quarto de hóspedes, arrumei o guarda-roupa, e até comprei um triturador de papel e dei fim em todas as minhas antigas declarações de imposto de renda! (Eu tinha até as de vinte anos atrás!) E arrumei os armários da cozinha. Encontrei uma lata de feijão que venceu em 2008! Só o que falta fazer agora é organizar toda a minha antiga correspondência, mas acho que ainda não estou pronta para isso!

Aí, um dia, eu percebi que tinha ficado três dias sem falar com absolutamente ninguém. Nem pessoalmente nas minhas saídas, nem pelo Zoom, nem um único telefonema. E o engraçado foi que eu não me importei nem um pouco! Quando se leva em conta o fato de que, antes dessa maldita Covid-19, fazia pelo menos uma década que eu não passava um dia sequer sem ver alguém... Ah, foi uma grande surpresa!

Desde então, tenho conversado cada vez menos com as pessoas. A novidade de todos aqueles drinques pelo Zoom parece ter se desgastado, mas, quando eu recebo um convite, só digo que já tenho algum outro compromisso no mesmo horário — e as pessoas sempre acreditam! Tenho feito meus exercícios vocais, lógico. Não posso deixar meu instrumento de trabalho enferrujar!

Não sei exatamente para onde meu tempo vai. Quer dizer, parte dele é gasta em e-mails desnecessariamente longos! Antigamente, eu teria simplesmente telefonado para vocês, ou caminhado até a livraria. Agora, não suporto mais a ideia. Meu velho amigo Archie me acharia ridícula!

Às vezes, escuto uma ópera à tarde. E assisto a filmes à noite. Mas, por algum motivo, sinto que não tenho mais tempo para o mundo exterior. Não consigo mesmo me imaginar passando maquiagem e saindo para encontrar pessoas, o que, para alguém como eu, é algo impensável. Todo o meu sustento depende de brilhar para o público. E, acredite, servir atrás do balcão de um pub também é uma performance, como qualquer uma no London Palladium!

Agora, vamos ao cerne da questão. Jack, meu querido amigo do pub, me deixou uma mensagem. Ele falou que talvez possa reabrir logo e passou o verão inteiro projetando uma espécie de tenda meio chique em que as pessoas possam ficar ao "ar livre" e ainda assim ter a sensação de que estão dentro de um pub. Ele quer que eu volte. E, lógico, eu respondi que sim, mas aí pensei: "Bella, como você vai fazer isso, sendo que não consegue nem pegar o telefone mais?!"

Eu sei que um médico provavelmente me receitaria alguns bons comprimidos para melhorar tudo. Mas eles sempre querem

que a gente pare de fumar, e sempre são tão cansativos com essa história de pressão arterial... Algumas pessoas simplesmente são ligadas no 220!
Com amor e beijos,
Bella

◆

Querida Bella,
Não sei se você se lembra de mim, mas eu me lembro de você. Sou a Loveday. Trabalhei com o Archie por dez anos, e ele deixou a livraria para mim, depois do incêndio. Lembro como ele adorava quando você vinha fazer uma visita. Ele ficava ainda mais alegre do que o normal por dias. Costumava dizer que vocês eram almas gêmeas.
Eu mesma não sou muito extrovertida, mas reconheço a ansiedade que você descreve. A ideia de não existir mais uma distância segura entre as pessoas também me deixa ansiosa. Nós fomos ver alguns amigos — a uma distância segura e ao ar livre — e isso me deixou muito nervosa.
Abaixo, estou mandando uma lista com algumas ideias. Só livros sobre o cotidiano, que acho que talvez sejam tranquilizadores. Posso deixá-los aí para você, se quiser, e podemos dizer oi a distância.
Loveday

Cadê você, Bernadette?, de Maria Semple. Uma mulher agorafóbica desaparece e a filha sai à sua procura. Este livro me fez rir muito, além de me fazer pensar sobre como, mesmo sem querer, nos tornamos limitados pelas coisas que nos cercam. Passei boa parte da minha vida sem ir muito além da livraria e do meu apartamento. Minha vida só se expandiu depois que conheci o Nathan. Passei tempo com a família dele e nós íamos a muitas declamações de poesia, e até que gostei. (Nem sempre.) Agora, *tirando as entregas, fico entre a livraria e a minha casa, e me pergunto se poderia ir mais longe um dia, quando tudo isso acabar. Talvez umas férias em um trailer. Isso pareceu mais possível depois que li esse livro.*

O assassino cego, *de Margaret Atwood. Talvez você goste deste, pela complexidade e pelo drama.*

A inquilina de Wildfell Hall, *de Anne Brontë. Uma mulher se muda para uma casa de campo afastada e parece feliz em se tornar reclusa. Alguns dizem que este é o primeiro romance feminista. É o meu favorito de todos os romances das Brontë. E trata de temas difíceis (alcoolismo, violência, reputação). Mas, enquanto eu lia, queria que todos apenas deixassem a heroína em paz.*

Nella Last's war: the Second World War diaries of 'Housewife, 49', *de Nella Last. Talvez você tenha visto a versão cinematográfica deste diário. Eu lembro que Archie ficou muito entusiasmado e disse que conheceu Clifford Last, o escultor, filho de Nella. Nella Last escreveu um diário para o projeto Mass Observation, que começou em 1939 e continuou até a sua morte, na década de 1960. Se não me engano, foram umas doze milhões de palavras no total. A mãe de Nathan me deu este livro e disse que era o favorito dela. Para ser sincera, li por educação, e pretendia avançar por umas cinquenta páginas para ter a ideia geral e depois abandonar. Mas nunca li nada parecido. Trata de coisas do cotidiano e é muito cativante, e me fez pensar sobre as coisas que eu dou por garantidas.*

A lenda de Murasaki, *de Liza Dalby. Este é outro do tipo livro-dentro-de-outro-livro, e acho que você vai gostar do jeito como ele de fato mergulha na arte. É um romance sobre Murasaki Shikibu (uma pessoa real), muito bom de ler, e acredito que você vai querer conversar sobre ele depois. (Sempre levo o assunto para os livros quando não sei o que dizer.)*

O papel de parede amarelo, *de Charlotte Perkins Gilman*. Não é a mais alegre das histórias, mas com certeza vale a leitura. É sobre uma mulher que está trancada em um quarto com um papel de parede amarelo (muito feio) e não tem como escapar. Sempre me dá vontade de correr para a saída mais próxima.

E, por fim, Flowers for Mrs Harris, *de Paul Gallico*. É sobre uma faxineira de Londres que economiza para comprar um vestido Dior. Acho que você vai adorar. (Na verdade, não sei quem não gostaria.)

◆

Querida Loveday,

Lógico que eu me lembro de você! A garotinha órfã do Archie! Sinto muito por não ter ido ao funeral dele, mas estava em turnê na Austrália durante a maior parte daquele ano (imagina só! Isso costumava ser normal!). Na última vez que vi o Archie, tivemos o jantar mais glorioso do mundo com um casal de velhos amigos em Florença. Eu estava ensaiando, nossos amigos estavam tentando fazer um restaurante deslanchar (não deu certo) e o Archie passou por ali a caminho de algum lugar! Sicília, talvez? Nunca dava para saber aonde Archie estava indo! Ele nos fez rir tanto, como sempre, e eu jamais imaginaria que seria a última vez que o veria. É uma ótima maneira de me lembrar dele. Acho que bebemos muito limoncello *naquela noite!*

Foi muito inteligente essa sua ideia da farmácia de livros! Todos os que você sugeriu parecem maravilhosos. Eu já li O assassino cego, *a maior parte dele em um ônibus caindo aos pedaços, sacolejando pela Escócia em uma produção itinerante de* Macbeth, *mas não há o que reclamar, especialmente quando se tem o papel da própria Lady Macbeth!*

Traga os livros quando for melhor para você. Estou sempre aqui!
Com amor e beijos,
Bella

✦ 44 ✦

Kelly

Craig: *Você esqueceu o almoço!*

Kelly: *Ah, droga!*

Craig: *Quer que eu leve aí?*

Kelly: *Seria ótimo.*

Craig: *Desde que a Madison não esteja...*

Kelly: *Acho que é só de mim que ela não gosta.*

Craig: *É melhor prevenir do que remediar ;-)*

Craig: *Te vejo daqui a pouco. Bjs*

Quando Kelly levanta os olhos ao ouvir a batida à porta da livraria e vê que é Craig, seu coração dá um pulinho de alegria que não tem nada a ver com a chegada do seu almoço.

Ela tem lido *F*da-se a dieta*, de Caroline Dooner, nos intervalos do trabalho e realmente quer chegar ao ponto em que não se julgue mais ao se olhar no espelho, ou não sinta que fracassou como ser humano ao não conseguir fechar a calça jeans. Mas ainda não chegou lá. Sua mãe, como tantas de sua geração, havia adotado o Vigilantes do Peso como uma espécie de religião, obcecada com pontos e recompensas e com a ideia de que algumas comidas eram proibidas, e Kelly ainda não consegue afastar por completo a noção de que Ser Magra É Bom.

— Obrigada — diz ela. — Quer passar para o quintal? Ou melhor, o jardim de leitura? Podemos dividir o almoço.

Craig sorri, mas parece hesitante.

— Será que eu posso passar por dentro da loja?

— Não tem ninguém além da gente.

Nathan e Loveday levaram todo o entulho para o depósito de lixo, depois paredes e piso foram lavados com jatos de água de alta pressão, de um jeito amador mas cheio de entusiasmo, e há uma pilha de paletes esperando pela magia de se transformarem em móveis. Ali, Kelly coloca sob o sol duas das cadeiras dobráveis que usavam para o Grupo de Leitura e a Hora de Contar Histórias. É esquisito pensar em como as pessoas se sentavam ao lado de estranhos, sem nenhuma preocupação.

— Quando você me contou sobre este espaço, eu imaginei que fosse menor — comenta Craig.

Kelly olha ao redor.

— Acho que parecia menor. Estava atulhado de coisas. A Loveday e o Nathan acham que dá para cinco pessoas se sentarem aqui, com as regras de distanciamento, talvez uma dúzia quando não houver mais essas restrições.

— Para... ler?

— Essa é a ideia. Ou dormir. Ou conversar. O que precisarem fazer, na verdade. É basicamente o que costumávamos ter no andar de cima.

Craig assente com a cabeça. Kelly estende os sanduíches e ele pega um.

— Será que as pessoas vão se sentir seguras aqui do lado de fora?

— Talvez não tão seguras quanto se sentiriam lá dentro — responde Kelly. Ela tenta imaginar como seria estar tão assustada quanto algumas das mulheres que elas ajudavam. — Porém mais seguras do que de onde vêm.

Craig é terrível para fazer sanduíches. Ele usa manteiga tirada direto da geladeira e faz buracos no pão quando a esparrama, além de achar que queijo é recheio suficiente — sem picles, sem tomate, nada úmido. Mas, depois de meses preparando as próprias refeições, Kelly adora um sanduíche abaixo da média que não foi ela que teve que fazer.

— O que você recomendaria para mim? — pergunta Craig. — Quer dizer, quais livros?

— Está sofrendo de quê, senhor?

Craig ri, depois fica sério.

— Estou apaixonado por alguém e acho que estou me envolvendo demais. Tenho medo de que ela mude de ideia.

— Volto já — diz Kelly, com um sorriso radiante.

Ela bebe um copo de água quando passa pela copa, depois caminha entre as estantes. Pega *O amor nos tempos do cólera*, de Gabriel García Márquez, *O profeta*, de Khalil Gibran, *Bel canto*, de Ann Patchett, e *Euforia*, de Lily King.

— Aqui está — diz ela. — Um é sobre amar alguém durante a vida toda, um é o livro mais perspicaz que eu conheço, um é sobre se ver em uma emboscada e um é sobre se apaixonar em circunstâncias bizarras.

Mas Craig está cochilando, a cabeça apoiada na parede, o queixo inclinado para trás, de modo que os raios de sol iluminam todo o seu rosto. Kelly imagina que pode ver quem ele era quando criança, com a testa lisa e faces rechonchudas. Quando puder conhecer a família dele, quando puderem andar pelo mundo outra vez, ela com certeza vai pedir para ver suas fotos de bebê.

Kelly põe os livros ao lado dele.

— Eu também me envolvi demais — diz ela.

✦ 45 ✦

Jennifer

Caros Lost For Words,
    Meu nome é Jennifer Kingdom e acho que lhes **devo** a minha vida. Seu refúgio de leitura me deu um lugar se**guro** para estar e, quando precisei escapar, Sarah-Jane me tirou do **perigo**, junto com meu filho pequeno. Acho que nós não teríamos sobrevivido se ficássemos confinados em casa com meu marido.
    Estou melhorando. Meu menino e eu estamos morando com a minha irmã. Minha clavícula quebrada e minha costela trincada ainda estão se recuperando, mas meu nariz não estava quebrado, nem a cavidade ocular. Sinto-os doloridos às vezes, mas acho que é quando penso nas agressões. É como se meus ossos se lembrassem.
    Dei início ao processo do divórcio e temos uma medida cautelar em vigor. No momento, David não tem contato com Milo. Se quiser ter, precisa primeiro provar que não é um perigo para ele e demonstrar que está tentando mudar seu comportamento violento. A policial que acompanha o meu caso diz que, mesmo que ele consiga o direito de ver Milo, os contatos serão sempre controlados e supervisionados. Mas eu detesto até pensar nisso.
    Desculpa. Estou falando demais.
    Obrigada por tudo que vocês fizeram.
    Agora que estamos nos acomodando melhor, achei que seria bom termos alguns de nossos livros favoritos por perto. Tenho

certeza de que David destruiu tudo o que achou que poderia ser importante para mim. E, na verdade, não quero nada que ele tenha tocado.

Com amor e gratidão eterna,
Jennifer e Milo

Os pedidos de Jennifer:
Vasto mar de sargaços, *de Jean Rhys.*
A história secreta, *de Donna Tartt.*
Tess dos D'Urbervilles, *de Thomas Hardy.*
Amada, *de Toni Morrison.*
O moinho à beira do rio Floss, *de George Eliot.*

Os pedidos de Milo, para ler na hora de dormir:
Onde vivem os monstros, *de Maurice Sendak.*
If you give a mouse a cookie, *de Laura Numeroff.*
Madeline, *de Ludwig Bemelmans.*
Moomin and the wishing star, *de Tove Jansson.*

✦ 46 ✦

Eu até diria "Imagine o leitor...", mas você não precisa imaginar a si mesmo. Você sabe como isto funciona, essa equação extraordinariamente comum: palavras mais espaços no papel, mais luz se refletindo nos olhos, mais cérebro, igual a um lugar que pode parecer mais real que o próprio mundo.

Agora, imagine a visão que cada leitor tem do mundo que está lendo. Algumas coisas são estabelecidas pelo autor ou pela autora: as charnecas de Emily Brontë em *O morro dos ventos uivantes*, a Florença de E. M. Forster em *Um quarto com vista*, a Londres de Zoë Heller em *Anotações sobre um escândalo*. Algumas são mais... abstratas. O relógio marcando treze horas que você imagina certamente não é igual ao meu. A xícara em que você beberia chá na 221B Baker Street tem um padrão em volta da borda diferente da minha: o seu talvez seja uma linha ondulada azul real, enquanto o meu é composto de rosas amarelas enlaçadas em folhas.

Isso importa?

Não, felizmente não.

Leitor, o som que a sua sra. March faz logo antes de entoar "Onward Christian Soldiers" está totalmente correto. O jeito que você visualiza o Condado é o certo, não importa quão diferente seja do filme. A mulher que morava em Londres na década de 1950 tem uma relação diferente com *A pequena ilha*, de Andrea Levy, do que a mulher que vive lá agora, ou a adolescente que nunca viajou para fora de Yorkshire.

Em resumo: você, caro leitor ou leitora, está correto. Você está sempre correto.

Não só no que imagina, mas no que sente também. Você tem o direito de não amar o romance pelo qual o resto do mundo está delirando, assim como tem o de detestar cordialmente o escritor favorito da sua irmã. Ler não é um teste. Se você gosta ou não de um livro não é uma questão para debate, e você não pode ser persuadido a gostar.

Livros são o cotidiano mágico que é todo seu.

Boa leitura.

✦ 47 ✦

Jonno

Caros Lost For Words,

Nada mais me faz rir. Comédia costumava ser a minha vida. Eu ia para clubes de comédia o tempo todo. Às vezes, ia para o microfone. Eu não era muito bom, mas, como meu pai sempre diz, ninguém começa já sendo bom. E eu gostava. Adorava.

Não trabalho com comédia (dependendo do que você pensa da indústria de seguros, ha-ha), mas achava que estava bem com meu emprego. Agora, percebo que eu só o suportava para poder pagar pelas coisas boas. Tirava minhas férias anuais para ir ao Festival de Edimburgo e... Ah, acho que já deu para entender.

Há muitos shows de stand-up e programas humorísticos na TV, então achei que ficaria bem durante a pandemia. Mas, de repente, nada mais parece engraçado. É como se eu já tivesse ouvido todas as piadas que existem no mundo.

Não sou muito de ler, exceto biografias de comediantes, e provavelmente já tenho todas elas. Então, será que vocês poderiam me recomendar alguns livros? Não precisam ser engraçados. Na verdade, neste momento, talvez seja melhor que não sejam. Não sei se passei tempo demais na comédia e enjoei dela, ou se a pandemia tirou a graça de tudo. Deve ser as duas coisas.

Obrigado,
Jonno

✦

Caro Jonno,

Obrigada por escrever para nós. Se vale de algo, acho que muitas pessoas estão descobrindo que seus empregos são piores do que imaginavam, agora que isso é tudo que elas têm para fazer. (Não eu, lógico; eu trabalho em uma livraria ;-)) E acho que todo mundo já está saturado das coisas que costumava achar especiais. Sabe como, três dias depois do Natal, tudo que a gente quer comer é uma laranja e um mingau de aveia? Acho que estamos todos um pouco assim agora.

Listei alguns livros abaixo. Se você me disser quais gostaria de experimentar, pode combinar de vir buscar aqui conosco no centro de York, ou nós podemos enviar pelo correio.

Não resisti e coloquei algumas coisas engraçadas no meio. Espero que me perdoe por isso.

Tudo de melhor,
Kelly
Lost For Words

A cor da magia, *de Terry Pratchett. Se você ainda não tiver lido Pratchett, e gostar deste livro, então está bem arranjado, porque este é o primeiro de uma longa e divertida série de livros de fantasia.*

Os irmãos Sisters, *de Patrick deWitt. Esta é uma história de faroeste sobre dois irmãos que não são flor que se cheire — mas, quando prestamos atenção a cada um deles, percebemos o quanto são diferentes.*

Meu ano de descanso e relaxamento, *de Ottessa Moshfegh. Sombrio, mordaz e estranhamente irresistível.*

Eu falar bonito um dia, *de David Sedaris. Um livro de ensaios sobre a infância de Sedaris na Carolina do Norte e sua mudança para a Normandia. É espirituoso e perspicaz.*

Minha irmã, a serial killer, *de Oyinkan Braithwaite. Li este livro assim que foi publicado e ele me causou uma estranha satisfação. Sei que isso parece esquisito. Mas ele me fez rir e, principalmente, refletir. E todos nós temos um monte de tempo para matar pensando, certo?!*

Mr Fox, *de Helen Oyeyemi. Impossível de explicar, e com certeza vai fazer você refletir. É como ler um enigma, e talvez você goste de um romance sobre a natureza da inspiração.*

48

Loveday

No sábado seguinte, Loveday e Nathan chegam cedo à Lost For Words.

Há uma carta no capacho, endereçada com a bela caligrafia de Rosemary. Dentro está uma lista de plantas que ela e George acham que funcionariam bem no jardim de leitura, com asteriscos naquelas cujas mudas eles podem fornecer. Loveday não quer ser mal-agradecida, mas a ideia de ter que manter pequenas plantinhas vivas lhe parece trabalhosa demais para seu gosto. ("Ah, é muito simples", sua mãe tinha dito, antes de enumerar um passo a passo que Loveday perdeu a disposição de ouvir.) Além disso, se eles querem chamar o espaço de jardim de leitura, precisa ser um jardim. E, na opinião de Loveday, um jardim não é uma fileira de potes de iogurte reaproveitados em um parapeito de janela, por mais rápido que sua mãe e George afirmem que as plantas vão crescer.

Mas, olhando para aquele espaço, plantas parecem ser algo muito distante. O lugar está limpo e vazio. Sem graça e cinzento. Nathan para ao lado dela, com o braço sobre seu ombro.

— O que você acha? — pergunta ele.

Loveday suspira.

— Acho que, se alguém pudesse escrever um jardim em um livro para eu copiar, seria bem mais fácil.

Nathan ri.

— Ah, para com isso. Não é tão difícil assim. Fecha os olhos.

Ele está muito mais animado desde que as prescrições de livros decolaram, e ele e Vanessa compraram uma bicicleta dupla de segunda mão e estão planejando enfeitá-la e sair pelas ruas fazendo atos de malabarismo e cuspindo fogo. Ou algo do gênero. Loveday jura que ouviu, mas está tão cansada, e tudo a faz pensar em Archie. Nathan assumiu as redes sociais, porque Kelly está ocupada demais, e ele faz isso com tranquilidade, da mesma maneira que pode entrar em uma sala cheia de estranhos e se sentir instantaneamente à vontade.

Loveday fecha os olhos.

— Conte-me sobre o jardim de leitura de algum livro.

— Não tem nenhum jardim de leitura em...

— Eu vou beijar você — diz Nathan. Ele sabe que ela não gosta de surpresas. Depois continua: — Se você tivesse lido um livro sobre um jardim de leitura, como ele seria?

— Quentinho. Confortável. Com cheiros bons. Ninguém sabe que você está lá. Folhas que se movem ao vento. Um muro de pedra.

Ela abre os olhos.

— Certo — diz Nathan. — Isso foi fácil. Vou botar a mão na massa.

— Não podemos gastar muito dinheiro — lembra Loveday.

A autoconfiança de Nathan de que algo incrível vai acontecer é tão forte quanto a certeza de Loveday de que é só uma questão de tempo antes que tudo dê errado.

— Não se preocupe. — Ele bate com a mão na pilha de paletes, faz uma careta e examina os nós dos dedos. Loveday ri, pega a mão dele e a beija. Por que tudo não pode ser tão fácil quanto Nathan? — Isso tudo é mobília esperando ganhar forma. E nós precisamos pensar em uma fonte de calor que não ferre o planeta, o que também pode reduzir os custos. Bolsas de água quente e cobertores?

Loveday assente com a cabeça. Eles têm uma prateleira cheia de cobertores xadrez de Archie em um armário. Seria bom dar uma utilidade a eles.

— Falando em cheiros... — diz Loveday. O aroma de canela quentinha está vindo do vizinho. São nove e meia, hora de tomar um café antes que o movimento comece.

Quando Loveday retorna, Madison acabou de chegar. Ela costuma aparecer antes do horário de meio-dia que tinha determinado, mas Loveday nunca fala nada. Madison não gosta de chá ou café — ela parece viver de energéticos e bananas —, mas aceita um rolinho de canela e agradece.

— Foi bom ir a Whitby — diz a garota.

— Sim.

Loveday pensou em comentar algo sobre o comportamento grosseiro dela com Kelly. Porém, Loveday viu Kelly a semana toda e a mulher não mencionou nada a respeito. Quanto menos se fala, mais rápido sara.

— Aquela senhora era legal — continua Madison. — Ela disse que era diretora de uma escola, mas não parecia que eu estava falando com uma professora.

— Do que vocês falaram?

— De livros, principalmente. — Madison dá de ombros. Seu rolinho já desapareceu e ela limpa as mãos na calça jeans antes de enfiá-las nos bolsos do moletom. — Ela disse que, seja lá qual for o tipo de coisa de que a gente gosta, o importante é ler. E me disse para tentar... — Madison fecha os olhos, tentando recordar — ...alguma coisa sobre um pássaro na gaiola.

Loveday sorri.

— Maya Angelou.

Madison parece admirada por um instante, antes que seu rosto volte à habitual apatia adolescente.

— Isso. Perguntei o que ela achava da farmácia de livros e ela disse que é uma boa ideia, porque às vezes a gente não sabe o que quer. E aí a gente precisa que outra pessoa diga.

Loveday assente com a cabeça.

— É exatamente isso.

— Ela me pediu um livro — continua Madison.

— Que livro?

— Há... *O jardim secreto*? De uma pessoa com três nomes. Achei que ia lembrar, mas não consigo.

De repente, ela não parece uma adolescente prepotente, mas uma criança que perdeu o brinquedo favorito.

— Frances Hodgson Burnett.

— Tem certeza?

— Tenho. — Loveday arregaça a manga do suéter. Na parte interna do seu antebraço estão tatuadas as palavras "de alguma maneira, não se sentia nem um pouco solitária". — Isto é de *O jardim secreto*. Acho que temos alguns exemplares aqui.

— Onde?

— Clássicos.

Madison desaparece e volta balançando a cabeça.

— Estão no B, não no H — avisa Loveday.

— Eu sei. Tá, eu olhei no H primeiro. Mas a Rosemary disse que tinha que ser uma edição especial. Ela falou que o George adorava o livro quando era criança e que tinha que ser a mesma edição que a mãe lia para ele. Tem uma menina com um casaco vermelho na capa. E um passarinho. Não tem nenhum desse aqui.

— Podemos dar uma olhada na internet mais tarde, quando as coisas acalmarem — diz Loveday.

— Vou ver o que a Kelly quer que eu faça — responde Madison.

A maneira que ela diz "Kelly" é carregada de má vontade. Loveday não consegue imaginar por que alguém não gostaria de Kelly. Sarah-Jane, depois do sábado passado, disse que talvez Madison apenas precise desgostar de alguém.

Neste momento, Nathan entra pelos fundos, pálido.

— Loveday — diz ele. — Olha isso.

Ele lhe passa o celular. Na tela há uma notícia do *York Gazette*. PARAMÉDICO MORRE DE COVID-19, diz a manchete. Abaixo, há uma fotografia de um homem que Loveday não reconhece. O artigo continua: "Will Chambers deixa esposa, filho e uma filha recém-nascida que mal conheceu, pois optou por dividir apartamento com um amigo paramédico durante a pandemia, para proteger sua jovem família."

E há uma foto de Zoe e seus dois filhos. Eles estão junto à porta onde Loveday deixou os livros.

Ela assente com a cabeça para Nathan, um arrepio percorrendo a espinha, a voz pesarosa:

— São eles.

— Imaginei que fossem.

Ele a abraça com força, e ela se entrega ao toque e tenta sincronizar a sua respiração com a dele.

— Eu disse a ela que não precisava ser corajosa. — As palavras de Loveday parecem pesadas em sua língua.

Nathan solta o ar contra o cabelo dela. Loveday sabe que ele entende. Mas, antes que ela possa dizer "Não me abandone jamais", o primeiro cliente do dia chega.

49

Anônimo

Vocês estão mesmo falando sério? Tem um vírus correndo solto pelo mundo e vocês acham que livros vão resolver a situação? Vai haver enterros em valas comuns e destruição global enquanto as pessoas lutam pelas últimas migalhas de comida. O mundo como conhecemos vai desmoronar e todos vamos morrer, mais cedo ou mais tarde. E vocês acham que livros podem resolver isso? Acordem! Vão arrumar o que fazer. Façam algo útil em vez de encher o saco dos outros com essa sua merda liberal.

✦

Olá,
 Você não assinou a carta, então não tenho como chamar você pelo nome. Não estamos propondo que livros podem curar a doença ou trazer pessoas de volta à vida. Lógico que não.
 Embora uma de minhas crenças liberais seja que, se as pessoas que estão no poder lessem mais e fossem intelectualmente abertas, talvez pudéssemos ter conversas melhores sobre o que precisa ser feito.
 Tudo o que estamos fazendo aqui é o que está ao nosso alcance. Podemos ajudar pessoas que estão solitárias, ou com medo, ou entediadas, ou perdidas. Podemos ajudá-las a preencher um pouco o tempo delas.

Antes da pandemia, a Lost For Words sempre foi voltada para segurança, conforto e ajuda. E ainda estamos tentando fazer isso, da única maneira que sabemos.

Livros não são para você. Tudo bem. Mas, por favor, nos deixe em paz, fazendo o que está ao nosso alcance para tornar os dias menos assustadores para outras pessoas.

Atenciosamente,
Kelly

✦ 50 ✦

Rosemary

No jardim, sentada no banco com vista para o mar, Rosemary entrega o chá para George e diz:

— Você já pensou em como foi estranho nós sairmos de nossa primeira casa e acabarmos em um lugar menor?

Ele a encara. Ela sabe que, mesmo depois de todo esse tempo, ele ainda fica na dúvida de quanto pode falar sobre aqueles anos tentando construir uma família, e do período sombrio depois, quando fingiram que continuavam a ser os mesmos de sempre.

Hoje, quando mulheres não conseguem engravidar, ou se sofrem aborto espontâneo, se compreende que os homens também sofreram uma perda. Mas não era assim na época deles. George cuidou de Rosemary e ela se encolheu e chorou, e se enlutou, e sofreu. E ela não consegue se lembrar de em algum momento ter pensado em George, exceto que ele não estava sofrendo tanto quanto ela. Ele não estava lá quando as massas de sangue que poderiam ter sido seus filhos se arrancaram de seu corpo.

Ele sorri e diz:

— Mas ganhamos uma vista linda do céu e do mar do Norte.

Rosemary assente com a cabeça. Não há por que reabrir velhas feridas agora. Ela não tem como voltar no tempo e tornar George menos solitário. Não pode desfazer aquelas noites em que trabalhou até tarde com Glenn — não que algo tenha acontecido entre eles, mas poderia.

Ela acha que compensou por esses tempos desde então. E certamente os compensará agora. Enquanto ele viver, fará de tudo para que ele esteja confortável e feliz, para que não lamente nem um momento que passaram juntos. Haverá todo o tempo do mundo para ela desmoronar depois que ele tiver partido.

A coisa sensata a se fazer seria doar algumas de suas plantas já crescidas para a Lost For Words, lógico. Ela não conseguirá cuidar de todo este jardim sozinha. Mas, enquanto George estiver aqui, ela quer que o jardim deles esteja completo à sua volta.

George pega o exemplar de *I capture the castle*, de Dodie Smith, que estava no pacote que Loveday e Madison trouxeram.

— Estamos quase no fim. Vamos ler?

Rosemary afasta os pensamentos e tenta se lembrar de onde estavam, nas provações das irmãs Mortmain. Cassandra e Rose. Ela e George teriam dado o nome de Rose a uma filha, ela tem certeza.

— Leia — pede ela.

Imagina que não tinha o direito de se sentir menosprezada quando George preferiu não falar do passado. Foi impossível conversar com ela, sobre qualquer coisa relacionada a esse assunto, por tantos anos, e ela sabe disso. George não tem a obrigação de responder só porque ela sente a urgência agora. Especialmente quando ele está imerso em sua própria dor, algo que ela não pode compartilhar. Ela não sabia, até agora, como era assistir à pessoa amada sofrer e não ser capaz de ajudar. George nunca fica doente. Nunca ficava doente, pelo menos. Até que ficou.

Ele assente e abre o livro para começar a leitura. Durante a primeira frase, sua voz soa insegura, vacilante, mas ele logo encontra seu ritmo. Rosemary fecha os olhos e leva a caneca aos lábios — sem beber, só sentindo o calor na pele.

Ele lê até o fim. E então fecha o livro, pega a mão dela e diz:

— Sempre gostei desse final.

— Você não gostaria que fosse algo mais definitivo? — Rosemary é um pouco contrária a livros que apenas acabam em vez de ter um fim apropriado.

— Parece bem definitivo para mim — responde George, e aperta os dedos dela e sorri.

E Rosemary compreende. Ele está lhe dizendo que, quando tudo acaba, as coisas não ditas não são necessariamente assuntos não resolvidos. E que se houve uma fratura em um relacionamento, este simplesmente não se sustentaria. Ele está lhe dizendo que está tudo bem entre eles, e que sempre esteve.

✦ 51 ✦

George, 1987

George e Rosemary gostam de passar sábados intercalados em Whitby. Eles se levantam cedo, estacionam no alto, perto da abadia, e descem os 199 degraus da igreja St Mary até a parte principal da cidade. Depois, vagueiam pela rua, olhando as vitrines de joias e outras bugigangas de azeviche para os turistas, o tempo todo respirando fundo, inalando o cheiro do mar e exalando o cansaço da semana de trabalho.

Eles vão até o cais para o que George chama de brunch-de-peixe--e-fritas — costumam não tomar café da manhã antes de sair, e estão famintos às onze e meia —, então sentam-se em um banco no calçadão, de frente para o mar.

— Nós parecemos dois velhos — diz Rosemary.

George aperta sua mão e responde:

— É essa a ideia, não é?

Ela ri. Eles sempre disseram que eram almas antigas.

Neste sábado, o clima está especialmente bom — sol brilhando, quase sem vento — e eles ficam sentados por um longo tempo, observando as gaivotas atrás de comida e as crianças correndo. Houve um tempo em que George achou que Rosemary nunca conseguiria olhar para uma criança pequena sem expressar dor e pesar. Mas parece que ela encontrou algo próximo da aceitação.

Os dois farão quarenta e cinco anos este ano, e seu centenário, ou, como eles o chamam, cinquenta mais cinquenta, de repente está no horizonte. (Na lua de mel, Rosemary fez George prometer que ambos viveriam até os cem anos e morreriam durante o sono, juntos. A ideia de sequer ter cinquenta anos parecia absurda para eles então.) Talvez seja isso que leva George a dizer:

— E se nós viéssemos morar aqui?

— Aqui? — Rosemary olha ao redor.

— Não especificamente neste banco, mas em Whitby, sim.

Rosemary está de pé no momento seguinte.

— Nós passamos por uma imobiliária no caminho para cá.

As casas na vitrine parecem todas perfeitas, novas, estilo Tudor aqui e ali. George olha de soslaio para Rosemary e, por trás da neutralidade tranquila de seu rosto, vê que a ideia de uma mudança é também a resposta para o que quer que seja aquilo em que eles se encontram. Não infelicidade. Talvez apenas o tipo normal de tédio dos quase cinquenta anos. Mas, como eles não estão usando suas noites para ajudar uma criança a aprender a ler e os fins de semana para ir a festas de outras crianças (isso é até onde a imaginação de George consegue ir quando se vê, hipoteticamente, criando seu suposto-filho-de-sete-anos), têm mais tempo para senti-lo.

Embora sua sugestão tenha sido uma ideia boba, ele percebe, neste momento, que, se uma mudança vai deixar Rosemary mais feliz — e se ele próprio pudesse ser mais feliz —, então a hora é agora. Ele abre a porta.

— George — chama Rosemary atrás dele.

George responde:

— Não faz mal perguntar. — E, sem precisar olhar, sabe que ela está seguindo-o.

No escritório, há apenas uma mulher de ar cansado, que parece estar se perguntando se o expediente já está acabando. Sem se deixar abalar, George se senta à mesa na frente dela, Rosemary senta-se ao seu lado, e quando a mulher diz "Posso ajudar?", George lhe dá seu sorriso mais charmoso, o que ele usa com os pais e mães que vão à escola prontos para uma briga porque seu filho recebeu uma nota baixa no simulado. Então responde:

— Sim. Queremos nos mudar para Whitby. Não queremos uma casa nova. E gostaríamos de um jardim grande.

Ela os avalia e parece decidir que eles não a estão fazendo perder seu tempo.

— Mais alguma preferência?

— Com vista para o mar — responde Rosemary. — E todas as coisas usuais, lógico. Quarto. Cozinha. Sala de estar.

— Banheiro interno — acrescenta George, com um sorriso.

Inesperadamente, a mulher ri.

— Nós temos uma, mas vai precisar de uma boa reforma — diz ela, e na mesma hora faz cara de quem falou algo errado. — Ou, melhor dizendo, uma atualização. Está vazia, então eu posso levá-los lá às quatro da tarde, quando o sr. Bennett estiver de volta ao escritório.

Rosemary e George tomam café com bolo de chocolate em uma cafeteria enquanto esperam a hora. Olham a planta da casa que está à venda e tentam se lembrar do tamanho de sua própria casa. Como é uma sala de quatro por três metros? Será que isso é enorme, ou seria impossivelmente pequena, levando em conta todas as coisas que uma sala de estar precisa ter? Embora não tenham nenhuma pista real — eles não sabem o endereço e não reconhecem a casa pela fotografia —, George e Rosemary especulam onde poderia ser o local, para ter uma vista para o mar.

— Você se lembra — pergunta Rosemary — da vista para o mar em nossa lua de mel?

Eles riem, e ela aperta o joelho de George sob a mesa. Ele segura a mão dela e a aperta de volta. Rosemary tende a se comportar em público, como se estivesse sendo monitorada o tempo todo pelos membros mais hostis da Associação de Pais e Mestres ou pelas pessoas mais rígidas da congregação de seu falecido pai. Exibições públicas de afeto são, portanto, raras. George nunca se importou. Ele entende o que é ter a vida transformada em um inferno por alunos que o veem fazendo alguma coisa considerada risível. Sempre levou tudo muito na boa — Mathy Athey é um apelido quase automático para um professor de matemática —, até que apareceu no jornal local em uma foto com suas cenouras e batatas premiadas e, desde então, começou a ser conhecido como Raiz Quadrada. Ele acha engraçado, mas também aprecia o valor de manter a discrição. E é um professor de matemática estimado em uma escola conceituada. Rosemary está lutando com todas as suas forças como uma diretora desconhecida em uma escola secundária problemática.

Mas ali está ela, sorrindo e apertando sua mão.

O imóvel é parte de um conjunto de casas. A porta da frente, que dá direto na rua, leva a um pequeno saguão escuro. A cozinha é acessada por uma porta à direita. O linóleo no piso está enrolando nas bordas, e os gabinetes são revestidos de melamina verde suja. George procura a mão de Rosemary. Ela tem uma expressão determinada. Ele pensa em todos os anos que investiram em transformar sua primeira casa em um lar, e não está seguro de que tem energia para fazer isso de novo.

A cozinha acompanha toda a extensão da casa: a janela da frente, onde está a pia, dá para a rua, e a dos fundos está quase coberta por hera. George suspira. A hera pode ser um problema sério para a alvenaria.

— Está vazia há uns dois anos — diz a mulher da imobiliária, enquanto Rosemary abre e fecha armários. George nem olha nada. A cozinha vai ter que ser toda refeita, então ele não se preocupa com o espaço dos armários.

— Por quê? — pergunta Rosemary.

É uma rua agradável, com uma boa localização, não muito longe do centro da cidade, um pouco íngreme, mas não há como viver em Whitby sem encontrar uma ladeira em algum ponto de seu dia.

A corretora dá de ombros.

— A mulher que morava aqui morreu. A família não chegou a uma decisão sobre o que fazer. Houve uma conversa sobre reformá-la para ser usada como uma casa de veraneio, mas eles desistiram. Venham — diz ela, talvez sentindo que já haviam passado tempo demais na cozinha deprimente.

Ela os conduz à sala de estar, que é mais clara e agradável. Sim, há um carpete velho e sujo e as paredes têm um revestimento de papel rugoso com uma pintura envernizada que vai dar bastante trabalho para tirar. Mas não há móveis, então eles podem ter uma boa ideia do espaço.

E tem muita luz.

E há portas que levam ao jardim.

O jardim, lógico, está descuidado: uma cerca quebrada, plantas silvestres e hera, e o que poderia ter sido um gramado agora é apenas mato alto. Mas é longo, reto e largo o suficiente para ter canteiros dos dois lados de um caminho central. O solo deve ser arenoso, óbvio, mas, se George incorporar bastante adubo na terra e colocar uma boa camada de adubo de cobertura, provavelmente poderá plantar tudo o que quiser. Também há espaço para uma estufa. Ele se vira e olha para a casa. Está coberta de hera, mas, mesmo assim, a alvenaria parece boa. Seu coração se enche de alegria.

— Rosie... — chama ele, mas ela não está ouvindo. Ou melhor, não pode ouvir.

Ela atravessou o mato crescido até a ponta do jardim, onde há uma cerca, um caminho e então uma vista por cima dos telhados da cidade para o mar. George vai até lá e para atrás dela, colocando a mão em sua cintura. Ela está chorando.

— Nós poderíamos viver aqui — diz ela. — Seria perfeito para nós.

— Sim — responde ele.

Este pode ser o lugar onde sempre estaremos, só nós dois, pensa George. Nesta casa, eles declararão que são suficientes.

Não, não é exatamente assim. Primeiro, eles vão se lembrar de que são suficientes. Depois isso será declarado por meio da felicidade de sua vida, da beleza de seu jardim.

— Poderíamos pôr um pequeno piso aqui — diz George, revolvendo a terra com o pé. — Vamos ter que nivelar o terreno, mas dá para colocar um banco, de onde poderemos observar o mar. — Ele apoia o queixo no ombro de sua esposa, e a sente sorrir.

Eles vendem sua casa para uma família com um filho pequeno e uma gravidez avançada, que quer se mudar de sua cobertura antes da chegada do novo bebê. ("Imagine! Todas aquelas escadas!", diz Rosemary para George, e ele responde "Pois é!", mas nenhum deles está imaginando isso de fato.)

E antes que o ano chegue ao fim, George e Rosemary Athey estão vivendo em Whitby, em uma casa com vista para o mar.

E estão felizes.

✦ 52 ✦

Casey

Caros Lost For Words,
Há tanta coisa para fazer, e parece que nunca vai acabar, e eu não consigo...

E então, Casey parou de dormir de vez. Ela ia para a cama, ouvia música e fingia que era a mesma coisa. Que descansar era quase tão bom quanto dormir. Que fechar os olhos e ficar na calma e na escuridão era uma espécie de meditação, uma recarga mais rápida do que o sono. Ela dizia a si mesma que talvez tivesse dormido. Mas sabia, quando se levantava da cama depois de oito ou dez horas, para comer e se aprontar para voltar ao trabalho, que não tinha dormido nem descansado. Os músculos de suas costas e seus ombros doíam, as mãos ressecadas raspavam nas roupas, e seu cérebro estava cansado de ter passado a noite lutando consigo mesmo, entre tentar não pensar em nada e tentar se lembrar dos nomes, dos rostos, de todos os mortos que ela havia visto.

✦ 53 ✦

Adjoa

Sete mensagens esta manhã. Adjoa sente um peso no estômago. Precisa parar de olhar o celular antes de dar um início adequado ao seu dia.

Sete mensagens costumam significar que, em algum lugar do mundo, algo suficientemente ruim para merecer as manchetes aconteceu a uma pessoa negra. Significa que, antes que Adjoa tenha tempo para ler a notícia, absorvê-la, ou mesmo decidir se precisava disso hoje ou se podia ter esperado até amanhã, terá de tranquilizar seus amigos de que ela está bem. Não que ela de fato esteja bem. Mas esse é sempre o modo de responder.

É. Dito e feito.

De seu colega de trabalho Tom: *Ads, nem imagino como você deve estar se sentindo. Estou aqui se quiser conversar.*

De Ruthie, sua amiga da universidade: *Que horrível! Pensando em você.*

E no grupo de WhatsApp da vizinhança — e tinha sido ideia de Adjoa criar esse grupo, no começo da pandemia, então a culpa é toda dela — alguém postou um link da notícia com o comentário: *Isso é terrível, seria bom ouvir as ideias da Adjoa sobre o que podemos fazer.*

Adjoa larga o celular antes que se sinta tentada a responder "Acabar com o sistema judiciário estadunidense e começar a construir outro do zero, baseado em um conjunto de critérios diferente do de homens brancos precisando ser protegidos de seus 'escravos'". Ela vai tomar banho. Lembra-se da semana em que cinco pessoas diferentes lhe perguntaram se ela lavava as pernas, porque tinham lido na internet que mulheres negras lavavam e mulheres brancas, não.

Portanto, será mais um dia de amigos bem-intencionados de Adjoa querendo saber como ela está.

Vai começar com "Ah, meu Deus! Você viu o que aconteceu? É tão horrível. Espero que você esteja bem". E três mensagens depois vai ser "Você acha que eles...", ou "Não entendo por quê...", ou "A polícia não...", ou "Eu imaginava quê...". E Adjoa vai passar mais um dia ministrando sua série informal e interminável de aulas sobre "Como o racismo funciona". E, para aqueles que estiverem interessados em créditos extras, alguns módulos adicionais: "Privilégio não é ter coisas, é por isso que você não consegue enxergá-lo", "Não é função da sua amiga negra educar você" e "O fato de você só ter notado o racismo agora não significa que ele é algo novo".

Desde o assassinato de George Floyd, tudo ficou pior. Na verdade, de certa forma melhor, Adjoa sabe, no sentido de que pelo menos essas coisas estão sendo discutidas. Seus amigos e colegas são todos bem-intencionados, sem nenhum sentimento deliberadamente racista. Mas Adjoa sabe que isso não os impede de ter vontade de tocar seu cabelo, ou de confidenciar, quando estão bêbados, que a pele dela é tão bonita que os deixa encantados, como se ela não fosse nada além de uma pessoa "diferente". Ela sabe que, se os confrontasse sobre isso, eles responderiam: "Mas você disse que meu corte de cabelo me caiu bem", ou "Você me falou que a cor deste vestido destacou a cor dos meus olhos, então qual é a diferença?". Chamar a atenção das pessoas para cada coisa não só é exaustivo, como também faz dela a "sensível" e a "que se ofende com facilidade". Sorria, amiga negra, sorria.

Eles não fazem por mal. Ela sabe disso. Isso só torna tudo pior.

E houve também alguns pedidos de desculpas inesperados. Uma das velhas amigas de escola de Adjoa enviou uma mensagem pelo Facebook para dizer que queria se desculpar pelas piadas com o cabelo dela na escola, dizendo que agora percebe que não era apropriado e que está se esforçando para que seus filhos sejam melhores. Sua gerente entrou em contato para dizer que vai punir qualquer "brincadeira" inapropriada que ouvir no futuro, em vez de apenas deixar passar por pressupor que Adjoa não se importa ou acha engraçado. E seu vizinho, que agora faz questão de estabelecer contato visual quando eles se encontram na rua, em vez de desviar o olhar.

No trabalho, Adjoa é a única mulher negra — a única pessoa negra — em uma equipe de seis. Ela tem quase certeza de que não pensava nisso quando ia ao escritório, mas seis telas no Zoom deixam muito evidente que ela é a diferente. Quer dizer, Duncan é o único homem, mas ele está a três anos da aposentadoria e nitidamente jamais passou um momento sequer de sua vida de homem branco pensando no espaço que ocupa, literal ou metaforicamente. Ele começa toda chamada com "Olá, senhoras", embora cada vez que ele faça isso, Lara digite na mesma hora "'Olá' é suficiente, Duncan" ou "Alerta de linguagem ultrapassada" no chat. Lara é a estagiária da equipe e Adjoa gosta muito dela. Há alguma coisa no jeito como ela se comporta que faz Adjoa pensar que deve ter tido uma vida difícil, que teve de conquistar cada coisinha. Além disso, Lara nunca expressou muito interesse em Adjoa como mulher negra e seu único comentário sobre as notícias globais é que "O mundo é uma merda". O que Adjoa respeita, de certa forma.

Adjoa liga para sua mãe.

Catherine é uma mulher branca da área rural de Yorkshire que se casou com Kwadjo, um homem ganês, em 1985, portanto não há muito que ela não tenha experimentado em termos do tipo educado de racismo que tantas pessoas britânicas acham aceitável. Só uma vez cuspiram nela — na volta de sua lua de mel, ao descer do trem na estação central de Leeds. A primeira coisa que Catherine pensou, ela contou a Adjoa anos depois, foi que, se Kwadjo fosse atrás do sujeito que fez aquilo, seria ele o acusado de ter dado início à situação, e uma ficha criminal somada à cor de sua pele significaria o fim de sua ambição de se tornar médico. Então ela agarrou o braço dele, sentindo a revolta dele. Foi quando ela entendeu por que ele raramente segurava sua mão em público. Era para protegê-la.

A cuspida, no fim das contas, não foi tão terrível quanto os murmúrios, os olhares de soslaio ou as palavras gritadas atrás de Catherine quando eles estavam juntos em público. Nem sempre isso acontecia. Se ficassem nas ruas de estudantes, nos clubes de jazz, nos lugares mais despretensiosos onde era normal ser negro ou estar em um relacionamento inter-racial, eles se sentiam bem. Conheciam outros casais como eles. E, quando estavam sozinhos, Kwadjo estudando e Catherine escrevendo boletins informativos e slogans publicitários para uma agência em que encontrara um trabalho freelance, eram eles mesmos.

Kwadjo arrumou um emprego como clínico geral em uma pequena cidade nos Yorkshire Dales. Não foi fácil se adaptar. Catherine se sentia isolada enquanto Kwadjo trabalhava longas horas e estabelecia sua carreira. Ele logo ficou conhecido como Joe. Às vezes, vinha para casa com histórias de sucesso, a razão pela qual tinha escolhido a clínica geral: sobre o diabetes tipo 2 não diagnosticado que havia feito uma mulher se convencer de que tinha câncer porque se sentia tão cansada, e o homem que nunca antes havia falado com alguém sobre sua depressão. Mas pelo menos duas vezes por semana havia outras histórias, como a do homem que ficou sentado em silêncio ao lado da esposa durante toda a consulta dela porque era o seu "jeito protetor". De início, Kwadjo havia se preocupado com uma possível situação de violência doméstica, mas ficou sabendo que o marido não sentia essa necessidade de acompanhar a esposa em consultas com nenhum outro médico. E como a vez que uma mulher abriu a porta do consultório, olhou para Kwadjo e saiu sem dizer uma palavra. Ela reclamou na recepção que deveria ter sido avisada que o dr. Addo era... A recepcionista, ao lhe contar sobre isso, parou nessa parte, constrangida, e Kwadjo disse que estava tudo bem. Catherine se enfurecia com esse tipo de coisa em nome do marido. "Era ele que tinha que acalmá-la", ela contou a Adjoa, quando Adjoa era adolescente e elas tinham muitas, muitas conversas sobre como o mundo ia ser bem mais difícil para ela do que para as meninas brancas da sua idade que eram a maioria de suas colegas de escola.

— Oi, mãe — diz Adjoa, quando Catherine atende.

— Adjoa! — Sua mãe sempre fica feliz quando fala com ela. — Tudo bem? Seu pai e eu estávamos comentando agora mesmo que queríamos que você tivesse vindo para casa.

— Eu estou bem, sério — responde Adjoa. E de fato está, desde que ela e o namorado Nick decidiram morar juntos. Os dois são filhos únicos, por isso demoraram um tempo para resolver. Em parte porque se sentiam igualmente responsáveis por seus pais e se perguntavam se deveriam ir morar com eles, e em parte porque estavam acostumados a ter seu próprio espaço. Mas já faz seis semanas e eles estão se dando bem. Nick sai para trabalhar, em uma escola que está aberta para filhos de trabalhadores essenciais, então isso ajuda. — O Nick também. O papai está aí?

— Seu pai está em uma cirurgia. Você não vai trabalhar hoje?

São dez horas da manhã. Catherine, que nunca trabalhou em um escritório, está convencida de que todos os empregos começam às nove e terminam às cinco.

— Vou, mas minha primeira reunião é só daqui a meia hora. E tenho algumas horas extras. Só estou meio devagar hoje.

Ela ouve sua mãe suspirar.

— George Floyd?

— E Breonna Taylor. E os outros.

— Eu sei, querida. Eu sei. — Sua mãe talvez seja a única pessoa branca de quem Adjoa suporta ouvir isso. Sua mãe de fato sabe. — Seu pai e eu também estamos nos sentindo assim.

— E todo mundo está perguntando a ele sobre isso?

— Lógico. — Sua mãe ri. — Porque um clínico geral de Yorkshire que é o único homem negro na cidade é o mais próximo que existe aqui de uma autoridade sobre o racismo institucional estadunidense. Deus nos livre de alguém se dar ao trabalho de aprender por conta própria.

— Obrigada, mãe.

Adjoa se sente melhor só de ouvir a risada. Mesmo com quase quarenta anos, ela sente falta da mãe como se essa saudade fosse uma dor física. Consegue imaginar o cheiro da casa dos pais — lavanda, pão e café. A cozinha, escura com uma janela pequena, um conjunto de prateleiras com inúmeros potes disso e daquilo, todos enfileirados. Seu pai à porta anunciando sua chegada e sua mãe soltando um gritinho como se essa fosse a melhor coisa e a mais surpreendente que já havia lhe acontecido.

— Faça algo de bom por você hoje — diz Catherine.

Adjoa obedece, como todos os bons filhos.

Ela não pode deixar de pensar em si mesma como uma boa filha, porque seu pai lhe disse que ela era todos os dias de sua infância. Ela imagina que isso poderia ter sido um fardo — Nick teve que fazer terapia para tentar desemaranhar quem ele é da pessoa que seus pais estavam determinados a que ele fosse —, mas Adjoa gostava e sempre vai gostar de ser a boa menina do pai. Quando ela não passou no exame de direção, era uma boa menina por ter tentado; quando foi chamada à diretoria por brigar na escola, era uma boa menina por ter defendido seus direitos, mesmo tendo escolhido a maneira errada de fazer isso. Às vezes, sua mãe lhe dirigia palavras mais duras, mas nenhuma que a magoasse de fato e, quando seu pai lhe dizia que ela era uma boa menina, sua mãe sempre sorria e balançava a cabeça, como se dissesse: "Ah, essas pessoas que eu amo..."

Coisas boas para fazer são raras. Há muito tempo Adjoa parou de pensar em um banho de espuma como uma coisa boa, agora virou mais uma necessidade diária, e ela e Nick fazem questão de ter noites que sejam agradáveis; afinal, se não fizerem isso, qual é o ponto de qualquer coisa? Então Adjoa tem que pensar muito até lhe surgir uma ideia. Assim que termina o trabalho, ela sai para comprar uma refeição para cozinhar em casa de um restaurante a que eles normalmente só iriam em uma comemoração de aniversário. "Instruções completas", declara o website, junto com muitas avaliações de cinco estrelas.

Adjoa toma banho, depois guarda os papéis de cima da mesa de jantar, que virou sua mesa de trabalho quando ela tem reuniões. Durante o resto do tempo, ela trabalha na cama ou no sofá.

Ela acende velas, encontra os guardanapos no fundo da gaveta que Nick chama de Todo o Resto na cozinha, e separa os ingredientes.

— O que é isso? — pergunta Nick quando chega em casa, pouco depois das seis.

— Minha mãe me disse para fazer algo bom — responde Adjoa —, então vamos ter uma experiência de um jantar com estrelas Michelin.

— E quando o chef com estrelas Michelin chega? — indaga Nick, passando os olhos pela lista de instruções e todos os pequenos pacotes de ingredientes.

— Essa parte eu esqueci de encomendar — responde Adjoa. — Como é uma frigideira sautée?

— Imagino que, se você está me perguntando, é porque não temos uma.

As tortinhas de cogumelo selvagem estão gostosas, mas um pouco secas; Adjoa encontra o coulis que deveria acompanhá-las quando vai pegar o molho para a carne na geladeira. Ela esqueceu de ligar o forno para esquentar as batatas *dauphinoise*, então eles comem os steaks primeiro e inventam uma "batata como prato principal". Isso lembra Adjoa de que ela também se esqueceu do sorbet, então eles o comem como uma pré-sobremesa. Sobremesa essa que não se preocupam em montar, mas comem o merengue, o creme e a compota de frutas direto das embalagens em que vieram.

O vinho é excelente. A comida, também, ou talvez seja simplesmente o fato de eles rirem tanto enquanto tentam fazê-la se parecer com as fotos nas instruções.

Depois, eles ignoram o caos na pequena cozinha e desabam no sofá. Nick faz pipoca no micro-ondas quando Adjoa admite que sabe que já comeu uma refeição, mas, por algum motivo... parece que não.

— Faz meses que eu não ouvia você rir assim — comenta Nick, beijando o alto da cabeça dela.

— Pandemia, meu querido.

— Sim, mas deve ser cansativo ser a única referência negra para todo mundo.

Ela se recosta nele.

— É. É muito cansativo.

Naquele fim de semana, Adjoa desliga o celular na sexta-feira à noite e só torna a ligá-lo segunda de manhã. Eles não assistem aos noticiários. Como de costume, Nick vai comprar um jornal no sábado de manhã, mas ela se atém aos suplementos. Lê sobre jardinagem em vasos, festivais de comédia virtuais e receitas rápidas com ingredientes simples. Eles assistem a *O castelo animado* e jogam Scrabble, que Nick ganha em um torneio de melhor de cinco. Adjoa não se importa por ele ganhar; ela sempre prefere escrever uma palavra incomum por pura satisfação a emplacar letras de valor alto em uma casa que dá o triplo do valor para ganhar 33 pontos. Quando eles guardam o tabuleiro, Nick olha para ela e diz:

— Você está reivindicando mentalmente a vitória moral, não está?

Adjoa ri pelo prazer de ser tão compreendida.

Quando liga o celular na segunda-feira de manhã, a maioria das mensagens são do tipo bem-intencionado, como "Você está bem, querida?" ou links para vídeos de brutalidade policial. Ela sente seu corpo tensionar enquanto rola a tela.

E então, ela se lembra do recorte do jornal local gratuito que guardou porque sua mãe está sempre interessada em qualquer coisa que tenha a ver com livrarias. Adjoa tinha a intenção de enviá-lo pelo correio, mas ainda está pregado na geladeira, junto com ofertas antigas de comida para viagem e um cartão-postal dos pais de Nick que eles enviaram de suas férias em Portugal no verão passado.

Férias. Adjoa nem se lembra de quando as férias eram normais. Seu mundo agora se resume ao isolamento social e a ser representante de Todas as Pessoas Negras.

Talvez ela precise de uma prescrição de livros.

Caros Lost For Words,

Sou filha de um casamento inter-racial (meu pai é ganês e minha mãe é branca e britânica) e sou uma pessoa negra. Sempre fui um pouco diferente em Yorkshire. Era bem administrável, imagino, porque não sei como é ser parte da maioria. Mas, ultimamente, eu sou a pessoa negra de referência/consultora de raça/ defesa contra a acusação de ser racista de todo mundo, e estou TÃO CANSADA disso.

Sempre que leio um livro que tem pessoas negras, parece que a função delas é ser negras, ou então é um romance sobre escravidão

ou opressão, e isso é importante, lógico que é, mas eu gostaria de me ver representada nas páginas de um livro em que houvesse alegria, em vez de PROBLEMAS. Ou gostaria de ler livros que sejam reais, mas não sejam sobre o sofrimento de pessoas negras. Quero sugestões de livros do jeito como vocês sugeririam livros para uma mulher branca, supondo que vocês não sintam a necessidade de refleti-la neles.
Obrigada.

Adjoa

✦ 54 ✦

Aqui está uma pergunta que ninguém deveria fazer:
Qual é o seu livro favorito?
E, se alguma vez lhe perguntarem isso, você está cem por cento no seu direito de se recusar a responder.
Perguntas razoáveis sobre livros são:
Qual é o seu livro favorito para ler quando está triste?
Qual é o seu livro favorito para fazer você se sentir bem?
Qual livro faz você rir?
Qual livro você demorou mais tempo para ler?
Qual livro te fez ficar acordado, preso à história?
Qual livro você gostaria que mais gente conhecesse?
Qual livro mudou a sua forma de ver o mundo?
Responder a uma dessas questões seria muito melhor.

✦ 55 ✦

Adjoa

Cara Adjoa,
    Obrigada por nos procurar.
    Não é de forma alguma a mesma coisa, eu sei, mas minha chefe aqui não é fã do jeito como as pessoas que estiveram em casas de acolhimento são retratadas na ficção. Elas estão sempre em apuros, ou com medo, ou são as causas dos problemas, ela diz. Eu não tinha notado até ela me chamar a atenção para isso, mas é mais ou menos essa a ideia, não é?
    Incluí uma lista de livros abaixo. Diga quais lhe parecem interessantes e eu os deixarei prontos para a coleta. Alguns talvez pareçam excessivamente óbvios, então me perdoe se já tiver lido. Algo que estou aprendendo cada vez mais neste trabalho é que o clássico de uma pessoa é a grande nova descoberta de outra. Na semana passada, alguém me falou que estava querendo experimentar uma coisa nova e agora ela está lendo Marian Keyes pela primeira vez. (Caso você ainda não tenha lido, ela é muito divertida e alegre, mas pode fazer você se acabar de chorar na página seguinte. Meu favorito dela é Sushi.)
    Fique bem,
    Kelly

O caminho de casa, de Yaa Gyasi. *Tenho a terrível sensação de que você já ganhou este livro de presente várias vezes, e/ou que ele já foi discutido com você por todas as pessoas brancas bem-intencionadas* que você conhece, mas estou incluindo mesmo assim porque gosto demais dele. A história acompanha oito gerações de uma família, começando por duas irmãs que foram separadas no começo dos anos 1800 em Gana.

Garota, mulher, outras, *de Bernardine Evaristo*. Eu realmente não consegui largar esse livro, sério. Não sei dizer se é ou não o livro certo para você neste momento, lógico, mas foi descrito como um canto de amor às mulheres negras contemporâneas na Grã-Bretanha e achei que talvez lhe interessasse.

Dias sem fim, *de Sebastian Barry*. Este livro acompanha dois jovens, um deles um imigrante irlandês, que se tornam soldados nas Guerras Indígenas e na Guerra Civil nos Estados Unidos. É uma das coisas mais comoventes que já li. Tem temas de identidade e pertencimento, mas é, acima de tudo, simplesmente humano.

Educated: a menina da montanha, *de Tara Westover*. Este é um livro de memórias sobre uma jovem criada em uma seita religiosa estadunidense que luta para conseguir estudar. Não sei bem por que pensei neste livro para você, mas talvez tenha sido porque, de alguma maneira, ele me encheu de esperança.

The confessions of Frannie Langton. *A autora, Sara Collins, descreve este livro como um "romance gótico sobre alguém que por acaso foi uma pessoa escravizada".* Não tenho certeza se isto se encaixa nos seus critérios, mas li em vinte e quatro horas e ainda penso nele.

A linguagem das flores, *de Vanessa Diffenbaugh*. Eu adorei este. É um romance estadunidense sobre uma jovem que usa a linguagem e o significado das flores para criar arranjos e buquês significativos. Há também um livro de não ficção sobre a linguagem das flores vitoriana, da mesma autora.

The bees, de Laline Paull. Ambientado em uma colmeia, e sobre abelhas. Abelhas de verdade. É muito difícil explicar por que é irresistível, mas é.

◆

Querida Kelly,
Você está certa, eu tenho sete exemplares de O caminho de casa. Ou tinha. Minha mãe comprou edições de capa dura para mim e para o meu pai como presente de Natal quando o livro saiu. O resto eu dei para pessoas que me disseram que não conheciam nada sobre Gana.
Quero todos os outros. Obrigada.
Adjoa

◆

Querida Adjoa,
Eles estarão prontos quando você puder vir pegar.
Estive pensando em seu primeiro e-mail e se há alguma maneira de fazermos alguma coisa, aqui, para... bem, para nos anteciparmos a pessoas brancas interessadas pelo tema que esperam que seus amigos não brancos façam todo o trabalho de informação. Estava conversando com meu namorado sobre isso (só nos termos mais gerais) e ele é um adepto de usar a internet primeiro para tudo, então me disse que poderíamos incluir uma seção na página principal do site chamada "Você tem dúvidas sobre o movimento Vidas Negras Importam?", mas eu acho que "Vidas Negras Importam: eduque-se sobre o tema" é melhor. Minha chefe acha que dizer para as pessoas se educarem imediatamente as deixa na defensiva, então ainda não decidimos. Teremos uma seção na loja também, visível da porta, para levar as pessoas interessadas a perguntarem a respeito enquanto estiverem esperando.
Kelly

✦ 56 ✦

Simone

Caros Lost For Words,
    Estou de saco cheio de estar nesta maldita ilha. Meu parceiro e eu não conseguimos parar de ver os noticiários e falar sobre como tudo é horrível. As únicas pessoas com quem conversamos são nossos vizinhos e... Ah, digamos apenas que não estamos no mesmo barco, politicamente falando. Socorro! O que eu poderia ler para levar minha mente para bem longe daqui?
    Simone

✦

Cara Simone,
    Não sei se isso ajuda, mas você e seu parceiro definitivamente não estão sozinhos ao se sentir assim. Lógico que há uma infinidade de livros ambientados em outros lugares, mas, em um caso como o seu, eu indicaria romances traduzidos de outros idiomas. Segue abaixo uma lista de alguns dos nossos favoritos.
    Cuide-se,
    Kelly

Sedução, conspiração, de Eileen Chang. Este livro é ambientado em Xangai em meados do século XX. É curto, chocante e muito cativante.

Odisseia, *de Homero. Não só é um livro divertido e vívido, como também é, literalmente, uma viagem e tanto...*

Antes que o café esfrie, *de Toshikazu Kawaguchi, é ambientado em uma cafeteria em Tóquio, onde é possível voltar no tempo. Eu li antes do começo da pandemia e não paro de pensar nele.*

Cavalos roubados, *de Per Petterson. Ambientado na Noruega, durante e depois da Segunda Guerra Mundial. Provavelmente não é o livro mais alegre que você vai encontrar, mas acho que vale a pena.*

✦ 57 ✦

Bella

Querida Loveday,
Muito obrigada pela visita! Quer dizer, visita do lado de fora! E na verdade nem foi bem uma visita, não é? Espero não ter segurado você demais. Seu jardim de leitura parece uma ideia maravilhosa.

Sei que, para você, eu sou só mais uma cliente, mas, qualquer hora que sentir vontade de conversar, estou aqui. Eu poderia falar sobre meu querido amigo Archie até a língua cair!

Estou lendo o livro da Anne Brontë e só penso que ele daria uma peça maravilhosa. Toda aquela grande degradação e drama, e uma protagonista feminina tão forte! (Jovem demais para eu interpretar, infelizmente!) E me fez pensar em como não posso ficar entocada para sempre. Menina esperta, você!

Eu disse ao Jack que estou me sentindo um pouco instável, e ele falou que tudo está instável e que acha que não vai ter muito movimento. Ele disse que nós podemos ir pegando o jeito de novo aos poucos. Espero que esteja certo!

Enquanto isso, vou cuidar da minha correspondência velha! Me deseje sorte!
Amor e beijos,
Bella

✦

Querida Bella,
    Foi muito bom ver você. Não há muitas pessoas no meu dia a dia que se lembram do Archie como você. Minha família entende o que ele foi para mim e o amava. O Archie foi um grande amigo para tantas pessoas. E foi quem me manteve viva, embora eu não tenha percebido isso na época. Acho que as pessoas nunca percebem. Mas o Archie foi quem tornou minha vida possível, e por mais que eu goste das histórias que as pessoas têm sobre ele, foi realmente bom conversar a respeito dele com você.
    Espero muito que você goste dos outros livros também. Helen Graham, de A inquilina de Wildfell Hall, é uma das minhas personagens favoritas. Tenho uma tatuagem de uma frase do livro: "Ninguém pode ser feliz em eterna solidão". Levei muito tempo para aprender isso.
    Beijos,
    Loveday

◆

Querida Loveday,
    Pode ficar totalmente à vontade para vir e conversar sobre o Archie quando quiser. O Archie dos bastidores, quando a cortina se fechava. Você sabe o que quero dizer!
    Concordo com você sobre Helen Graham. Gilbert Markham, por outro lado...
    Amor e beijos,
    Bella

✦ 58 ✦

Adjoa

O pessoal da livraria parece gente boa. Ela sente que ninguém lá vai querer tocar no seu cabelo, embora a pandemia tenha sido uma vantagem nesse aspecto. Suas tranças estão ficando frouxas. Quanto tempo será que ainda vai demorar até que ela possa voltar ao pequeno e especializado salão que frequentava? Sem dúvida, terá que ficar na fila com todas as outras mulheres negras de York. Talvez seu pai possa fazer isso para ela, quando puder vê-lo. Adjoa não se lembra, mas, quando ela era pequena e sua família visitou Gana, seu pai pediu que uma das tias o ensinasse a trançar o cabelo dela, à maneira ganense. Pelo que sua mãe conta, as tias haviam achado que Catherine não queria aprender, mas a verdade era que Kwadjo queria compartilhar essa herança. Só muitos anos depois Adjoa entendeu a real razão de ela não ir à mesma cabeleireira que suas amigas.

Adjoa deixa Nick na cama. Eles dormiram tarde, depois de ter visto um filme e feito sexo, e então, inesperadamente, já que nenhum dos dois conseguia dormir, visto mais um filme. Ela sai para ir à Lost For Words. É um dia quente, não exatamente de verão, mas ainda é agosto, e ela passa por um homem de short e chinelo, depois por outro de jaqueta impermeável aberta e calça jeans. É fácil distinguir as crianças que escolheram a própria roupa e usam combinações descontraídas de fantasias de super-herói, pijamas e galochas. Ela sorri para a mãe da menina que está com uma capa amarela vibrante. Alguns adultos parecem que mal têm saído de casa, pálidos e caminhando como se tivessem esquecido o que são sapatos. Adjoa se pergunta quantos deles perderam alguém. Ou vão perder. Esse pensamento a obriga a parar e, na frente de uma porta, ela puxa o celular, porque assim ninguém vai perguntar se ela está bem.

Não há nada no telefone, exceto uma mensagem nova de uma colega: *Caramba, Ads! Não acredito no que está acontecendo nos EUA!!!* Há tantas maneiras como Adjoa poderia responder a isso. "A que ataque racista específico você está se referindo? Considere-se sortuda por estar surpresa", talvez, ou "Você também mandou mensagem para os seus amigos brancos?", ou "Meu nome não é Ads". Ela não responde nada. Mas escreve para seu pai, só um coração, para que ele saiba que ela está pensando nele.

Adjoa nunca entrou nessa livraria antes. Faz um tempo que não entra em nenhuma livraria, na verdade, mesmo antes da pandemia. Ela não lê muito, e a Amazon é tão prática. Mas, quando vira a esquina da rua, ela reconhece a Lost For Words — lógico, esse foi o lugar que teve um incêndio alguns anos atrás. Já há um cliente parado na entrada, no balcão improvisado, então ela fica mais para trás e olha pela vitrine: uma pilha de livros em uma mesa, uma adolescente embrulhando pacotes e colando rótulos e, atrás, inúmeras estantes de livros, do tipo que confunde a mente, porque se perde a noção de perspectiva. Parece tudo tão arrumado, tão limpo e, ao mesmo tempo, tão acolhedor. Há um aviso pregado no vidro a respeito de um grupo de leitura. Será que Adjoa gostaria de estar em um grupo de leitura? Sempre achou que odiaria — a mera ideia de alguém lhe dizendo o que ler a faz se sentir como se estivesse de volta à escola, o professor fingindo não entender seu sotaque quando ela lê em voz alta, embora ela fosse de Yorkshire tanto quanto as outras crianças. Mas Kelly, de certa forma, disse a Adjoa o que ler, e isso parece tão reconfortante quanto animador. Como se alguém estivesse cuidando dela, para variar. Como se ela tivesse uma preocupação a menos para carregar.

O homem à sua frente se afasta da entrada, sorri para ela, abraça um pacote de livros junto ao peito e segue na direção oposta. Adjoa ocupa o espaço que ele deixou. A mulher do outro lado da mesa está sorrindo em boas-vindas, seu cabelo castanho solto sobre os ombros. Adjoa se pergunta se alguém já pediu para tocá-lo.

Antes que Adjoa possa falar algo, a mulher diz:

— Adjoa, certo? Eu sou a Kelly. Vou pegar seus livros.

— Obrigada.

Eles estão em uma sacola de papel pardo. Adjoa fica na dúvida se a sacola vai aguentar o peso, mas supõe que essas pessoas saibam o que estão fazendo.

— É um prazer conhecê-la — diz Kelly. — Não sei se dá para ver daqui, mas aquela estante vazia ali é onde estamos montando a nova seção.

— Seria bom ter alguns livros para crianças também — sugere Adjoa.

— Pensei nisso — diz Kelly. — Há muitos livros bons para crianças e jovens adultos.

— Isso é ótimo.

Adjoa quase decide não falar mais nada. Seu pai sempre diz que não é preciso lutar todas as batalhas. Adjoa já estava com trinta anos quando entendeu que ele estava certo, e sua vida ficou mais fácil depois disso. Parou de tomar antidepressivos e encontrou um trabalho de que gostava o suficiente para valer trinta e cinco horas semanais de sua vida. Conheceu Nick. Quando eles foram morar juntos, construíram não exatamente uma vida, mas um ninho. Ela ama isso.

Mas algumas batalhas, aquelas que se pode ganhar, compensam a luta. Adjoa passa seu cartão na máquina, guarda-o na carteira e indaga:

— Por que você pressupôs que eu fosse Adjoa?

✦ 59 ✦

Kelly

— Você pode assumir aqui um pouquinho, Loveday? — chama Kelly quando Adjoa vai embora.

Loveday e Nathan estavam construindo móveis e, pelos sons vindo do quintal hoje, não é tão fácil quanto a internet faz parecer. Nathan ficou lá fora sozinho de manhã e no começo da tarde, e, depois que o movimento diminuiu, Loveday foi ajudar, mas disse para Kelly chamá-la se precisasse. Madison está no andar de cima contando quantos exemplares dos livros mais pedidos eles têm em estoque, pois, com a pandemia, ninguém está trazendo seus livros usados para vender, e as páginas de prescrições de livros no site estão fazendo um enorme sucesso.

Depois do que Madison disse em Whitby, Kelly não vai pedir ajuda a ela de jeito nenhum. Craig foi compreensivo quando Kelly lhe contou a respeito, mas lembrou a ela que adolescentes são complicados e que ela tem que dar um desconto a Madison. Kelly concordou, porque ele estava certo, mas, ainda assim, não entende por que Madison a escolheu para descontar seu mau humor. É muito fácil para Craig ser compreensivo com Madison quando não é ele que tem que vê-la toda semana. Kelly tinha esperanças de que Loveday fosse dizer alguma coisa, mas, aparentemente, todos vão fingir que nada aconteceu. Enfim, vida que segue.

Por outro lado, talvez ela tenha, de alguma forma, feito a Madison o que fizera sem querer com Adjoa: alguma pressuposição impensada, causando mágoa por um descuido. Ali está ela, fazendo listas de livros sobre privilégio branco, e já pressupõe que uma mulher negra que aparece na porta da livraria é a mulher negra que fez um pedido. Ela fecha os olhos para conter as lágrimas. Se contar a Craig sobre isso, ele vai tranquilizá-la, mas ela não merece de fato ser tranquilizada. Ela precisa aprender.

Mesmo assim, gostaria que já fosse hora de ir para casa.

Loveday vem do futuro jardim de leitura. Ela está com uma calça de moletom velha e uma camiseta que deve ser de Nathan, porque quase chega aos joelhos — e porque Kelly não consegue imaginar sua chefe em um show do Imagine Dragons. Kelly pensa nela e em Craig, tão à vontade juntos, e ainda assim ela dorme com seus melhores pijamas, que não são nada extravagantes, mas ao menos combinam. Craig não levou muitas roupas, mas costuma dar uma passada em sua casa aos sábados quando ela está no trabalho, e sempre leva mais coisas, mas ainda não apareceu com um moletom velho e surrado ou com meias furadas. Talvez ele seja inerentemente elegante, Kelly pensa às vezes, melancólica, quando mais uma vez decide não vestir sua velha calça jeans favorita que ela parou de usar em público depois que seu pai se ofereceu para comprar uma nova, mas que não tirava do corpo nos dias em que não saía de casa. Craig deveria aceitar o fato de que ela não é de forma alguma inerentemente elegante. Mas as palavras de Madison a fizeram ficar em dúvida em relação a ele. Então, ela continua passando rímel antes do café da manhã e se sentindo ridícula por isso.

— Está tudo bem? — pergunta Loveday.

— Sim — responde Kelly, e faz um gesto em direção à porta. — Eu só... fiz uma suposição apressada que não deveria. Preciso de um intervalo.

— Fique à vontade. — Uma das coisas incríveis em Loveday é que ela não força os outros a contarem nada. — O que é para eu fazer?

— Recebemos um telefonema esta manhã pedindo um livro de receitas que contenha dolma, para uma mulher chamada Lorraine. Está anotado em cima da mesa. Eu ia começar olhando os livros de culinária do Oriente Médio, mas ainda não tive tempo.

✦ 60 ✦

Loveday

Loveday fica bastante feliz por se livrar dos paletes. As pessoas que fazem esse tipo de coisa, ela percebeu às onze horas da manhã, não são as que olham pela primeira vez para o conjunto de ferramentas em seu galpão herdado e se perguntam por que há necessidade de existir tantos tipos diferentes de serra. Mas Nathan se manteve inabalável e continua, ela diria, sessenta por cento inabalável quatro horas e zero móveis concluídos depois. Ela queria não ter sido tão rígida quanto ao orçamento para o jardim de leitura, pois poderia ter entrado na internet — na parte de compras, não na de vire-se-com-o-que-tem — e resolvido isso em quinze minutos.

— Oi — diz Nathan, vindo do quintal. — Vou precisar de mais pregos. Talvez mais alguns paletes. Volto já.

— Até mais.

Ela vai até a seção de culinária e encontra três livros que têm receitas de dolma: um de Claudia Roden, de quem até Loveday já ouviu falar, e dois mais recentes e luxuosos. Ela os leva para o balcão, com a intenção de telefonar para Lorraine, mas se vê folheando os exemplares, imaginando se conseguiria preparar alguns daqueles pratos na sua próxima vez cozinhando. Todos parecem estar ficando enjoados de suas salsichas com purê, embora ela própria não se incomodasse nem um pouco de comer a mesma refeição para sempre.

Lorraine não atende, então Loveday deixa uma mensagem.

Quase todos os pacotes a serem coletados naquele dia já se foram. Na segunda-feira, começarão a lidar com os pedidos do fim de semana que chegaram por e-mail: cada vez mais pessoas parecem precisar de prescrições de livros, e Loveday está contente com isso. Contente por ajudar as pessoas e por ter encontrado uma maneira de fazer a loja prosperar. Dos pacotes restantes, há um para uma mulher que disse que não tinha certeza se viria hoje ou segunda-feira, um que já está ali há algumas semanas e um para uma pessoa chamada Jennifer. O nome soa familiar, mas Loveday não consegue se lembrar de quem se trata. Madison está com o notebook no andar de cima, então Loveday não tem como consultar. Na ausência de outra coisa para fazer, ela se ajoelha no chão, se enfia embaixo da mesa de embalagens e começa a recolher a bagunça que está ali: o verso brilhante de uma folha de etiquetas, um rolo de fita adesiva usado, restos de plástico-bolha bons de apertar e pedaços de papel pardo.

— Olá.

O problema de deixar a porta da loja aberta é que não há o sininho para alertá-la para se levantar do chão.

— Já vou — responde Loveday. Ela se levanta e pensa em limpar os joelhos da calça, mas, dado o estado geral em que se encontra, isso não faria diferença.

Um homem está recostado no batente da porta com um meio sorriso.

— Tinha alguma coisa boa lá embaixo?

Loveday ri. É o tipo de coisa que Archie teria dito, antes de prosseguir com uma história sobre a vez que encontrou um dos brincos que a princesa Margaret menos gostava preso em um tapete de pele de tigre.

— Hoje não. Como posso ajudar?

O homem está de terno e gravata, o que não é exatamente comum para um cliente de livraria em uma tarde de sábado, mas cada um com seus hábitos. Talvez ele esteja vindo do trabalho.

— Eu disse que daria uma passada aqui para a minha esposa — diz ele. — Ela pediu uns livros para retirar. Ela ia levar nosso filho a uma festa de aniversário hoje à tarde e pretendia passar aqui para pegá-los no caminho de casa. Mas eu falei: "Escute, Jenny, o Milo vai estar todo sujo de bolo e você com um começo de dor de cabeça, então deixa que eu vou."

Loveday assente com a cabeça. E decide que não gosta desse homem, afinal. Não sabe dizer por quê. Ela passou de achá-lo engraçado para sentir que havia algo... errado.

— Só um minuto, vou dar uma olhada — diz ela. — Qual é o nome da sua esposa?

— Jenny. Jenny Peterson. Mas às vezes ela usa o nome de solteira, Jenny Kingdom. — Ele mantém o contato visual com Loveday por um momento a mais do que o necessário e ri. — Eu deixo ela fazer como quiser. Vocês, mulheres...

Loveday confere os pacotes que ainda não foram coletados. Um deles é endereçado a Jennifer Kingdom. Lógico. Ela é a mulher que escreveu para agradecer por ajudá-la a fugir do marido. O sangue de Loveday gela e ela força um sorriso. Ela desliza o pacote de volta para a caixa embaixo do balcão e diz:

— Não está aqui. Vou conferir se já foi processado. Esta semana foi corrida. E acho que talvez tenhamos tido que encomendar algum dos livros dela.

A pasta sobre a mesa de encomendas contém todas as prescrições de livros. Nathan às vezes tira fotos bonitas para o Instagram, com os detalhes de identificação borrados, e sugeriu que eles imprimissem as postagens mais populares do Insta e montassem um painel para a vitrine. Loveday prefere seus arco-íris.

Ela vira as páginas na pasta devagar, como se estivesse procurando, sua mente analisando as opções. A mais simples: afirmar que o pacote não está pronto, deixá-lo ir embora, entrar em contato com Jennifer e avisar que ele esteve aqui.

O que sua mãe faria? Loveday fecha os olhos. Sua mãe diria: mantenha-se segura. Em primeiro lugar, sempre se mantenha segura. Depois garanta que não está pondo mais ninguém em perigo.

O homem está batendo a unha nos dentes, um *clique-clique-clique* que acompanha a pulsação de Loveday.

— Será que ela já não veio pegar? — pergunta Loveday.

— Você saberia disso, não?

Loveday dá de ombros e diz:

— Isso vai me ensinar e não tirar mais a manhã de folga.

Ele ri.

— Se quer algo bem-feito, faça você mesmo.

Loveday se empertiga e o encara.

— O pacote não está aqui. Desculpa. É possível que sua esposa já o tenha pegado. Quem sabe tenha feito isso no caminho para a festa? Tem como ligar para ela para conferir?

— Hum.

Ele faz uma expressão intrigada, que teria sido muito convincente se Loveday não se lembrasse da carta de Jennifer com tanta clareza.

— Hum — repete ele. E não se move.

Loveday deseja que outro cliente entre, mas a rua alcançou o seu estado de quietude de meio de tarde. Então ela se força a sorrir e lhe dá as costas.

Quando o homem soca a mesa, ela se assusta, embora já estivesse preparada para que algo fosse acontecer. Um marido que fez os tipos de cálculo que esse homem fez na tentativa de encontrar sua esposa não vai se deixar enganar tão facilmente. Talvez ele tenha se lembrado de ouvir a esposa mencionar a Lost For Words, ou viu o nome da livraria em um extrato bancário antes de Jennifer fugir. Isso é um tiro no escuro para ele. Deve estar desesperado.

— Não me dê as costas — diz ele. — Nós não terminamos.

Loveday ouve passos na escada — Madison — e a porta da copa abrir e fechar — Kelly. Ela se vira, endireitando os ombros.

— Os livros da sua esposa não estão aqui — diz ela.

— Ela já pegou?

Kelly aparece ao lado de Loveday, depois se posta um pouco à frente dela.

— Essa informação é protegida pelo Juramento dos Livreiros — responde Kelly. — Sinto muito.

Por um momento, o homem abandona seu sorriso irônico e seu rosto quase se transforma em uma careta.

— Ninguém gosta de sabichonas — diz ele.

Kelly permanece imóvel e não diz nada, esperando, embora Loveday não saiba o quê. Talvez espere que, se elas não reagirem, ele vá embora. Parece a estratégia mais segura. Então, Loveday ouve Madison soltar uma espécie de grunhido atrás dela.

— Você pode ir chamar o Nathan, Madison? — pede ela, sem tirar os olhos do homem na porta.

Nathan não estará lá, mas Madison não sabe disso. Então ela estará fora de perigo. E talvez esse homem não goste da ideia de alguém chamado Nathan se juntar ao possível confronto.

— Filhas da puta — pragueja o homem e vai embora.

— Pode crer — diz Kelly, quando sabe que ele não consegue mais ouvir, e Loveday vê que as mãos da colega estão tremendo.

Ela tira a mesa da entrada, fecha a porta e vira a placa para "fechado". E, por segurança, tranca a porta.

Mais tarde, em casa, depois de terem jantado, Loveday conta tudo o que aconteceu para Sarah-Jane. Nathan está na banheira aliviando as dores de lutar com paletes e Vanessa está fazendo uma oficina de origami on-line.

— Eu estava tão perto de entregar o pacote, mamãe — diz Loveday. — E aí ele ia saber onde ela está. Todo o trabalho que você teve para deixá-la em segurança, e eu quase a pus em perigo outra vez...

Sarah-Jane assente com a cabeça.

— Homens como ele são espertos. Eles são manipuladores. Sabem como convencer você a fazer o que eles querem.

É em momentos como este, Loveday sabe, que ambas pensam em seu pai, que foi morto quando sua mãe se defendia da fúria dele, de seu ciúme obsessivo, sua incapacidade de processar as decepções da própria vida exceto descontando-as na esposa. Elas não falam sobre ele. A maioria das lembranças que Loveday tem dele são boas: ele foi, de modo geral, um pai terno e generoso, e embora, ao olhar para trás, ela veja como ele deixou sua mãe ansiosa, depois assustada, e por fim totalmente apavorada, não consegue deixar de se lembrar dele com certo amor. Amor que ela guarda para si mesma, mesmo sabendo que sua mãe não ficaria ressentida com ela por isso.

Depois de um momento, Loveday diz:

— Eu me senti mal por Madison estar lá.

— Você a protegeu — responde Sarah-Jane.

— Eu sei. Mas elas estão trabalhando em uma livraria, mamãe, o último lugar do mundo para acontecer uma coisa dessas!

— Uma livraria que tem um refúgio de leitura. Elas sabem o que aquele lugar significa.

Loveday não tem certeza de que Madison saiba — ela só chegou depois que o lockdown havia começado.

Sarah-Jane volta a fazer cafuné na filha. Loveday nunca se cansará disso. Por tantos anos, esse foi o único toque que desejou, e não podia tê-lo. Ela imagina que a sensação da mão de sua mãe passando pelo seu cabelo seja como um livro se sente quando está sendo lido.

— Mas isso só deixa mais evidente — diz sua mãe, após um momento — que mulheres precisam de um refúgio. Tenho que voltar ao voluntariado.

— Mas, mãe, você ainda não está bem.

— Estou cansada — diz Sarah-Jane —, mas, Loveday, eu fico cansada sentada no sofá o dia inteiro, então posso muito bem ficar cansada sendo útil. E as mulheres com quem trabalhamos estão passando por coisas muito piores.

— Eu sei, mas... — Loveday quase diz "Mas eu não tive você por tempo suficiente para me arriscar a perdê-la. Mas nós não sabemos o suficiente sobre esse maldito vírus para pressupor que você está bem só porque não piorou ao ponto de morrer em poucos dias ou semanas". — Mas eu não quero que você piore. Por que não vem ajudar Nathan e eu a arrumar o jardim de leitura? Nós só estamos fazendo mais bagunça lá por enquanto. Precisamos de uma capataz. E precisamos de alguém que possa nos dizer como fazer o jardim transmitir uma sensação de segurança.

Ela não consegue parar de pensar no fato de que Jennifer as conheceu porque podia entrar na livraria. Não quer imaginar as mulheres presas em casa, com medo, sem ter sequer uma livraria para ir. Os noticiários estão cheios de estatísticas sobre o aumento da violência doméstica durante a pandemia, e toda vez que ouve sobre isso no rádio, Loveday se sente ainda pior. E ela pensa em Zoe, com seu filho pequeno e sua bebê, agora sem marido para voltar para casa. Em como ela imaginou que os livros a ajudariam. Loveday afasta esse pensamento. Porque, se não acreditar mais que livros podem ajudar, podem curar, então realmente não sabe o que está fazendo da vida.

Sarah-Jane não responde e sua mão fica mais pesada na cabeça de Loveday. Sua mãe adormece em um piscar de olhos hoje em dia. O livro que Loveday está lendo, *A long way from Verona*, de Jane Gardam, está ao seu alcance no chão, então ela começa a ler sobre Jessica Vye percorrendo seu caminho pela adolescência e se pergunta se Madison iria gostar, ou se seria pesado demais para a garota. A mão de sua mãe fica mais pesada ainda, escorrega pelo lado de sua cabeça e vem descansar em seu ombro.

✦ 61 ✦

Jennifer

Cara Jennifer,

Temos o prazer de informar que estamos com todos os livros que você pediu e esperamos que eles a ajudem a se sentir mais à vontade em sua nova vida. Há algo extra para o Milo também: Da pequena toupeira que queria saber quem tinha feito cocô na cabeça dela, sempre um favorito na Hora de Contar Histórias da Lost For Words desde que Kelly o introduziu, quando começou a trabalhar aqui. Todos aqueles pais, mães e crianças sentados apertadinhos sobre um tapete... era tão normal na época. Esperamos que o seu novo normal seja feliz.

Aconteceu uma coisa aqui na livraria este fim de semana que achamos que você deveria saber. Um homem veio aqui, alegando ser seu marido e querendo levar os livros que você tinha encomendado. Nós não dissemos que conhecíamos você. Não lhe entregamos os livros, nem o endereço, e não mantivemos seu endereço aqui — levamos sua carta para fora das instalações, seguindo o conselho de Sarah-Jane, então pode ficar tranquila que, mesmo que ele volte, entre e tente procurar, não vai encontrar nada. Também apagamos seu endereço do nosso banco de dados. Mas achamos que você deveria saber que ele esteve aqui. Não queremos assustá-la, mas concordamos que seria melhor lhe contar. Podemos confirmar o ocorrido à polícia, se isso ajudar no seu caso.

Por favor, cuide-se e fique em segurança. Sarah-Jane lhe mandou um grande abraço e pediu para eu lhe dizer que está escolhendo alguns livros para ampliar a biblioteca do abrigo. Parece que todos estão lendo mais. Avise-nos se você e Milo quiserem mais livros.

Loveday, Kelly e Madison da Lost For Words

✦ 62 ✦

Casey

Caros Lost For Words,
   Tem tanta coisa para fazer e parece que nunca vai acabar, e eu não consigo dormir nem desligar. Eu não quero...

Casey começa a ir a pé para o trabalho. O hospital não é longe, o caminho é tranquilo e a brisa sopra limpa em seu rosto. Ela diz aos pais que precisa de ar fresco. Quando seu pai se oferece para buscá-la no fim do turno, ela grita com ele, furiosa e ríspida, sem conseguir evitar. Todos esses meses tentando fazer seus pais entenderem que precisam ser cuidadosos e lá vem seu pai, oferecendo-se para pegá-la no hospital depois de ela ter passado até doze horas em uma unidade de Covid-19. Ele não volta a oferecer. Diz que ela não precisa se desculpar, mas ela vê que o magoou. Não diz a ele que não confia mais em si mesma atrás do volante. E nem pensa que, se não se sente segura para dirigir, então não está bem para fazer qualquer uma das tarefas pequenas, mas necessárias, que desempenha no hospital. Porque eles precisam de todas as enfermeiras que conseguirem encontrar.

✦ 63 ✦

Jamie

Caros Lost For Words,
   Alguns dos meus colegas estavam comentando como vocês foram bons em encontrar livros para eles e suas famílias. Talvez também possam me ajudar.
   Sou gerente de supermercado.
   Obviamente, os últimos meses foram... bem intensos. Eu administro uma loja grande, tenho mais de duzentos funcionários e atendemos uma área extensa. Houve muitos desafios (não podemos chamar de "problemas"), mas acho que nós (a equipe da loja) conseguimos lidar muito bem. Meus colegas são incríveis e eu tento apoiá-los ao máximo. E, para alguns de nossos clientes, nós somos as únicas pessoas com quem eles falam — eles vivem sozinhos e, em vários sentidos, nós somos uma tábua de salvação.
   Não estou reclamando de nada. Sinto que tenho sorte em... bem, poder servir, acho, embora esse termo geralmente seja usado para militares, não é? Gosto de estar trabalhando e de ser útil. Alguns de meus funcionários tiveram pessoas próximas que morreram de Covid-19, com muita frequência sozinhas, e nada assim aconteceu comigo. Nem mesmo um nariz fungando. Tenho mesmo sorte. Nenhuma preocupação em relação à minha saúde. Nenhuma preocupação financeira. Estou sendo útil.
   Mas, quando chego em casa, tenho um problema.

No trabalho, vai tudo bem. Sei que estou fazendo o melhor que posso.

Quando chego em casa, preparo alguma coisa para comer, às vezes assisto a algo na televisão (não os noticiários, já ouço o suficiente disso conversando com as pessoas durante o dia) e, quando estou tão cansado que não consigo mais ficar com os olhos abertos, vou para a cama. Durmo talvez uma hora. E aí acordo, totalmente desperto. Começo a pensar em todas as pessoas que vêm à loja, os clientes que baixam a máscara quando tossem e os que não parecem ter a menor noção do que significa dois metros de distância. Penso em meus funcionários, vindo para o trabalho em ônibus com pessoas que talvez estejam doentes. Muitos dos meus colegas estão em situação financeira difícil e tenho receio de que alguns deles possam não declarar sintomas ou não se isolar porque precisam trabalhar horas extras para se sustentar. Muitos dos nossos entregadores são novos e alguns deles parecem cansados, ou como se não soubessem direito o que estão fazendo, e às vezes, quando eles partem com o carro, desejo tê-los parado e lhes dito para descansar um pouco.

Basicamente, quando vou para a cama, começo a me convencer de que há um surto enorme de Covid-19 prestes a acontecer em York e que será minha culpa. Tenho ficado acordado até às quatro da manhã todas as noites nos últimos três meses, e meu despertador toca às seis quase todo dia.

De manhã, estou um pouco melhor. Tomo um banho, me lembro de que, se fôssemos um foco de infecção, alguém teria vindo nos fechar, e sigo com o meu dia.

Tenho pensado que, se vou mesmo continuar acordado por três ou quatro horas todas as noites, talvez seja melhor ficar lendo. Sei que algumas pessoas gostam de podcasts, mas eu escuto gente falando o dia todo e não posso fazer isso a noite toda também.

Vocês podem me ajudar?

Não tive muito tempo para ler desde os meus dias de faculdade, e mesmo então lia principalmente livros de sociologia e psicologia. Mas, agora, um livro talvez seja algo de que eu preciso.
Obrigado,
Jamie

◆

Caro Jamie,
Em primeiro lugar, obrigada por manter o supermercado em funcionamento. Aquelas primeira semanas, em que as prateleiras estavam vazias, foram muito estranhas. Há quatro pessoas na minha casa e nós tínhamos feito um plano de refeições e uma lista de compras, mas foi só quando chegamos a um supermercado que percebemos que não ia ser tão simples assim por um tempo. Não que tenhamos achado que íamos passar fome, mas isso nos fez pensar em quanta coisa parecia tão comum que a gente nem dava valor. Ovos mexidos eram o que a gente costumava comer quando não tínhamos vontade de cozinhar, ou estávamos cansados demais para fazer algo mais interessante. Agora, toda vez que comemos isso, falamos sobre aqueles dias em que não conseguíamos encontrar ovos. Minha mãe acha que devíamos criar umas galinhas, mas imagino que elas são muito mais complicadas do que parecem.
Anexei abaixo uma lista de livros e, se você me disser quais acha que lhe interessam, eu os enviarei para você, em casa ou no trabalho, o que for melhor.
Embora eu esteja administrando uma farmácia de livros aqui, não sou nenhuma profissional da área de saúde, então, por favor, considere o que vou dizer como uma simples sugestão. Você acha que poderia estar sofrendo de ansiedade? Eu sofria disso. Cinco anos atrás, meu amigo mais antigo morreu, e nossa loja pegou fogo, e eu encontrei minha mãe outra vez de-

pois de ficarmos separadas por muito tempo. Os dias passavam normalmente. Havia tanta coisa para fazer. Mas, quando eu ia para a cama, acontecia exatamente o que está acontecendo com você. Eu dormia por uma ou duas horas, mas depois ficava acordada a noite toda pensando se estava fazendo as coisas do jeito que meu amigo faria, e se minha mãe e eu poderíamos mesmo resolver tudo entre nós. Eu genuinamente não poderia ter trabalhado mais do que já estava trabalhando na loja, nem me esforçado mais do que já me esforçava com minha mãe, mas isso não parecia importar durante a noite. Achei que fosse normal, para alguém que estava de luto. E então, uma noite, meu namorado acordou, percebeu que eu estava acordada, e eu desabei e contei tudo a ele.

Ele disse que eu ficaria bem e que seria muito estranho se eu não estivesse achando difícil passar por tudo aquilo. E me convenceu a procurar um médico. Tomei medicação por um tempo. Não vou dizer que melhorei instantaneamente, mas consegui lidar melhor e, quando a ansiedade diminuiu, eu consegui dormir. E, quando consegui dormir, tudo ficou mais fácil.

O que estou querendo dizer é: livros são excelentes e tenho certeza de que esses vão ajudar. Mas talvez haja outras coisas que também poderiam ajudar.

Loveday

PS: O mundo é um lugar horrível neste momento. Seria loucura não sentir isso.

Livros para ler no meio da noite:

None of this is real, *de Miranda Mellis. Esta é uma coleção de contos, portanto é um bom jeito de voltar à ficção. A história do título é sobre ansiedade.*

Nightwalk, *de Chris Yates. Parece que você não tem andado muito ao ar livre ultimamente, então achei que talvez gostasse deste. É um livro sobre natureza, vista à noite. (Eu prefiro a natureza em livros e não ao vivo, e esta é uma leitura muito boa.)*

Livre, *de Cheryl Strayed. Este é um livro de memórias sobre uma jovem em um momento terrível da vida que resolve fazer uma caminhada muito, muito longa pela Trilha do Pacífico. Minha colega Kelly o recomendou para mim. Eu gostei muito do livro e da autora.*

O circo da noite, *de Erin Morgenstern. Realismo mágico não é para todos, mas talvez você goste deste. Todas as coisas importantes acontecem à noite, e ele é bem longo, o que pode ajudar. Quando estou cansada ou desanimada, não quero ter que começar um livro novo com muita frequência. Prefiro um livro longo que vai durar um tempo.*

O caçador de pipas, *de Khaled Hosseini. Um romance sobre sobrevivência e assumir responsabilidades. É em parte sobre estar no lugar certo/errado na hora certa/errada, o que parece ser do que a vida se trata neste momento.*

✦ 64 ✦

Loveday

No sábado seguinte, Madison chega logo depois de Loveday, Nathan e Sarah-Jane, e pega a lista de livros para localizar. Loveday entendeu que era melhor não fazer pressuposições sobre o que Madison sabe ou não sabe, então ela imprime a lista de sugestões de livros e escreve a seção ao lado. Fazer uma menina se sentir burra em relação a livros não é a maneira certa de ajudá-la a se apaixonar pela leitura.

Mas dar livros a ela parece estar funcionando. Madison gostou de *Jane Eyre*, embora tenha algo a dizer sobre homens que mantêm esposas presas no sótão e mulheres que os perdoam por isso. Ela leu o primeiro dos livros de Terramar de Ursula K. Le Guin e pediu o segundo, "mas não agora, tem um monte de coisas de magia e eu não sou dessas pessoas que só leem sobre feiticeiros e bruxas e mais nada". Então, enquanto ela descansa dos feiticeiros, Loveday lhe deu *Na ponta dos dedos*, de Sarah Waters. A primeira linha — "Meu nome, naquele tempo, era Susan Trinder" — foi a última tatuagem que Loveday fez antes que a pandemia tornasse impensável a ideia de um humano se aproximar de outro com tinta e uma agulha zumbindo. Ela assistiu àqueles primeiros dias assustadores de noticiários com uma coceira de cicatrização na escápula esquerda. A TV jogava as imagens de ruas desertas em Wuhan, pessoas usando máscaras em longas filas no aeroporto, repórteres falando direto para a câmera sobre a possibilidade de um lockdown longo, suas vozes tranquilas, mas a expressão nos olhos próxima ao pânico. E Loveday apertava os punhos para não coçar o lugar em que a pele estava cicatrizando. Quando ela vê o noticiário agora, o fantasma daquela coceira está lá.

Porém, Madison não tem nada a dizer quando chega ao trabalho. É tão estranho ela estar em silêncio que Loveday lhe pergunta o que aconteceu. Ela dá de ombros e responde "Um pouco cansada", sem fazer contato visual.

Loveday a deixa em paz. Os livros estão todos separados e embalados no começo da tarde. A vantagem de ter alguém que não é uma leitora habitual trabalhando na Lost For Words, Loveday descobriu, é que ela não interrompe o que está fazendo para ler a contracapa de cada livro que tira das prateleiras.

Nathan e Sarah-Jane já foram embora; a mãe de Loveday examinou todo o espaço, falou sobre portões para manter outras pessoas do lado de fora e não para fazer quem estava dentro se sentir preso, depois se sentou, de repente, em uma pilha de paletes na forma aproximada de uma cadeira. "E já deu por hoje", disse Nathan, e Sarah-Jane riu, e Loveday desejou, uma vez mais, que pudesse ter essa habilidade de Nathan de fazer todos à sua volta se sentirem à vontade.

Loveday tinha comprado rolinhos de canela logo que chegou, então faz chá para acompanhar e se senta com Madison no andar de cima. Kelly está lá embaixo com o notebook, conferindo os pedidos de prescrições que chegaram pelas redes sociais. Madison leva um rolinho de canela para Kelly e Loveday a escuta perguntar se ela precisa de mais alguma coisa. Esse é um grande avanço na relação delas e Loveday não sabe se deve atribuir isso ao poder suavizador da leitura ou ao vínculo produzido por enfrentarem aquele homem horrível na semana anterior.

Quando Madison volta, Loveday lhe diz:

— Tem uma coisa que eu preciso conversar com você. Sobre *O jardim secreto*.

Rosemary tinha sido muito específica quanto à edição que queria dar a George: uma capa com uma menina de cabelos loiros encaracolados, de casaco vermelho e chapéu, inclinada para enfiar uma chave em uma fechadura escondida, com um pisco-de-peito-ruivo a observando de um galho alto. Foi fácil encontrá-la. Era uma edição de 1911, o que Loveday e Madison acharam que fazia sentido, já que era um livro que tinha pertencido à mãe de George quando ela era criança. O problema era o preço, que passava de quatrocentas libras, e o fato de ser um exemplar que parecia que ia se desmanchar assim que George olhasse para ele.

— Encontrei um fac-símile. — Loveday percebe que Madison não entendeu. — É quando os editores reproduzem uma capa antiga de um livro famoso. Basicamente para que pessoas que se lembram dessa edição, talvez de quando eram crianças, possam comprá-la outra vez.

Madison assente com a cabeça.

— Você encomendou?

— Ainda não. É muito mais barata que a original, mas ainda assim é bem rara. Foi publicada na década de 1980, em capa dura, e provavelmente não imprimiram muitos exemplares. Está em bom estado e custa sessenta libras. Rosemary deu a você alguma ideia de quanto pretende gastar?

Madison dá de ombros.

— Não. Será que a gente não pode... dar de presente para eles? A livraria parece estar indo bem.

Ah, a perspectiva de uma adolescente de quinze anos sobre o mundo...

— Talvez eu consiga um desconto do revendedor por ser livreira, e não vou cobrar nada extra, ou seja, não teremos nenhum lucro, o que tudo bem por mim desta vez. Mas, ainda assim, acredito que serão umas cinquenta libras. Não podemos gastar esse dinheiro sem falar com a Rosemary antes.

Isso parece satisfazer Madison.

— O que tem de tão especial nesse livro?

— Nós temos um exemplar — diz Loveday. — Você pode levar para casa hoje, se quiser.

Madison assente com a cabeça.

— Aquele livro que você me deu na semana passada é... grande. E eu não fiquei com vontade de ler esta semana. Minha mãe não para de chorar. Acho que ela pensou que meu pai já teria voltado para casa a esta altura, mas ele só aparece lá para pegar coisas.

— Isso é difícil — diz Loveday.

— É — responde Madison, e sai para procurar *O jardim secreto*.

✦ 65 ✦

Qual é o primeiro livro de que você se lembra?

Imagine uma criança de três anos, amada e mimada pelos avós, e já obcecada por palavras no papel.

Imagine um livro, mais comprido do que grosso, fácil de segurar e carregar, que cria uma paisagem quando é aberto. *Jim and Mary and the rocking horse*, de Sue O'Brian. A criança não conseguia falar o "r" — tinha só três anos —, então pedia por "Jim and Maly and the rocking horse". (A lenda familiar não registra se ela conseguia pronunciar o "r" de "rocking".)

— Lê de novo, vovó.

E a vovó lia. *Jim and Mary and the rocking horse* era sobre um cavalinho de metal em um playground que ganhava vida para Jim e Mary.

A criança se sentia aquecida e confortável no colo da avó e o fato de que já sabia o que ia acontecer com Jim e Mary em cada página só tornava a história melhor.

As palavras se tornaram reconhecíveis. As letras faziam sentido: elas se associavam a sons, a objetos e umas às outras para formar novos sons.

Talvez sua primeira lembrança de um livro, de alguém lendo para você, também venha com uma sensação de sossego, de conforto. Hora de dormir, hora depois do banho, hora cansado-depois-de-brincar...

Se você não tinha livros em casa, ou alguém para ler para você, talvez se lembre de estar sentado em um tapete, no meio dos colegas de classe, enquanto uma professora lia uma história que poderia ser sobre qualquer coisa: lagartas, tigres, uma menina determinada em uma missão...

Ou uma biblioteca, em que os livros favoritos da bibliotecária ficavam com as capas expostas e de fácil alcance.

Fico feliz por você lembrar.

Porque é assim que leitores surgem.

Escritores, às vezes, também.

✦ 66 ✦

Kelly

Agora que Kelly foi visitar seu pai uma vez, a ideia de vê-lo de novo não a deixa em paz. O Zoom não é suficiente, agora que ela bebeu chá no jardim com ele, na caneca que ele sempre lhe dá — aquela que é verde, com rosas desenhadas, e foi um presente de amigo secreto de Natal de um colega da universidade que evidentemente não a conhecia muito bem. Ela a deixou lá quando se mudou porque a detestava. Mas quase chorou quando seu pai a trouxe ao jardim para ela, na última visita. Reparou que ele havia levado para Sarah-Jane a caneca de porcelana sem lascas, colocando-a ao lado dela enquanto ela dormia na rede. Seu pai é um bom homem.

Craig vai fazer uma corrida longa hoje, que será seguida por um longo banho de banheira. Ela adora como eles já sabem tanto sobre as preferências e necessidades um do outro. Ele até já está começando a irritá-la, de vez em quando, embora ela nunca vá ser do tipo que reclama do parceiro para os amigos. Craig não merece isso — ele tem muitas qualidades. Ela gosta dessas irritaçõezinhas do dia a dia. Ele não guarda a escova de dentes, deixa os aparelhos elétricos em standby em vez de tirá-los da tomada e arrota muito. Mas nada disso importa para ela, porque ele também escuta quando ela fala do trabalho, e de livros, e das pessoas que precisam dos livros. Ele se interessa até por Madison. Ele lava a louça e pensa no que fazer para o jantar, embora esteja trabalhando também. Ele a ama. Ele precisa dela. Ele lhe diz que ela é linda e, desde que a pegou encolhendo a barriga e se olhando no espelho, faz questão de passar a mão por seu abdômen e dizer como ela é maravilhosa. Ele também lhe diz o quanto a ama, como ela é importante para ele. Parece quase ter medo de que ela não acredite.

Já que Craig vai correr e depois descansar na banheira, Kelly decidiu ir até Whitby, ver seu pai e voltar a tempo de comprar algo para comer em casa e talvez assistir a um filme. Craig perguntou se ela queria que ele fosse junto. Ele poderia correr amanhã, disse, e é muito tempo para ela dirigir depois de um dia de trabalho. Mas Kelly surpreendeu a si mesma dizendo que não, que ela ficará bem. Lógico que ela quer apresentar Craig a seu pai. Mas ainda não. Tem alguma coisa nesse isolamento, causado pelo lockdown, em que vivem que ela ainda não está pronta para perturbar.

A Lost For Words é um lugar tão feliz quanto é possível ser naquele sábado. Não é só o dia de sol, embora isso ajude. O pensamento de um inverno de restrições, manhãs escuras e tardes frias e nenhum lugar para ir faz o coração de Kelly se apertar de temor. Mas, hoje, tudo parece... estável. Nathan e Sarah-Jane estão ocupados no jardim. Loveday e Madison estão procurando os livros que Kelly lhes pede. Loveday está quieta, mas é do jeito que era comum ela ser quieta, antes da pandemia, Kelly imagina. Ou talvez ela ainda esteja abalada pela morte daquele paramédico.

Kelly notou como a pandemia parece atingi-la de maneiras diferentes em diversos momentos. Em algumas manhãs, parece ser um ato da mais pura imprudência simplesmente sair de casa, e ouvir as notícias faz todo o seu corpo se contrair em uma convulsão de mal-estar e medo. As taxas de infecção e os números de mortos são sufocantes, atordoantes — ela não consegue respirar, não consegue enxergar além de suas mãos trêmulas enquanto se veste. Em outros dias, como este, ela continua consciente de todo o horror que está acontecendo no mundo, mas sente que tem um cantinho onde pode trabalhar e fazer as coisas bem. Ela pensa em Adjoa. Não só fazer bem: fazer melhor.

Há outra coisa boa neste sábado específico. Madison está um pouco mais amistosa. Ela até faz chá para todo mundo e inclui Kelly, em vez de se "esquecer" dela, que é o que acontecia antes. Kelly sempre fez todo o possível para não ligar para o jeito de Madison com ela, mas é difícil lembrar que você é a adulta quando uma menina se comporta tão cruelmente quanto Madison naquele dia em Whitby. Kelly examina os e-mails para ver se deixou passar alguma coisa e depois as redes sociais para conferir mensagens ou comentários que Nathan tenha marcado que precisavam dos conhecimentos de um livreiro. Então imprime os novos pedidos de prescrição de livros, para poder começar a pensar neles e conversar com Loveday a respeito.

Embora Kelly dê um pulo toda vez que ouve o som de alguém à porta, não há sinal do marido de Jennifer. Depois que eles escreveram para Jennifer, a polícia veio e colheu depoimentos sobre a visita de David, e pediu que Loveday e Kelly confirmassem a identidade dele.

Loveday e Nathan instalaram uma campainha inteligente com Wi-Fi embaixo do balcão improvisado na porta, com extensões no andar de cima e nos fundos da loja, para funcionar como um botão de pânico. Se pressionado, todas virão para a frente da loja imediatamente. Isso fez Kelly se sentir mais segura, embora ela não tenha certeza, objetivamente falando, se três livreiras seriam muito mais úteis do que apenas uma contra alguém realmente determinado a lhes fazer mal.

— Você precisa de mim para mais alguma coisa? — pergunta Madison.
— Está tudo arrumado. A Loveday disse que eu posso ir embora mais cedo, mas... — Ela dá de ombros.

Até onde Kelly sabe, são apenas Madison e a mãe dela em casa. A Kelly de quinze anos teria dado tudo por isso. Mas ela também se lembra de como era, só ela e o pai, vagando por uma casa que tinha ficado grande demais com o luto depois que sua mãe morreu. Ser a filha única de um pai ou mãe solo pode ser difícil.

Kelly balança a cabeça.

— Não, eu também praticamente já acabei. Vou para Whitby ver meu pai, acho.
— Certo.

Kelly pensa em Adjoa e decide não fazer pressuposições apressadas. Talvez Madison não desgoste dela. Talvez só esteja passando por tempos difíceis.

— Você quer ir comigo? Se não tiver outros planos.

Madison emite um som entre um grunhido de desdém e uma risada.

— Planos? O que é isso?
— Tem razão. Não sei o que passou pela minha cabeça.

— Eu podia visitar a Rosemary e o George — diz Madison, olhando-a de um jeito que sugere que Kelly talvez pudesse recusar. — Preciso falar com a Rosemary sobre uma coisa que a Loveday me pediu.

— Se a sua mãe deixar, tudo bem por mim.

Kelly e Madison não falam muito no caminho para Whitby. Kelly dá seu celular a Madison para ela escolher alguma música, então a garota passa um longo tempo olhando o Spotify — Kelly imagina que suas opções de playlists de pós-britpop, indie rock e podcasts sobre feminismo e história não agradam — e acaba pondo uma playlist de Taylor Swift. Entre a pandemia e as coisas sobre as quais ela e Craig conversam (preparo físico, a melhor maneira de ir para Londres, pubs em York que eles costumavam frequentar na adolescência), Kelly vem tomando consciência de que está envelhecendo. Aos trinta anos pode não ser velha, mas ela não consegue mais sentir a ambição que acha que tinha, antes da pandemia e de Craig. Está menos animada para terminar seu doutorado. Vem pensando na ideia de ter um bebê. Se for fazer isso, ela não pode esperar demais. Não quer ser uma mãe velha. Quer um filho que tenha uma mãe que vai estar presente por um tempo razoável na vida dele. E um irmão para dividir a carga também, quando Kelly ficar velha. Não que ela veja seu pai como um peso. Mas teria sido bom ter uma irmã ou um irmão para compartilhar suas preocupações nos últimos meses.

Ao seu lado, Madison está olhando pela janela.

— Está tudo bem? — pergunta Kelly.

Há uma pausa, e então Madison diz:

— O carro da Loveday é melhor do que este.

Kelly sorri consigo mesma. Parece que está tudo bem.

✦ 67 ✦

George, 2005

A aposentadoria torna-se um assunto discutido cada vez mais regularmente entre George e Rosemary, e não só porque está ficando mais próxima. Em uma noite de quinta-feira, quase no fim do semestre de outono, enquanto estavam sentados no sofá, George massageando os pés de Rosemary, ela diz:

— George, acho que já chega para mim.

Ele quase faz uma piada sobre ter acabado de começar a massagem, mas há lágrimas nos olhos dela.

— Eu sei, meu amor — diz ele.

Ela é diretora da mesma escola há quase uma década, e não tem sido fácil. Toda vez que ela deixava a escola do jeito que queria, "no ponto", como ela diz, alguma coisa mudava. Uma greve, ou um novo currículo totalmente equivocado vindo das altas esferas, o que levava a uma greve; professores em longas licenças médicas ou abandonando a profissão; uma escassez de professores que obrigava Rosemary a entrevistar recém-formados torcendo para que eles a escolhessem, em vez de ela decidir se deveria ou não os escolher. George notava como sua esposa reclamava mais. Os alunos estavam ficando mais indisciplinados e seus pais, mais exigentes. A pobreza afetava muitas das famílias de alunos de Rosemary.

Ela balança a cabeça.

— Algumas coisas que ouvi na reunião com os professores esta manhã me fizeram lembrar de histórias dos meus pais.

George sabe o que ela quer dizer. Os pais de Rosemary tinham começado a vida juntos no East End de Londres logo depois da guerra, quando a mãe de Rosemary distribuía folhas de chá no fim do culto e as mulheres as enfiavam na bolsa sem fazer contato visual, como se aceitar caridade fosse vergonhoso.

— Tem uma família que está fazendo palmilhas para os sapatos dos filhos com pedaços de tapete, porque não tem dinheiro para mandar arrumá-los. Há tantas crianças que só têm uma refeição quente na escola. E eu supostamente tenho que me preocupar com as notas que elas tiram nas provas.

George balança a cabeça. Ele não suporta pensar em crianças com fome e em seus pais com mais fome ainda.

— Eu sei, meu amor.

O cargo de George como chefe do departamento de matemática começou a perder a graça também. Ele sempre amou seu trabalho, mas esse cargo é cada vez mais de administrador, solucionador de problemas e frequentador de reuniões. Tirando seu grupo de alunos que estão se preparando para as provas para a faculdade, ele só dá aulas quando outro professor fica doente, ainda que isso seja mais frequente, com o estresse cobrando seu preço. Um ano atrás, um novo diretor tinha vindo para a escola de George, sem nenhuma experiência em educação, algo de que ele parecia se orgulhar, e com a meta declarada de administrar a escola com a eficiência de uma empresa. E George não consegue entender a lógica disso. Ele quer colaborar com o diretor, afinal sempre foi leal, focado no trabalho e nunca se envolveu nas políticas ou alpinismos sociais da sala dos professores. Mas não há nenhuma analogia com empresa — e o novo diretor tem muitas — que pareça aceitável a George. Suas classes não são linhas de montagem. Seus alunos não são produtos. As notas nas provas do seu departamento, embora sempre excelentes, não são uma demonstração de resultados, como o diretor as considera. Notas não são tudo o que importa. George se interessa por seus alunos como indivíduos. Sempre foi assim. Ele quer que o aprendizado deles seja significativo e útil. Se alguém que tem a expectativa de ser reprovado — que não tenha autoconfiança, ou incentivo — conseguir tirar um D em vez de um F, George fica feliz. Mas seu trabalho agora é fazer alunos com uma expectativa de D passarem a C, e de B para A. Não há valor, em termos das notas escolares, em passar de

E para D, ou de C para B. Depois de um ano de conflitos, George parou de tentar convencer o diretor, mas não tem nenhuma intenção de mudar suas práticas de ensino.

Rosemary o cutuca com os dedos dos pés.

— No que você tanto pensa? — pergunta ela.

George respira fundo.

— Eu só estava pensando... que talvez seja hora de pararmos de lecionar.

Rosemary suspira e George fecha os olhos. Pode ser que ele tenha julgado mal. Mas ela diz:

— Imagino que tenhamos que continuar até o fim do ano, não é? Ou é só não ir mais amanhã? — Ela ri. Então ri ainda mais quando vê a expressão surpresa de George.

— Acho que devemos concluir o ano — responde ele, com um sorriso e, dentro de si, sente como se algo que estava apertando seu peito relaxasse. — Mas podemos começar a planejar agora.

✦ 68 ✦

Rosemary, agora

George está dormindo no sofá quando alguém bate na porta da frente. Rosemary, que poderia estar cochilando em sua cadeira de leitura, se esse fosse o tipo de coisa que fizesse nos fins de tarde, demora um instante para reconhecer quem é a menina que está ali. Máscaras tornam essas coisas difíceis.

— Eu sou a Madison — diz a visitante —, da livraria.

— Ah, sim! Entre, entre. — E Madison entra, e elas já estão na cozinha antes de olharem uma para a outra e perceberem o que acabaram de fazer. — Força do hábito — diz Rosemary. — Vá por ali e saia para o jardim. Eu já encontro você lá com algo para beber. Chá? Café? Algo frio?

— Não precisa de nada, obrigada — responde Madison.

Ela tem um ar abatido, Rosemary percebe. É o rosto de uma menina que está carregando preocupações demais.

— Nesse caso, vamos lá.

Rosemary escuta a explicação séria de Madison sobre edições antigas e fac-símiles e assente com a cabeça.

— Sim — diz Rosemary —, sim. Por favor, podem encomendar para mim. Eu vou lhe dar um cheque antes de você ir embora. — Ela não imagina um uso melhor para cinquenta libras. A ideia de que será o último presente que dará a seu marido a domina, aperta seu peito e a deixa sem ar. Repara que Madison está olhando para ela com ansiedade e engole o nó na garganta. — Logo vai ser o aniversário dele. Isso vai deixá-lo tão feliz.

Madison assente com a cabeça.

— Meu aniversário foi durante o lockdown. Foi uma mer... — Rosemary se controla para não rir quando Madison quase fala a palavra, mas perde a coragem. — Foi ruim. Todos os meus presentes vieram da Amazon e minha mãe deixou nas caixas para eu abrir, porque falou que sair para comprar papel de presente não era essencial. E ela fez um bolo para mim, mas ela não é muito boa na cozinha, e não tinha tudo que precisava. Assadeira de bolo, ovos, essas coisas...

— Foi legal da parte dela tentar — diz Rosemary.

Ela sempre foi de comprar pronto. Passou a infância vendo sua mãe assar, porque as Senhoras da Igreja não ficariam impressionadas se ela não fizesse assim, e isso havia tirado todo o seu desejo de fazer bolos e biscoitos, uma vez que podia comprá-los em uma loja. Ela prefere ler, ou cuidar do jardim. Então, é isso que faz.

Madison dá de ombros e diz:

— Eu também li esse livro.

— *O jardim secreto*? O que você achou?

— Ah... — E Rosemary percebe que Madison está quase explodindo com a necessidade de falar. Se ela fosse professora de Madison, estaria pensando: *Consegui, rompi a barreira*. — Eu sei que é no passado e tudo mais, e as coisas eram diferentes, mas achei racista, sabe? O jeito que eles falam dos servos na Índia. Quer dizer, muitas vezes as coisas que chamam de "clássicos" são assim. Racistas. Ou sexistas. A Loveday me deu um livro sobre um homem que tranca a esposa no sótão porque não era possível se divorciar na época, e aparentemente milhões de pessoas leram isso.

Rosemary assente com a cabeça.

— O mundo mudou muito, mesmo no meu tempo, e em grande medida para melhor. Mas você gostou de *O jardim secreto*?

— Gostei. Mas eles são horríveis com aquela menina Mary. Dizer que ela é feia e magra demais é tão ruim quanto o bullying com pessoas gordas. E ficam ignorando ela. E aquele menino... Só dizem que ele é doente e trancam ele em um quarto. Lógico que ele vai ficar doente assim, qualquer um ficaria.

Rosemary espera. Ela sente que ainda vem mais.

— Na verdade, as crianças são melhores que os adultos. Elas são bem legais umas com as outras. Os adultos estão ocupados demais com seus próprios problemas para se importar.

Rosemary sorri.

— Então você não gostou muito, não é?

— Aí que está. — Madison suspira. — Eu gostei. Gostei bastante até. Senti que não deveria. Mas tive vontade de ler de novo assim que terminei.

— De que partes você gostou?

— Gosto de como a Mary não sabe nada e aprende sem nem perceber. Gosto de como tudo melhora no fim. Me faz pensar quê... — Madison gesticula, um movimento amplo do braço, e baixa a cabeça, então Rosemary entende o que ela não está dizendo: "Este livro me faz pensar que é possível as coisas melhorarem."

— Sim — diz Rosemary.

Ela e George tiveram seu tempo com seu jardim, e ela sempre será grata, embora não consiga imaginar como vai poder cuidar de tudo isso sem ele. Se tivesse a opção de trancar o portão e deixar o jardim ao deus-dará, provavelmente o faria.

— Eu gosto — diz Madison — de como todas as crianças entendem melhor o que está acontecendo do que os adultos.

Rosemary, para sua surpresa, ri.

— Eu era professora — diz ela — e sei por experiência própria que isso é verdade.

Madison para de mexer nos punhos do moletom e olha para o mar. Rosemary tenta ouvir se há algum som de George, mas tudo está quieto. Espera que ele esteja descansando. Suas noites parecem cada vez mais inquietas.

E então, Madison diz:

— Se os alunos na sua escola soubessem umas coisas, você ia querer que eles contassem?

— Sempre — responde Rosemary, sem hesitar. Ela deixa de fora o que quase ia dizer, que jovens da idade dela não são tão crescidos quanto pensam, porque sabe que isso não vai ajudar. Em vez disso, depois de um momento em que parece que Madison não vai dizer mais nada, ela continua: — Acho que qualquer adulto diria o mesmo. Jovens têm bons instintos.

— É. — Madison se levanta com uma facilidade que Rosemary nem se lembra de um dia ter tido. — Nós temos. — Ela olha ao redor do jardim. — Plantas são legais. Nunca prestei atenção nisso antes. Mas as suas são... pode ser bobo dizer isso, mas elas parecem felizes.

— Estamos aqui há muito tempo — diz Rosemary. — Jardins não podem ser apressados.

— Elas só precisam ir crescendo, acho — diz Madison.

— Isso mesmo.

Rosemary fecha os olhos e pensa em todas as crianças para quem lecionou. Que espaço elas ocupariam? Uma centena de pátios de escola? Mil ônibus escolares? Rosemary não engana a si mesma pensando que teve uma imensa influência sobre todas elas. Mas sabe que teve sobre algumas. Ela era boa. Era capaz. E fez uma diferença positiva.

— Mas foram vocês que cuidaram para que elas crescessem — diz Madison.

Aparentemente sem se dar conta do dano que está causando, ela arranca uma folha do vidoeiro-branco e a examina. Rosemary disfarça seu sorriso. No silêncio, pensa em George, dormindo.

Ela e George fizeram este jardim.

Talvez ela esteja à altura do que virá pela frente. Ela não quer estar — ela quer se deitar e morrer quando George se for —, mas essa não é a questão. Precisa fazer o que eles sempre fizeram. Adaptar-se. Criar um novo lugar quando o velho já não lhes serve.

Madison larga a folha, com uma súbita consciência, ao que parece, de que está destruindo a própria coisa que está admirando.

— Isso vai ser estranho? Dar plantas daqui para a livraria?

— Ainda será o nosso jardim — diz Rosemary. Ela sabe que não está respondendo de fato à pergunta. — Mas nós não vamos poder cuidar dele para sempre.

Uma das melhores coisas nos jovens, Rosemary sempre achou, é o jeito que eles aceitam os velhos como velhos. Se ela dissesse para Loveday que achava que não poderia cuidar do jardim, Loveday teria oferecido ajuda e tentado encorajá-la. Não é nada disso que Rosemary precisa. Ela precisa saber que, quando estiver sozinha, não estará sobrecarregada com tudo o que não pode mais fazer.

✦ 69 ✦

Max e Kate

Caros Lost For Words,
    Vocês poderiam sugerir alguns livros para nossos adolescentes lerem? Agora que não podemos ir à biblioteca (estamos nos isolando), sentimos falta de boas recomendações. Gostamos especialmente de livros com mulheres fortes e/ou romances em que gênero não seja algo que faça diferença. Isto talvez pareça exposição demais, mas não seria uma surpresa para nós se um de nossos filhos fosse transgênero e queremos que eles tenham pelo menos alguma sensação de um mundo que os acolha e/ou um mundo em que o gênero não seja um problema. Não estamos procurando especificamente por personagens transgênero. Apenas alguma história que mostre que está tudo bem ser diferente.
    Com nossos agradecimentos,
    Max e Kate

✦

Caros Max e Kate,
    Será um prazer ajudá-los. E, embora vocês não tenham pedido minha opinião ou palpite, realmente acho que seus filhos são muito sortudos por terem vocês. Talvez eles ainda não percebam isso agora, mas um dia vão perceber.
    Seguem algumas sugestões abaixo. Avisem quais lhes parecem interessantes ou que não tenham lido ainda e nós os enviaremos a vocês.

Alguns desses são livros para adultos, mas eu diria que são bastante acessíveis para adolescentes e, de qualquer modo, talvez vocês dois gostem.
Um grande abraço,
Loveday

A mão esquerda da escuridão, *de Ursula K. Le Guin. Este livro aborda temas como sexo, gênero e androginia, e, mais importante, é uma história muito envolvente.*

Os romances da série Graceling, *de Kristin Cashore. Essa série é ambientada em um mundo em que algumas pessoas nascem com dons especiais. Os personagens são cheios de vida e energia e as relações são muito autênticas. Eu gostaria de ter lido isso quando adolescente.*

A longa viagem a um pequeno planeta hostil, *de Becky Chambers. É uma espécie de ópera espacial. Todos a quem eu recomendo este livro adoram.*

Com amor, Simon, *de Becky Albertalli. Um menino de dezesseis anos tenta lidar com a escola, as amizades e a revelação de sua homossexualidade.*

Uma família de mentirosos, *de E. Lockhart. Envolvente e cheio de reviravoltas. Vocês terão que prometer que não vão contar o final até que todo mundo tenha lido!*

✦ 70 ✦

Kelly

Madison está esperando Kelly vir buscá-la no lugar em que comeram batatas fritas da última vez, conforme combinado. Mas o food truck não está lá e, quando Kelly lhe pergunta se ela quer tentar encontrar algo para comer em outro lugar, Madison olha para ela e responde:

— Acho melhor só irmos embora.

— Está bem. Vamos, então.

Mas, quando elas entram no carro, assim que Kelly gira a chave na ignição, Madison diz:

— Não é bom contar uma coisa ruim para uma pessoa quando ela está dirigindo, certo?

— Certo. — Kelly vira para Madison, que está olhando para as mãos entrelaçadas no colo de um jeito estranhamente recatado. Madison tende a preferir uma posição mais desleixada. — Muitas vezes eu tive a sensação de que tinha alguma coisa que você queria me dizer. Este seria um bom momento?

Madison faz que sim com a cabeça e uma lágrima rola pelo seu rosto.

— Sabe o Craig? Seu namorado?

— Sim? — Kelly mantém os olhos à frente. Sente o coração na garganta. Suas mãos estão no volante, apertadas, imóveis.

Madison começa a chorar.

— Eu olhei as fotos no seu celular, mesmo eu já sabendo. Queria ter certeza. Foi quando você achou que eu estava escolhendo uma música.

— Não sei do que você está falando.

Mas Kelly sabe. Ou, pelo menos, sabe que algo ruim está por vir. Essa consciência sobe como passos gelados por sua espinha.

Ao seu lado, escuta Madison respirar fundo.

— Ele é meu pai. Minha mãe e eu não sabíamos que ele tinha uma namorada até ele ir embora para morar com você.

— Mas isso é...

Pelo canto do olho, Kelly vê que Madison está imóvel. Lógico. Está esperando. Ela deu a notícia para Kelly, e agora não sabe o que vai acontecer.

Nem Kelly.

Ela fecha os olhos.

Ah, meu Deus... Ah, meu Deus... Isso não...

Kelly se sente — e, ah, ela vai sentir vergonha por isso depois — do jeito que se sentiu no dia em que soube que sua mãe morreria em breve. Que seria neste dia, ou no próximo, que não adiantava mais ter esperanças.

A sensação é uma mistura de estar caindo, de se debater, de pânico, e, ao mesmo tempo, de resignação, de uma tristeza já muito profunda, embora ela saiba que ainda não foi atingida pelo pleno impacto daquilo.

Ela respira fundo.

Deve ser um engano.

Mas não pode ser um engano.

— Madison... Eu não sabia.

— Imaginei que você não soubesse. — A voz de Madison é trêmula, cheia de um alívio choroso.

Mesmo em meio à sua própria dor, Kelly consegue imaginar o peso que deve ter sido tirado da garota. Mas nem precisa imaginar. É ela quem está carregando o peso agora.

— Quer dizer... — Kelly está com dificuldade para organizar as palavras em uma frase, do mesmo jeito que seu coração está lutando para organizar seus sentimentos. Angústia, negação, pânico, amor... todos estão competindo dentro dela. — Quer dizer, eu não tinha a menor ideia de que ele tinha esposa e filha. Não apenas não sabia que você é filha dele.

— Mesmo? — Madison se vira para encará-la. — Eu achei... mesmo você não sabendo que eu...

— Não.

É então que Madison explode em lágrimas, um choro sonoro e furioso.

— Então ele finge que a gente não existe?

É pior ainda, pensa Kelly. *Ele tentou me convencer a não dar importância para você, a ficar longe de você.* Mas ela não diz isso. Engole o choro e, quando Madison se acalma um pouco, pergunta com a maior delicadeza possível:

— Podemos ir?

A viagem de volta a York é quieta. Madison sentada no carona e Kelly ao volante, ambas em silêncio. Uma ou duas vezes, Kelly sente que deveria dizer algo, mas tem medo de que, se abrir a boca, ou vai começar a chorar ou dirá alguma coisa que não vai ajudar em nada. Seus pensamentos se dividem igualmente entre "Por que você teve que me contar isso?" e "Por que você não me contou isso antes?". Quando deixa Madison na rua onde ela mora, que não é de forma alguma tão fora de York quanto Craig a fez acreditar, ambas murmuram "desculpa" uma para a outra, ao mesmo tempo. Kelly pensa, enquanto Madison se afasta, que devia ter lhe dito que ela não tem nada para se desculpar. Não é culpa de Madison que seu pai — o namorado de Kelly! — tenha feito isso.

Quando chega em casa, Kelly estaciona e fica sentada no carro para pensar no que vai dizer a Craig. Esse é o seu plano, pelo menos. Deixou aquilo tudo de lado um pouco para poder dirigir de volta a York.

Agora, a incredulidade e a mágoa crescente desabam sobre ela outra vez.

Craig não mencionou nada sobre uma ex-esposa, quanto mais sobre uma esposa atual, ou uma filha que fosse parte de sua vida.

Quer dizer, tem a história dele sobre uma gravidez, um relacionamento que avançou rápido demais e uma criança — que ele não citou o nome — que ele não vê mais. E que ele tinha levado Kelly a acreditar que havia ocorrido muito, muito tempo atrás. Ele definitivamente não mencionou que não vê mais a filha porque abandonou ela e a mãe para vir morar com Kelly, dois meses atrás.

Em algum lugar dentro dela há um desejo simples de que Madison tivesse ficado de boca fechada. Ou nunca tivesse ido à Lost For Words. Uma parte dela também sussurra que nada disso é culpa de Madison. E mais: que não se deve culpar mulheres pelo que homens fazem. Não se culpam os filhos pelo que seus pais fazem.

As mãos de Kelly tremem. É como se algo a sufocasse, seus olhos ardendo. Sente-se enjoada. Pensa em filmes com pessoas furiosas que apertam a buzina do carro sem parar como uma maneira de expressar a raiva. Isso sempre pareceu um pouco teatral demais para Kelly. Mas agora ela entende. Não tem a ver com alertar o mundo. Tem a ver com fazer um barulho que seja mais alto do que a própria dor.

Ela poderia ficar ali para sempre se Craig não tivesse olhado pela janela, visto que ela estava lá, vindo para a rua e aberto a porta do carro, com uma mesura teatral.

— Minha doce senhora. Bem-vinda ao lar.

Ele está olhando para ela com a inocência de um...

Ele está olhando para ela, doce como...

Não, Kelly está realmente sem palavras.

Ela quase fecha a porta do carro outra vez e se tranca ali. Talvez no escuro tudo faça mais sentido. Talvez seu cérebro consiga pegar todas as coisas que Craig disse e fez e inseri-las em um padrão em que tudo seja um horrível mal-entendido, uma coincidência maluca.

Mas então ele diz:

— O que aconteceu? Kelly?

E há aquele ligeiro vacilo em seu olhar que diz a ela que ele sabe que foi descoberto. E Madison viu as fotos em seu celular. E Kelly sabe que deve acreditar em mulheres, em especial naquelas que estão obviamente sofrendo.

— Não quero falar sobre isso na rua — diz ela. Um minuto atrás, teria dito que não queria falar sobre isso e ponto-final. E teria sido o mais próximo da verdade. Mas não há como evitar isso.

Eles entram, em silêncio.

Kelly se senta à mesa de jantar — a que se tornou a mesa de trabalho de Craig, embora ele faça questão de recolher todos os seus papéis no fim de semana. Ele se senta também. Seu rosto está pálido. Kelly se lembra de algo que leu — talvez tenha sido em um romance de Ian Rankin — a respeito de como saber se alguém é culpado de um crime: quando a pessoa é presa e colocada em uma cela, está sempre calma, pois sabe que acabou. Pode negar tudo quando é confrontada, mas, quando a porta se fecha e ela fica sozinha, apenas se senta e espera. É a pessoa inocente que anda de um lado para o outro e se enfurece em uma cela de prisão, que chora e protesta quer haja ou não alguém vendo ou ouvindo.

E, agora, o joelho de Craig está se movendo de encontro à perna da mesa, fazendo-a balançar. Ele faz isso quando está estressado. É uma das coisas que irritam Kelly. Ela sente uma fisgada no peito. Eles se conhecem suficientemente bem para ter coisas que irritam o outro. Ele odeia quando ela larga xícaras de chá inacabadas por toda parte, e até começou a colocá-las ao lado da pia para ela ver quantas largou durante um fim de semana. É de um jeito brincalhão, mas, na última vez em que ela viu a pilha de xícaras, pensou: *Esta é uma coisa sobre a qual discutiremos pelo resto da vida*. E tinha sentido ao mesmo tempo afeto e tristeza. Mal sabia ela. Sabe que ficará triste depois. Mas agora, deliberadamente, ela convida sua raiva a aflorar. É a única maneira de conseguir enfrentar isso.

— Eu estava pensando — diz ela — sobre o conselho que você me deu para ficar longe da Madison. Eu achei que você estivesse tentando me proteger. Mas não estava, não é?

Ele balança a cabeça.

— O que você tem que entender, Kelly... — começa ele.

— O que eu tenho que entender — corta ela, incorporando Elizabeth Bennet de *Orgulho e preconceito* — sou eu que decido. E o que eu entendi hoje, quando uma adolescente magoada finalmente me contou a verdade sobre o homem que eu amo... — Ela pensa em corrigir para "amava", mas não pode, não ainda. O fato é que está sendo sincera e, ah... ela o ama. Isso inflama sua raiva e sua dor. — O que eu entendi é que você mentiu para mim desde o começo. Você nunca, nunca me disse que era casado. Ou mesmo que já tinha sido casado. Nunca mencionou uma filha. Quando se mudou para cá, você não disse que tinha deixado a sua esposa naquela manhã. *Naquela manhã*, Craig.

Ela esconde o rosto nas mãos. Ele apoia as dele nos braços dela, a forma deles de sinalizar que querem dar as mãos. Mas ela o afasta.

— Quando eu conheci você — diz ele, e ela não o encara, contendo o impulso de cobrir os ouvidos com as mãos. — Quando nós nos conhecemos, admito, eu estava procurando por... diversão. Estava escrito isso. No meu perfil no aplicativo de relacionamentos.

— Sim, estava. Logo embaixo de onde você colocou "solteiro".
Craig respira fundo.
— Sim. Eu não queria complicar as coisas.
— É? E como está funcionando?
Craig encara as próprias mãos.
— Meu casamento já estava praticamente acabado fazia tempo. Eu soube que a Jo teve um casinho com um colega do trabalho, ela meio que me contou. Não fazíamos sexo havia... meses... mas não era só isso. Não parecia mais que a gente gostava um do outro.
Ele faz uma pausa. Kelly o conhece suficientemente bem para saber que está esperando que ela diga alguma coisa. Para facilitar. Ela apoia os pés contra as pernas da cadeira e pensa na expressão brava e magoada de Madison.
— Ah, que peninha de você.
— Nós não tínhamos nada em comum. E a Madison... ela não é fácil.
— Ele dá uma risadinha. É um convite.
Ah, mas Kelly não vai cair nessa.
— Você está tentando culpar uma criança pelo fato de ter feito um perfil em um aplicativo de relacionamentos e não ter mencionado que era casado? Por ter se mudado para cá sem me contar sobre a sua família?
— Lógico que não. Só estou tentando explicar. Kelly, eu... eu estava solitário. Procurando um pouco de... diversão. Não pensei que as coisas iam acabar... nisto. Não achei que fosse conhecer alguém como você. E muito menos me apaixonar desta forma.
— Por que namorar? Por que não só... transar?
— Porque não era o que eu queria. Eu queria algo... — Ele balança a cabeça. — Não sei o que eu queria. Mas, depois que conheci você, isso se tornou irrelevante. Porque, então, eu só queria você. Antes da pandemia, eu estava pensando em deixar a Jo. Nós tínhamos até conversado sobre isso. Mais ou menos.
— Ela concordaria com isso?
— Ah, ela diria que nós brigamos por causa disso. — Craig dá de ombros. — Se eu não tivesse me apaixonado por você...
Ah, ela não vai admitir isso *mesmo*.

— Então agora é minha culpa? Já ouvi você culpar três mulheres até agora pelo fato de ter mentido para mim e continuar mentindo. Sua esposa, sua filha e sua... o que quer que eu seja. Namorada idiota. Ex-namorada que finalmente descobriu a verdade.

Kelly ergue o olhar e vê Craig levantando as mãos em um gesto de "por favor, me escute". Ela está chorando. Não dá para evitar. As lágrimas são quentes em seu rosto e seu estômago se revira.

— Eu não estou dizendo que agi certo. Eu só... eu amo você, Kelly, e fiquei um pouco transtornado, acho, no lockdown. A Jo e eu não estávamos nos falando, e a Madison não saía do quarto a não ser que fosse necessário. Eu ficava pensando: *Esta é a minha vida*. — Kelly não olha, mas sabe que ele também está chorando agora. — Todas aquelas pessoas morrendo todos os dias, e outras pessoas de luto por elas... Pensei que, se eu morresse, me arrependeria de não estar com você.

Kelly vira o rosto e solta o ar em uma longa e lenta expiração que ela imagina se dissolver na atmosfera à sua volta. Pessoas boas fazem escolhas ruins. Ela nunca duvidou que Craig a ama, e acha que está certa quanto a isso. Pensa em sua tese de doutorado. Todos aqueles homens medianos e aquelas mulheres brilhantes que ficaram atrás deles, ou ficaram de lado por causa deles... Uma partezinha de seu cérebro diz: "Pelo menos agora você vai poder terminar seu doutorado. E aí você vai poder ir para qualquer lugar, fazer qualquer coisa."

— Se eu pudesse começar tudo de novo — diz Craig —, faria diferente. Do jeito certo. Eu enfrentaria o fato de que meu casamento estava acabado. Sairia de casa. E depois conheceria você. E, em nosso primeiro encontro, eu contaria sobre a Jo. E sobre a Madison.

Kelly olha para Craig. Ela acredita nele. Acredita mesmo. Mas...

Suas lágrimas pararam de cair e se juntaram em um nó na sua garganta.

— Por favor, Kelly.

— Por favor o quê? — consegue dizer ela.

Ah, como ela ama esse rosto... E será que ela realmente não sabia? Será que nunca desconfiou do fato de jamais ter ido à casa dele, de seu histórico amoroso pequeno, sem nada de significativo desde os vinte anos? De sua dedicação à carreira que fez com que ele nunca tivesse se comprometido de fato com um relacionamento, quando ele nem parecia gostar tanto assim do trabalho?

— Por favor, me deixe tentar. Eu... eu vou sair daqui, e sair de... — Kelly percebe que ele se controla logo antes de dizer "casa". — Da casa da Jo, e vou procurar um apartamento, se você não me quiser aqui. Posso arranjar um lugar para alugar por uns seis meses. Vou me divorciar. Quer dizer, vou fazer isso enquanto me mudo para outro lugar. Já vou começar amanhã. Eu ia fazer isso de qualquer jeito.

Ela quase cede.

Então Kelly se lembra dos livros que Loveday lhe deu. Cada um deles com uma mulher em um mundo cheio de circunstâncias contra ela; uma mulher que mantinha a fé em si mesma, o que quer que o mundo lhe dissesse.

— Olha, Craig... Peça o divórcio, se você quiser. Acho que você deve isso à sua esposa. E, na próxima vez que começar a sair com alguém, seja honesto desde o início.

Ela sente uma onda de afeto — sim, afeto — por Madison, vendo as dificuldades da mãe em casa, o pai repentina e inexplicavelmente ausente, e indo para o único lugar onde imaginou que ele poderia estar. E então, passando semanas ouvindo Kelly falar de Craig.

— Não quero sair com ninguém. Quero ficar com você. Eu estava com medo...

— Eu até entendo. Mas o jeito que você agiu comigo foi horrível, e o que fez com sua esposa e sua filha foi imperdoável. Eu não quero mais nada com você, Craig.

Ele começa a chorar pra valer, limpando o nariz nas mãos. Ela não consegue ver aquilo.

Kelly fecha os olhos, abre-os de novo, levanta-se e passa por ele. Vai para o quarto — seu quarto outra vez, não mais o quarto deles — e esvazia no chão as gavetas de Craig e seu espaço no guarda-roupa, depois empurra a pilha inteira para fora do cômodo, para ele recolhê-la dali. Craig a seguiu e está olhando das roupas no chão para ela, como se não conseguisse acreditar que ela fez o que, para ela, parece ser a única ação possível.

— Vá embora — diz ela. — E nunca mais apareça aqui. Se você aparecer, eu vou prestar queixa.

Ela não sabe a quem poderia prestar queixa sobre ele, ou sob qual alegação, mas ele não está em posição de questioná-la agora.

— Eu te amo — diz ele.

Ela engole algo que é mais náusea do que amor.

— Se você deixar alguma coisa, eu vou jogar no lixo.

— Kelly, eu te amo.

— Não estou nem aí — rebate ela. — Vou ficar no quarto enquanto você não for embora. Deixe a sua chave em cima da mesa de jantar. Leve tudo, porque você não vai voltar.

— Mas...

É lógico que ela se importa. Mas acha que tem direito a essa única mentira. E haverá tempo para pensar no quanto o ama depois que ele tiver ido embora.

Kelly tira os sapatos e deita na cama. Não tem intenção de se despir enquanto Craig estiver em sua casa. Esta manhã, ficou andando só de calcinha, tomando chá e tentando se lembrar das roupas que ainda lhe serviam, para não ter que se convencer a não comer o rolinho de canela no trabalho, enquanto Craig a observava da cama, deitado com as mãos atrás da cabeça. E ele lhe disse que ela era linda. E ela riu e falou "obrigada" e disse que ele era bonito também. Ela fez uma reverência, que eles concordaram que não fazia sentido em uma pessoa só de calcinha.

Esta noite, a chance de ela se despir com Craig ainda no apartamento é a mesma de se despir no meio da rua.

Ela puxa o edredom e pega o livro *Tudo sobre o amor*, de bell hooks, na mesinha de cabeceira. Mas não consegue se concentrar. Lógico que não. Está angustiada demais, e não quer chorar até ele ter ido embora. E também há o fato de que ela já sabe tudo o que quer saber sobre amor por agora. Está cheia disso.

E está com calor. Tanto calor.

✦ 71 ✦

Casey

Caros Lost For Words,
 Há tanta coisa para fazer, e parece que nunca vai acabar, e eu não consigo dormir nem desligar. Não quero nenhum livro em particular. Só quero...

A princípio, quando seu amigo Will — um paramédico — morreu, Casey tinha pensado que não havia como piorar. Ele tinha enviado fotos de sua bebê recém-nascida no grupo do WhatsApp. Saiu de casa para manter a família em segurança. Os três dias depois que ele morreu foram os piores dias de trabalho da vida de Casey, até aquele ponto. Nenhum de seus colegas conseguia olhar para o outro sem começar a chorar. Uma das estagiárias de enfermagem gritou com alguém no corredor que não estava de máscara. Nenhum deles conseguia acreditar que Will tinha morrido.

Mas, agora, ela perdeu a conta dos mortos. Lembra-se do tempo em que ainda tinha sentimentos para oferecer como algo que é até difícil de compreender. Quando pensa em Will hoje, é como se seu coração já estivesse totalmente consumido. Quando telefona a parentes para lhes contar que uma pessoa que eles amavam morreu, ou para dar um jeito para que eles — apenas um deles — venham se despedir, sente uma espécie de compaixão distante. Ela sabe que é difícil. Faz a sua parte direitinho, com delicadeza e atenção. Mas seus sentimentos estão em algum outro lugar. Talvez no mesmo lugar que seu sono.

Ela observa os colegas. Alguns perdem peso, outros engordam, alguns cortam o cabelo bem curto, outros o deixam crescer. Nenhum deles consegue permanecer o mesmo, ao que parece. A sala silenciosa que foi montada para eles no início da pandemia raramente é usada agora, porque eles estão sempre quietos. O silêncio está por toda parte. Não há nada a dizer, tirando a troca de informações de que precisam para fazer seu trabalho. As conversas poderiam voltar se houvesse boas notícias: algo consistente sobre uma queda no número de casos. Ou uma vacina.

Por fim, Casey acaba entregando os pontos. Ela aceita a oferta de uma prescrição de comprimidos para dormir e apaga do celular o rascunho de e-mail para a livraria.

✦ 72 ✦

Loveday

Na segunda-feira, o ar de verão está quente e seco, e Sarah-Jane está de pé e com roupa de jardinagem antes de Loveday e Nathan saírem para a loja.

— Preciso regar tudo aqui antes que o sol suba — explica ela.

— Vá com calma — diz Loveday, mas o que ela de fato quer dizer é: "Estou tão feliz por ver você se sentindo melhor."

Ela abraça Sarah-Jane, sua cabeça no ombro da mãe, e se sente como uma criança, mas da melhor maneira possível. Amanhã, Sarah-Jane vai voltar a trabalhar como voluntária no abrigo para mulheres. Só por algumas horas, sem fazer nada muito cansativo. Mas Loveday fica feliz por ver um sinal tão evidente de recuperação. Desde a notícia da morte de Will, ela tem se agarrado a qualquer sinal de esperança. Levou mais livros para Zoe, deixou-os na porta, tocou a campainha e foi embora, porque não consegue pensar no que dizer a uma mulher que perdeu o marido para a Covid-19.

Ao abrir a porta da livraria, algo a faz parar. Ela quase cheira o ar. Nathan para atrás dela e põe a mão em sua cintura.

— Tudo bem?

— Acho que sim — responde Loveday, porque já há o suficiente para fazer no mundo lidando com o que se pode ver sem somar uma preocupação extra com o que não se vê.

Ela pega o higienizador de mãos, algo que se tornou um reflexo — mas, nesta manhã, é proteção. Não saberia dizer do quê. Apenas há algo de que ela não gosta no ar. É engraçado, e ao mesmo tempo nem um pouco engraçado, o modo como o sexto sentido que ela desenvolveu durante o casamento violento de seus pais nunca mais a deixou.

— Vou passar uma segunda camada de tinta naquela alvenaria.

Loveday adora que, desde que Nathan começou esse projeto, uma parede tenha virado "alvenaria".

— É uma boa ideia — responde ela. Então, porque sempre é mais fácil falar de seus sentimentos quando alguém não a está olhando diretamente, ela acrescenta: — Sei que eu não estava entusiasmada com o jardim no começo... mas eu estava errada. Ele é muito importante.

Nathan se vira para ela novamente.

— Você já tinha preocupações demais na cabeça — diz ele — sem aparecer um poeta meio doido jogando as ideias que lhe davam na telha só porque ele não tinha mais nada para fazer.

— Mesmo assim. — Loveday engole com força. Ela não acha que vai chorar, mas é melhor ter certeza. — Essa é a questão, não é? Todos estão tão ocupados em fazer as coisas funcionarem que esquecemos, *eu esqueci*, o que realmente importa.

Ele olha para ela, o tipo de contato visual que ela consegue encarar, afetuoso e compreensivo.

— Eu não acho que você fez isso. Você só tinha muitas coisas importantes para pensar, tudo ao mesmo tempo. Não é a mesma coisa. — Ele se aproxima e beija a testa dela. — Café daqui a pouco?

— Sim.

Loveday liga o notebook. Pedidos de prescrições de livros continuam chegando, em um volume de uma dúzia a quarenta por dia. *Livros para me ajudarem a lidar com a vida, livros para me ensinarem crochê, livros com cara de novos para dar de presente. Livros de que eu me lembro vagamente da infância. Livros com letras grandes que eu possa enviar para o meu pai na casa de repouso...*

Quando puderem ter pessoas na loja de novo, o que ainda deve demorar um tempo, Loveday está pensando em ter um balcão exclusivamente para a farmácia de livros. Vanessa poderia pintar uma placa — ela parece ser capaz de qualquer coisa artística. Fez um excelente trabalho com a placa de "Vidas Negras Importam — leia mais aqui" para ficar no alto da estante na frente da loja, que está recebendo uma quantidade satisfatória de interesse desde que postaram sobre isso nas redes sociais. É estranho pensar nas pessoas aqui de volta, em vez de se manterem atrás da barricada de uma mesa sobre um cavalete atravessando a porta. Loveday analisa o que sente: sim, ela ficará feliz quando puder receber pessoas outra vez. Mesmo que pessoas possam ser um pouco demais às vezes.

Kelly criou um documento para prescrições de livros que facilita encontrar recomendações, em vez de quebrar a cabeça toda vez que um novo pedido chega. Faz sentido. Muitas pessoas estão solitárias, muitas estão querendo relembrar seus favoritos de infância em busca de conforto e esperança, muitas estão à procura de escapismo. Um mesmo livro pode falar com várias pessoas.

Mas Loveday nunca usou muito a planilha. Ela acha que, se alguém teve a coragem de abrir seu coração em um e-mail para uma livraria, ela deve dar atenção para cada pessoa. A menos que não saiba o que recomendar, lógico. Pedidos de livros de crime lhe dão mal-estar, e ela tem muito pouco a oferecer na área de livros infantis. É quando ela agradece ao seu eu do passado por ter contratado Kelly.

— Loveday.

Não é frequente que Nathan pareça, ou soe, abalado. Não é frequente que seu rosto já pálido fique ainda mais sem cor. Mas ele está parado na frente de Loveday, agitado.

— O que foi? O que aconteceu? — Ela se levanta e examina-o para detectar algum sinal de sangue ou ferimento. Nada.

— Alguém invadiu os fundos da loja. Eles...

— Não.

Mas ela sabia. Ela sabia que algo ruim tinha acontecido assim que passou pela porta.

— Sim.

Ela o segue para os fundos, onde o refúgio de leitura está quase pronto.

Ou estava, ontem; os vasos esperando suas plantas, a mobília de paletes, que deu tanto trabalho, com a promessa de não parecer terrível quando estivesse revestida com os cobertores.

Ela segura a mão de Nathan. Não sabe qual dos dois está apoiando o outro.

Não pode ser.

Não pode ser.

Mas ali está, bem diante dos seus olhos.

Está tudo quebrado.

A treliça está estilhaçada, os móveis virados, tombados e despedaçados. Há fragmentos de treliça sobre ripas de madeira, e os vasos estão de cabeça para baixo, os de terracota aos pedaços, os de madeira estilhaçados. A caixa de cobertores, cheia de mantas xadrez de Archie, foi puxada para fora, a dobradiça da tampa esmagada, os cobertores espalhados — vermelho, verde, creme e laranja. Loveday, incapaz de absorver o que está vendo, mas percebendo o que pode fazer, avança para recolher os cobertores. Ela pode levá-los para casa. Pode lavá-los.

Quando ela se abaixa, Nathan ergue a mão.

— Não toque neles. Não está sentindo o cheiro?

— Cheiro do quê? — Na hora em que faz a pergunta, Loveday sente. — Meu Deus. Por que alguém...

— Maldade — responde Nathan. Sua voz está chorosa e cheia de raiva.

Loveday assente com a cabeça. Urinar em cobertores demonstra que aquilo é mais do que simples vandalismo.

E agora ela tem vontade de gritar, de se enfurecer. De quebrar alguma coisa. De virar o rosto para a parede e chorar.

Ela respira fundo, devagarinho. Isso lhe dá um flashback de estar declamando poesia, de encontrar estabilidade em um lugar onde se sentia exposta e com medo.

Loveday segura a mão de Nathan.

Sua garganta está apertada de tristeza. Ontem, este lugar estava cheio de... espaço. Ar puro. A ideia — a possibilidade — de paz. De segurança. Cheirava a aparas de madeira, solo à espera de cultivo e tinta secando. Agora, está tudo quebrado e cheio de lixo e tem o cheiro de um beco. Está pior — e cheira pior — do que antes de Nathan começar a trabalhar aqui. E na época parecia não haver esperança. Agora, não está mais só negligenciado. Está destruído. Está propositalmente quebrado.

Se Nathan não está chorando, Loveday não tem o direito de fazer isso. O trabalho foi todo dele. Ele fez isto se tornar realidade. Agora, ele está balançando a cabeça, esfregando a testa, como se tudo na verdade estivesse bem e ele que, de alguma forma, estivesse enxergando errado, processando do jeito incorreto.

Ela sabe como os móveis eram sólidos, como os vasos eram pesados. Quem fez essa destruição estava mesmo determinado a arrasar com tudo.

— Como fizeram isso? — pergunta Loveday.

Não que isso importe. O estrago já está feito. Mas é a questão em que seu cérebro resolveu focar. Funciona como uma barreira para manter as outras perguntas enterradas lá no fundo.

Nathan dá de ombros.

— Algo com uma lâmina. Um machado, talvez? Não sei. Nunca despedacei nada desse jeito.

Não, pensa Loveday. *Você constrói coisas. Nós construímos coisas, juntos.*

— É... — começa ela, depois tenta de novo: — Tanto trabalho.

Ela quer dizer: "Tanto trabalho que foi destruído. Tanto trabalho que está por vir, para consertar tudo."

— Loveday... — diz Nathan.

— Eu sei.

Ela sabe o que ele quer dizer, porque também sente: uma onda de algo pior do que a derrota ao olhar para essa destruição. É o fato de que alguém veio aqui para destruir. Para prejudicar. Alguém que eles não conhecem — ou, mais provavelmente, que conhecem — veio com a intenção de destroçar este lugar seguro. Ela se aproxima mais de Nathan e põe os braços ao redor da cintura dele, pressionando-o contra si. Ele põe o braço sobre os ombros dela e a aperta.

— Nós podemos consertar isso tudo — diz ele, mas não há nenhum entusiasmo em sua voz, apenas cansaço. — Vou arrumar uma van para a gente ir ao depósito de lixo mais tarde.

— Sim.

A última coisa que Loveday quer fazer é carregar os destroços em uma van. A penúltima é ir ao depósito de lixo.

— Pelo menos ainda não trouxemos as plantas de George e Rosemary.

— É. — Loveday não sente vontade nenhuma de ver o lado bom da coisa.

Nathan mexe nas lascas da treliça com o pé. Elas estão em uma forma de pilha peculiar. Loveday sente um aperto no peito, um gosto ácido na boca.

— Meu Deus, Nathan. Você acha que eles estavam planejando um incêndio?

Nathan a segura pelos ombros.

— Eles estavam abrindo espaço para poder usar um spray de tinta nas paredes — diz ele —, só isso.

Loveday ainda não havia prestado atenção nesse estrago: a alvenaria limpa e o reboco consertado e pintado de Nathan, rabiscados com tinta escura.

Ela não consegue suportar nada disso.

Por Nathan. Por Archie. Por si própria.

Não consegue parar de pensar: *Este ia ser um espaço seguro. E agora está destruído.*

Nathan está com o rosto virado, olhando para a parede vandalizada.

— Não parece que eles tentaram escrever alguma coisa. Não sei se isso é melhor ou pior.

Loveday ri.

— É melhor — diz ela.

Nathan suspira.

— Imagino que sim. Você quer chamar a polícia, ou eu chamo?

E então, ouvem uma batida na porta da frente.

Um homem e uma mulher, de máscara e traje formal, apresentam-se como funcionários da prefeitura.

— Recebemos uma denúncia de descumprimento das regras contra a Covid-19 — diz um deles. — Estamos aqui para ajudar e orientar.

Eles colocam cartões de identificação sobre a mesa. Loveday tem vontade de perguntar "Vocês não têm nada melhor para fazer?", mas não faz isso. Não se deve desafiar pessoas que estão em posição de poder.

— Reparei que nenhum de vocês estava usando máscara quando vieram até a porta — acrescenta o outro.

— Nós somos um casal — explica Nathan. — Moramos juntos.

— Ninguém mais vem para a loja hoje — informa Loveday. — É o dia de folga da minha gerente. E nós pusemos máscaras e higienizamos as mãos antes de abrir a porta. Conhecemos as regras. E não deixamos os clientes entrarem.

— Qual é seu esquema de limpeza?

— Quando temos outros funcionários aqui, mantemos distanciamento social e trabalhamos em áreas diferentes da loja. Fazemos a limpeza todos os dias antes de fechar.

— Outros funcionários?

— A gerente. Quando ela está aqui, cada um trabalha em uma área diferente da loja. E temos uma ajudante aos sábados.

Loveday pensa nos intervalos para o café no andar de cima, como talvez sentar-se longe uns dos outros não seja suficiente. Não podem se descuidar.

O mais baixo dos inspetores diz:

— Se acharmos que não estão cumprindo as determinações, podemos fechar o estabelecimento até estarmos convencidos de que entenderam e cumprirão as regras no futuro. Também podemos multá-los.

— Quem nos denunciou?

— Sinto muito, mas não podemos informar.

— Mas...

— Há regras de confidencialidade, sra. Cardew.

— É que — diz Loveday, e ela detesta que sua voz soe chorosa, mas não tem jeito — vandalizaram nosso jardim de leitura na noite passada, então parece que há alguém querendo nos prejudicar.

— Nós podemos dar detalhes sobre o informante para a polícia. Mas é possível que a denúncia tenha sido anônima. O importante é que a ajudemos e orientemos conforme o necessário.

Loveday respira o mais fundo que consegue em uma tentativa inútil de se acalmar um pouco. Seu coração está se comportando do mesmo jeito de quando deixou que Nathan a convencesse a sair para correr. Seus dedos formigam como quando seus pais estavam brigando e ela ficava em seu quarto, assustada, virando as páginas de um livro cada vez mais rápido, devorando palavras como se elas pudessem preenchê-la o bastante para fazê-la se sentir segura e feliz.

Quando inala, detecta o cheiro de rolinhos de canela vindo da porta ao lado. Um pouco de doçura é exatamente do que ela precisa, mas duvida que se oferecer para dar uma corridinha até o café vá cair bem agora.

— O que precisam de nós? — pergunta ela. Sua voz praticamente não treme desta vez.

✦ 73 ✦

Kelly

A Covid-19 pega Kelly de jeito. As primeiras vinte e quatro horas passam em um caleidoscópio de dor de cabeça e coração partido: ela dorme, acorda, procura Craig e se lembra. Sente sede, mas não acha que consegue chegar à cozinha ou ao banheiro. Sente-se enjoada, mas não tem energia sequer para pensar em vomitar, então fica deitada de olhos fechados, uma das mãos sobre a barriga e a outra sobre os olhos, e respira. Não muito fundo, porque respirações profundas a fazem tossir e, quando começa, não para mais. *Então é isto*, pensa ela, *é isto*. De novo e de novo. Não sabe o que quer dizer com "isto". Ou talvez "isto" queira dizer tudo. Isto é Covid-19. Isto é traição. Isto é solidão. Isto é o fim. Isto é horrível. Isto é impossível. Isto é a minha vida. Isto é demais. Isto é muito pouco. Isto é estar só. Isto é morrer. Isto é o que está acontecendo com o mundo todo.

Ela se embala em algo que não é nem sono nem descanso, mas uma espécie de quietude. É noite, e então é dia, e então é noite de novo. Ela precisa beber alguma coisa. Sua garganta dói da tosse e os olhos ardem.

Quando volta para a cama, nota que a tela de seu celular, na mesinha de cabeceira, está acesa. Não consegue nem pensar nisso. Ela dorme outra vez. Se é que isso pode ser chamado de sono. Ela não tem certeza. É mais como ser esmagada por uma grande pedra. Tudo dói. A garganta, a cabeça, o peito... Seus pulmões ardem.

✦ 74 ✦

Rosemary, 2005

Rosemary não está exatamente preocupada com a ideia de se aposentar. Mas também não está despreocupada. Ela sabe que a pessoa que é no trabalho nem sempre é uma pessoa de quem ela gosta. A diretora Rosemary usa o que George chama de trajes Margaret Thatcher, e ele fala isso como uma piada, mas não é. Ela soube, quando foi promovida (e pegou as escolas difíceis, porque não se pode promover uma mulher no lugar de um de seus colegas homens sem garantir que ela não vá ter moleza), que ia precisar de uma armadura. E Thatcher, de quem Rosemary nunca foi fã em nada além disso, sabia se vestir como uma mulher que ninguém gostaria de contrariar.

Quando Rosemary veste sua armadura, ela é a Chefe. Ela escuta e é justa, mas, quando toma uma decisão, não volta atrás. Quando precisa falar duro, ela o faz. Quando precisa tirar o blazer e transmitir compreensão, ela também sabe fazer isso.

Mas sempre tira o blazer assim que chega em casa. Costuma ser um alívio, mas a faz pensar: *E se a diretora Rosemary precisar de uma válvula de escape? E se eu não conseguir me livrar dela? E se começar a me irritar com George por ele não fazer as coisas do jeito que eu faria?*

Mas eles decidiram se aposentar, e seus sucessores já estão contratados, e não há mais nada que possam fazer a não ser seguir em frente.

— Você está preocupado? — pergunta ela a George certa noite, uma semana antes do final do ano letivo.

— Preocupado com o quê?

Ele trouxe para casa uma caixa cheia de cartas de agradecimento de alunos, mães e pais recebidas ao longo de sua carreira, e programas de todas as peças que ele trouxe à vida com tanto esforço e que todo ano jurava que era a última vez que faria.

Rosemary balança a cabeça. Vai parecer bobo quando disser em voz alta, mas ela diz mesmo assim:

— Nós começamos a namorar na sala dos professores. Nossa vida inteira foi na escola.

Ela não consegue articular direito, mas sabe que ele entenderá o que ela quer dizer. Sua vida juntos foi marcada pelas férias de verão, as peças de Natal, as semanas de provas e as tardes de domingo na mesa de jantar, conferindo se estava tudo em ordem para a semana de aulas à frente. Noites de reuniões de pais eram as únicas ocasiões em que compravam refeição para viagem e comiam batata frita direto da embalagem, ambos famintos e cansados demais para talheres e paciência.

George sorri.

— E agora o resto da nossa vida será em nosso jardim — diz ele.

Rosemary sente um peso sair de seus ombros. Lógico, ele está certo.

No dia seguinte, quando ela se veste, deixa o blazer no cabide.

Quando chega em casa, George já está lá, podando a macieira de que tanto gostam. Eles a plantaram na primeira primavera que passaram ali e agora já está da altura dele.

— Olhe — diz ele, quando ela para ao seu lado. — Você se lembra de quando plantamos isto? Tivemos que apoiar em uma estaca. Olhe para ela agora!

E Rosemary para de se preocupar.

✦ 75 ✦

Kelly

A próxima coisa de que Kelly tem consciência é uma campainha em sua cabeça, alta e ininterrupta. Batidas em seus ouvidos. O som de seu nome, repetido várias vezes.

Ela chega à porta. Não sabe quanto tempo levou. Quando abre, encontra uma sacola e, parados a uma boa distância, Loveday e Nathan.

— Ah, que alívio! — exclama Loveday.

— Nós já íamos chamar a polícia — diz Nathan.

Kelly se apoia na porta, mas não consegue ficar em pé. Desliza lentamente, senta e fecha os olhos. A voz de Loveday se despeja sobre ela. Ouve a menção a Madison, Craig, seu pai. "Seu pai está bem, disse para você não se preocupar com ele", ela ouve, e "Um médico vai telefonar para você" e "Nós vamos passar aqui amanhã de novo" e "Ligue se precisar de alguma coisa". Ela tenta fazer que sim com a cabeça, o que quase a faz vomitar, então puxa a sacola para dentro do apartamento e fecha a porta. Encolhe-se no chão e, quando acorda, está escuro de novo.

Os sonhos são o pior. Ou a tosse. Ou o cansaço. Ou a combinação dos três. Seja como for, na primeira vez que ela abre os olhos sem desejar não ter aberto, três dias já se passaram. Na entrada do apartamento, estão as sacolas que Loveday deixou na porta. Só de ver o conteúdo delas — bananas, iogurtes, cereal, leite, chocolate — seu estômago se revira. Questiona-se se conseguirá sair da banheira caso entre nela e decide não correr o risco.

Quando Loveday aparece no dia seguinte, Kelly já conseguiu olhar seu celular por tempo suficiente para ler as mensagens de Craig, que começaram quase na mesma hora em que ele foi embora. Ele pede desculpas ele não sabe o que fazer, ele vai para casa, não porque quer, mas porque não tem para onde ir.

São duas horas da manhã, no dia seguinte ao que ele foi embora, quando a mensagem sobre a Covid-19 chega: *Kelly, estou com febre e tosse.*

Um dia depois: *Espero que você esteja bem.*

No dia depois desse: *A Madison e a Jo não falam comigo, mas estão deixando comida na porta do quarto.*

E então, nos outros dias, uma enxurrada de mensagens: ele espera que ela esteja bem, ele está se sentindo um pouco melhor, ele sabe que ela não vai acreditar mas ele a ama de verdade. Sente saudade dela.

Então, uma mudança de tom: *Kelly, sei que você está brava e entendo que não quer falar comigo. Mas a Madison disse que ninguém tem notícias suas e você não atende a porta. Você poderia pelo menos me dar um sinal de vida?*

Kelly quase responde, mas então repara que a mensagem é de três dias atrás e ele já deve saber agora, por meio de Loveday e Madison, que ela está bem. Ela apaga as mensagens e bloqueia o número dele. Talvez consiga tomar um banho amanhã.

✦ 76 ✦

George

George sabe que é agosto, mas, por algum motivo, o jardim está tão frio quanto no fim de novembro. Talvez seja por ele estar doente, ou pelas sequelas da Covid-19. Tanto faz. Não importa. O importante é isto: George nunca antes teve razão para duvidar do que seu corpo está lhe dizendo. Mas ele duvida agora.

O sol está brilhando, então ele não pode estar com frio.

Ele comeu, então não pode estar com fome.

Ele tomou analgésicos, então não deveria estar com dor.

No entanto...

O que ele precisa é de Rosemary, com sua cestinha, uma garrafa térmica, um cobertor e uns biscoitos diferentes que ela imagina que ele vai achar especiais. Rosemary é uma boa mulher. Ao longo de seus anos de vida juntos, eles criaram uma rotina para tudo. Quando estão no jardim, fazem algumas coisas juntos, depois ele arruma tudo enquanto ela prepara o chá. Nos últimos tempos, os intervalos do chá se tornaram mais longos e, enquanto antes o fim de tarde seria o momento para um pouco mais de trabalho — conferir os adubos, ou inspecionar a parte de baixo das folhas para ver se não há larvas que possam criar problemas —, agora é hora de ler. Se algum deles cochila, o outro deixa, a menos que esteja esfriando.

Não conseguir se aquecer foi uma das coisas que os médicos disseram que poderia acontecer. Parece estranho para ele, mas lá está. Tudo ficou estranho. Dias da semana. Hora das refeições. Nada faz sentido. Ele achou que tinham acabado de comprar leite, mas, quando foi colocá-lo no chá, estava com um cheiro esquisito. Se bem que dizem que a Covid-19 pode confundir o olfato. Talvez fosse isso.

— Rosemary? — A voz dele é tão fraca que ele mal ouve a si mesmo. Não admira que ela não esteja vindo.

George sabe que, conforme sua doença for avançando, haverá mais dias como este. Ainda assim, ele já sofreu coisas piores. Lógico que sim. Agora seus ossos e sua cabeça doem, e ele não consegue se concentrar como antes. Mas, como diz Rosemary, quem é do mesmo jeito que era antes? Nenhum de nós.

Quando George pensa nas partes mais importantes de sua vida, conclui que são Rosemary e o jardim. Não que lecionar não tenha sido importante. Mas, depois que se aposentaram — e ele sabe que ela estava preocupada com isso, mas sabia que ela não precisava estar —, era como se suas carreiras nunca tivessem existido.

Às vezes, ele se pergunta quando ele e Rosemary decidiram ser professores. As pessoas muitas vezes falam que o magistério é uma vocação, e não estão erradas, no sentido de que ninguém entraria nessa profissão pelo dinheiro. E não é uma vida fácil, apesar da aparência de férias intermináveis. Mas, quando ele olha para trás, não consegue identificar o momento exato. Seu pai era engenheiro e trabalhava longas horas no chão de fábrica de uma empresa têxtil, os pés sempre frios e os dedos e braços com arranhões e cortes, como se ele estivesse mantendo a contagem de seus dias de trabalho na própria pele. Sua mãe ficava em casa, e tudo que queria era que George trabalhasse em algum lugar quente e seguro. Ele havia sido auxiliar de escritório, tirando xerox e organizando correspondência, durante as férias da universidade, e não tinha gostado da atmosfera masculina tóxica do lugar. Passar uma vida, dia após dia, falando de esportes e fazendo "piadinhas" que mal lhe pareciam discerníveis de bullying e grosseria não tinha atrativo nenhum para ele. Então sua mãe o apresentou como voluntário para dar aulas de matemática para seus primos irrequietos, e conseguir primeiro que eles ouvissem, depois que prestassem atenção, foi mil vezes mais satisfatório do que qualquer outro trabalho que já tivesse feito. E, assim, ele se tornou professor. Sem pensar demais a respeito, na verdade.

As escolhas de Rosemary não foram as mesmas que as dele. O ideal, para seus pais, teria sido ela se casar com um pastor ou se tornar freira. (Ela falava isso rindo — e parou de vez de falar depois que seus pais morreram —, mas George sabia que era a verdade.) Tirando isso, suas opções eram: enfermeira, professora ou secretária. E só até que ela se casasse e formasse a própria família. (Outra coisa que Rosemary costumava dizer: "Século XIX, século XX... é tudo igual para meus pais.") "Eu gosto de dormir", disse ela para George certa vez, durante uma de suas primeiras conversas naquela sala de professores, tanto tempo atrás, "então nunca ia conseguir ser enfermeira. E ser secretária é... eu sei que é uma boa profissão, mas não é para mim". Mesmo naquela época, George teria muita dificuldade de imaginar Rosemary, que podia silenciar uma turma inteira com um movimento mínimo da sobrancelha precisamente desenhada, passando mais de uma tarde tomando anotações.

Ele supõe, sentado ali na tarde que vai esfriando — logo vai ser hora do jantar, e não mais do chá —, que eles de fato encontraram algo no ensino. Não teriam se mantido nesse caminho por tanto tempo se não fosse assim. Conheciam muitos professores que se acomodavam, que faziam o que precisava ser feito e não iam além disso. Mas George e Rosemary nunca foram essas pessoas.

— George! — O rosto é conhecido. Rosemary é melhor com nomes do que ele. Ela deve saber. Um homem alto vem atrás.

— Você deve ser o George — diz ele. — Eu sou o Nathan. Da livraria. Namorado da Loveday.

— Olá — diz George. Ah, sim, Loveday.

Ele olha e vê que há um livro ao seu lado. Provavelmente tinham estado lendo. Ele está cansado demais para se lembrar direito.

Loveday vê o exemplar também.

— O que estão achando de *Reparação*?

George faz uma expressão evasiva. Não consegue trazer nada à mente sobre o livro. Algo a ver com uma guerra, talvez. Ou uma peça de teatro. Uma fonte.

— Não é para todos — diz Nathan —, embora a Loveday tenha uma tatuagem dele. Tem a ver com a vida das histórias.

De repente, George está cansado demais.

— Vocês estão aqui para pegar as plantas?

— Sim — responde Loveday. — Ficamos tão contentes quando recebemos a mensagem de Rosemary oferecendo as plantas! Sinto muito termos demorado tanto, mas a Kelly teve Covid-19, e queríamos ter certeza de não trazer para vocês. Nós dois testamos negativo ontem. Deixei um recado na sua secretária eletrônica.

George assente. Ele pensa em lhes contar que, na verdade, não tem importância, que ele e Rosemary também pegaram o vírus. Mas não tem energia para isso.

— Podemos voltar outra hora.

O homem alto parece estar com pena dele. George poderia lhe dizer que, um dia, ele também será velho, cansado e triste. Mas deixa para lá. Melhor assim. Quem ia querer seguir em frente se soubesse o que estava por vir? Quem lecionaria? Quem plantaria? Quem amaria? Quem se importaria?

Rosemary sempre diz que a dor distorce tudo.

— A Rosemary está aqui? — pergunta Loveday.

— Não — responde George, depois acrescenta: — Acabou tudo em casa quando nós estávamos mal.

— Nós podemos ir ao supermercado.

— Não precisa.

Se Rosemary estivesse aqui, ela saberia como demonstrar satisfação por vê-los, e ele poderia só seguir a deixa. Iam gostar de conversar sobre eles, depois que tivessem ido embora. Como eles são bons, os jovens.

— Como está aquela mocinha? — pergunta ele.

— Madison? Ela está bem — responde Loveday. — O pai dela está com Covid-19, então ela está se mantendo afastada por um tempo. Por precaução.

George pensa no pai que ele teria sido. Um pai de que até adolescentes se orgulhariam. Um velho um pouco chato, talvez, mas nada que incomodasse demais os filhos.

— Sim.

George não consegue explicar, e nem quer tentar, como era o esforço para puxar uma respiração depois da outra, e cada respiração nunca ser suficiente. E ver Rosemary fazendo o mesmo. Houve uma noite em que ele achou que seria o fim para os dois.

Ele põe a mão na lombar, onde a dor é pior. Talvez fosse melhor se tivesse realmente sido o fim. Pelo menos estaria tudo acabado de uma vez e ele não estaria sentado aqui, doando seu jardim porque Rosemary acha que eles não podem mais cuidar. Isso é o que ela diz, pelo menos. O que quer dizer de fato é que ela não vai conseguir cuidar depois que ele tiver partido.

— A Rosemary pôs etiquetas nas plantas que é para vocês levarem — diz George. Ele se lembra dela sentada ao seu lado, escrevendo enquanto ele mantinha os olhos fechados, fazendo perguntas ocasionais: "Você acha que vai fazer diferença para os lilases porque o jardim deles é voltado para o norte?", "Com que frequência eu digo que eles devem regar a hosta?", "Ou só falo para eles molharem bastante todas elas uma vez por semana? Você sabe como são vasos...". — Tem vasos na estufa.

— Nós trouxemos vasos para transportá-las — diz Nathan. — De plástico. Temos alguns de terracota prontos na livraria, que eram do jardim do nosso amigo Archie.

— Eu enchi o fundo deles de cascalho e depois terra — acrescenta Loveday.

— Bom, muito bom. — George sabe que se importa com isso, em algum lugar de sua mente, mas há dor demais para encontrar o sentimento neste momento.

Quando eles vão embora, ele fecha os olhos, e a próxima coisa de que tem consciência é a voz de Rosemary. Ela não está lendo *Reparação*, mas o outro que veio no pacote. O que fala de abelhas e paciência.

◆ 77 ◆

Madison e Kelly

Madison: *Oi. Como você tá?*

Kelly: *Tomei banho pela primeira vez em uma semana. E aí, tudo bem?*

Madison: *Eu estava preocupada com você.*

Kelly: *Recebi suas mensagens. Só não tinha energia para responder ninguém.*

Madison: *E o meu pai?*

Kelly: *Só para dizer que eu não queria mais saber dele. Eu não sabia mesmo, Madison.*

Madison: *Eu sei.*

Kelly: *Que bom. Sinto muito. Espero que você esteja bem.*

Madison: *É. A Loveday está cheia de trabalho e eu não quero incomodar ela, então... você sabe de algum livro bom pra ler quando seu pai é um babaca? E para a minha mãe? Ela parou de chorar, mas agora tá furiosa.*

Kelly: *Vou pensar! Estou com exaustão pós-banho (estou mesmo, nunca me senti tão cansada na vida), então vou dormir agora. Falo com você depois. Bjs*

Kelly: *Vamos lá. Peça estes a Loveday para você:* I capture the castle, *de Dodie Smith (este é um dos que escolhemos para Rosemary e George),* Do que é feita uma garota, *de Caitlin Moran, e* Mundo em caos, *de Patrick Ness.*

Kelly: *E estes para a sua mãe:* Tudo o que nunca contei, *de Celeste Ng,* Quarto, *de Emma Donoghue, e* Yes please, *de Amy Poehler.*

Kelly: *Se cuida. Até mais! Bjs*

✦ 78 ✦

Bella

Loveday, querida,

Essa gente infeliz! Nunca vou entender por que as pessoas fazem isso. É quase impossível não levar para o pessoal, eu sei. (As críticas, querida!) Mas o que aconteceu com o seu jardim de leitura só tem a ver com a pessoa que o destruiu.

Minha volta para o pub foi, embora seja eu quem estou dizendo, um triunfo! Pensei em mim mesma como a heroína de O papel de parede amarelo, *meio louca e furtiva, e em todos os clientes como frutos da minha imaginação! Foi como os primeiros dias em uma sala de ensaio, quando estamos todos imaginando que somos nossa própria respiração, ou contando histórias sobre nossos pensamentos mais tenebrosos. E não demorou para eu me esquecer de tudo sobre a pandemia, e sobre estar com medo, e sobre seus ótimos livros (desculpa!). E foi como se eu estivesse entrando em um velho papel de que me lembrava instintivamente!*

Com a diferença de que, como ninguém teve a chance de sair muito, todos estão muito mais gentis e educados do que antes com uma atendente que já teve dias melhores! As gorjetas são boas também!

Sei que nem todos estão com vontade de socializar, mas, se você e seu poeta quiserem aparecer para um drinque, eu garanto um excelente atendimento e lhe recomendo as nossas melhores

comidas! É só me avisar que eu reservo um lugar para vocês em um canto sossegado.
Com amor e beijos,
Bella

◆

Querida Bella,
Fico tão feliz com essas notícias. E você também é sempre bem-vinda aqui!
Nós estamos consertando o jardim.
Bjs,
Loveday

◆

Querida Loveday,
Obrigada. Talvez eu apareça para pegar mais uns livros! Estou viciada em ler agora!
Tem uma coisa que eu queria dizer, mas não sabia bem como. Onde estão os dramaturgos quando a gente precisa de um?!
O Archie tinha muita estima por você, querida, e ele estava certo. Tenha dúvidas sobre si mesma se achar necessário, mas lembre-se também de olhar para trás e ver o quanto já conquistou. Você é capaz de qualquer coisa que quiser alcançar. O Archie sabia disso, e agora eu vejo o que ele queria dizer. Então, siga em frente! E lembre-se, você pode pedir ajuda.
Com amor e beijos,
Bella

✦ 79 ✦

Loveday

Kelly volta para o trabalho na quinta-feira seguinte. Assim, ela pode trabalhar dois dias e tirar todo o fim de semana de folga. Loveday não está disposta a ter Kelly e Madison no mesmo espaço no sábado e tem quase certeza de que não é a única.

Kelly perdeu peso e... bem, a única palavra que Loveday consegue pensar para descrever é "brilho". Ela parece exausta. Não para quieta: desinfeta as mãos cada vez que olha para elas. Pelo visto, seu jeito de lidar com a decepção amorosa será terminar o doutorado e dedicar-se ao trabalho, e Loveday sabe como é usar essa forma de enfrentamento. Tudo que ajudar é válido.

Loveday traz rolinhos de canela e chocolate quente, e Kelly quase chora.

— Cheguei a sonhar com isso — diz ela. — Você acha que dá para casar com um rolinho de canela?

— Casar com o Richard Morris faria mais sentido. Ou mantê-lo preso em uma masmorra com um forno.

— Ah, Loveday... — Kelly balança a cabeça e lambe o dedo sujo de açúcar. — Eu fui tão idiota!

— Você foi enganada — corrige Loveday.

— Eu não acho que ele era uma pessoa ruim — diz Kelly. — Só infeliz. E burro.

Loveday concorda com a parte com que está mais de acordo:

— Muito burro.

Os ombros de Kelly murcham.

— Na primeira semana eu não conseguia pensar em nada e, na segunda semana, eu não conseguia mover um músculo sequer, então tudo o que fiz foi pensar. — Ela contempla seu doce, depois o chocolate quente. — E é tão óbvio agora. Por que eu nunca achei estranho? Nunca fui à casa dele. Não conheci ninguém da família dele. Quer dizer, os pais, a irmã... Só acreditei em tudo. Como uma...

— Como um bom ser humano que acredita no melhor das pessoas — diz Loveday.

O que aconteceu a Kelly seria, algum tempo atrás, mais uma prova para Loveday de que se deve sempre acreditar no pior e, assim, estar preparada e se manter segura. Mas, no fim, o fato era que tinha as melhores pessoas à sua volta e não sabia. Archie. Nathan. E, depois, a mãe, voltando para a sua vida quando ambas estavam prontas.

— Exatamente — diz Kelly, melancólica. — A Madison... você acha que ela vai ficar bem?

— Acho que ela está melhor agora, com tudo à tona.

— Pobrezinha. Eu ficava o tempo todo falando do Craig na frente dela...

— Não foi culpa sua. — Sarah-Jane tem muito a dizer sobre mulheres se culpando e isso deixou Loveday ainda mais consciente de quando pessoas à sua volta fazem isso. Não há muito que possa fazer por Kelly, mas pode lhe dar isso. — Você não deve se culpar por isso, Kelly.

Kelly dá de ombros. E, então, faz a pergunta que Loveday vinha temendo:

— E aí, o que eu perdi?

✦ 80 ✦

Kelly

Kelly olha o jardim de leitura. Não é exatamente um jardim. E com certeza não é o espaço que Loveday e Nathan tinham imaginado. Na verdade, está basicamente de volta à estaca zero.

— Certa noite, alguém entrou e destruiu tudo. Sujou as paredes com spray e... enfim, ficou um caos. Então... — Kelly sente o desânimo de Loveday ao seu lado — ...estamos recomeçando.

Houve tempos em que Kelly não estava muito entusiasmada com o jardim de leitura. Quer dizer, é tudo muito bonito querer salvar pessoas hipotéticas, mas e quanto a ela, afogada em comentários nas redes sociais que precisava manter sob controle, queimando os neurônios para fazer recomendações de livros para pessoas sobre as quais não sabia nada de fato? E esses são sentimentos que ela havia comentado com Craig.

Ah, meu Deus...

— Você não acha... acha que foi o Craig quem fez isso?

Loveday suspira.

— Não. Nós achamos que foi o marido da Jennifer. A polícia esteve aqui, mas não temos câmera. — Ela olha para Kelly, um olhar que Kelly sabe que significa que ainda há mais. — Parece que ele também nos denunciou por descumprimento das regras da pandemia.

— Que merda.

— Pois é.

— Nossa, Loveday! Sinto muito.

E ela está chorando. De novo. Nem sabe bem o motivo. Porque, só por um segundo, ela achou que o homem que tanto amava havia feito aquilo?

Porque está cansada demais? Porque insistiu que estava bem o suficiente para vir trabalhar e agora acha que não está, mas tem o compromisso a cumprir porque está aqui? Porque, enquanto o mundo está se destruindo, alguém achou que seria legal destruir mais um pouco, como forma de vingança, e justo uma livraria?

— Ei.

Loveday coloca a mão nas costas de Kelly, e Kelly pensa no toque, o que a faz chorar ainda mais.

— Eu estou bem — consegue dizer ela.

Loveday a leva até um banco de aparência esquisita.

— Cuidado — alerta ela. — O Nathan construiu isto com os pedaços maiores das coisas quebradas, então ainda pode ter alguma farpa que ele não notou.

Kelly se senta, cautelosa.

— Era só o que me faltava... uma farpa no meu traseiro.

Loveday se agacha ao lado dela.

— Uma pessoa vem aqui semana que vem para instalar portões adequados, para garantir que tudo esteja de fato seguro. Isso não pode acontecer de novo.

Kelly sabe quando alguém está se esforçando para demonstrar coragem.

— Mas, Loveday, isso é horrível.

— Eu sei — diz Loveday.

— É horrível para você, quer dizer. Todo esse trabalho. E todas as suas... as suas boas intenções. Mas não foi dirigido a você, certo? Foi dirigido às mulheres que usavam o espaço no andar de cima.

— E à minha mãe — diz Loveday e, por um momento, Kelly acha que Loveday vai chorar também. Mas ela não chora. Ela fecha os olhos, apoia as mãos nos joelhos, respira fundo e se levanta. — Tenho algumas coisas para fazer lá em cima. Vá com calma.

— Pode deixar. — Kelly pode estar recuperada, mas a ideia de fazer coisas com pressa é inimaginável. — Loveday?

— Hum?

— Obrigada.

— Pelo quê?

Kelly quase diz: "Porque, se eu não tivesse este emprego, se eu não tivesse você, não sei o que ia ser da minha vida." Mas acha que Loveday talvez entenda isso como pressão, não agradecimento.

— Por ter posto *Estação onze* nas coisas que levou para mim — diz ela. — Eu li em um dia. Nunca tinha lido nada parecido. Quando terminei, soube que ia ficar bem.

A antiga Loveday, a pré-pandemia, pré-vandalização do jardim, pré--inspeção de Covid-19, surge em um lampejo diante dos olhos de Kelly: a menção a um livro faz Loveday se tornar ela mesma.

— Senti o mesmo quando li — diz ela, e deixa Kelly sentada ao fraco sol da manhã.

✦ 81 ✦

Jay

Caros Lost For Words,

Vocês têm livros que possam me dar medo, mas com coisas imaginárias? Tipo, não vírus globais ou aumento do nível dos oceanos. Quero um pouco de puro terror escapista. Algo que me faça esquecer de todo o resto.

Abraços,
Jay

✦

Caro Jay,
   BUU!
   Essa é uma ideia interessante. Medo hipotético para afastar o medo real. Gostei.
   Não sou muito chegada em terror, ou em ficar com medo de modo geral, mas eu li um bom número de livros que são sinistros de alguma maneira. Também incluí algumas sugestões mais aterrorizantes da minha colega Kelly. Diga quais lhe interessam e deixe o resto conosco.
   Loveday

Drácula, *de Bram Stoker. Eu sou fã deste, ainda que só tenha lido porque cresci em Whitby. Talvez você pense que já conhece a história, mas o romance original é incrível.*

Rebecca, *de Daphne du Maurier*. *Mais sinistro do que assustador, mas sem dúvida vai distrair você da situação atual do mundo.*

A verdade sobre o caso Harry Quebert, *de Joël Dicker*. *Também não é terror, mas definitivamente sinistro e cheio de reviravoltas.*

Gótico mexicano, *de Silvia Morena-Garcia*. *Brilhante, misterioso e sombrio, com algumas partes realmente bizarras e assustadoras...*

Sugestões da Kelly:

A assombração da casa da colina, *de Shirley Jackson*. *Parece que é a melhor história de fantasma já escrita.*

O chamado de Cthulhu e outros contos, *de H. P. Lovecraft*. *Escritores do gênero de terror aspiram a ser "lovecraftianos", então isso já diz muito.*

O cemitério, *de Stephen King*. *De acordo com Kelly, um filme B de terror em forma de livro. Aparentemente, isso é um elogio.*

Coraline, *de Neil Gaiman*. *Não se deixe enganar pelo fato de ser um livro infantil. Ele é realmente assustador.*

Iluminadas, *de Lauren Beukes*. *Não é terror, e sim crime, com uma atmosfera atordoante que definitivamente vai distrair você da realidade.*

✦ 82 ✦

Loveday

Caros Lost For Words,
    Quais livros eu deveria ler quando sinto que decepcionei alguém? Quando sinto que estou fingindo meus sentimentos em vez de senti-los, porque, se eu me permitir sentir qualquer coisa, estarei perdida? Quero me agarrar à minha mãe e chorar e implorar para ela ser de novo do jeito que era antes de ter Covid-19. Quero ficar na cama com Nathan e fingir que não precisamos fazer nada a não ser dormir, fazer sexo, comer pão com ovo frito, ler poesia um para o outro e escolher novas tatuagens. Quero dizer a ele que estou com medo de não ser forte o suficiente. Quero ser útil para ele quando ele quiser me contar como se sente, em vez de me sentir paralisada porque, mesmo depois de todo esse tempo, na verdade eu ainda não sei como fazer isso.
    Mais do que tudo, sinto que decepcionei o Archie. Quando ele estava vivo, eu sabia que ele era meu amigo, mas foi só quando morreu que descobri o quanto ele confiava em mim. Nunca mais vou ter que me preocupar se terei um lugar para morar. Agora, tenho minha própria casa e estou segura, e minha mãe também, e é tudo por causa do Archie. Não posso deixar de sentir que ele teria... estado à altura de tudo isso, de alguma forma, muito mais do que eu. Ele teria aberto a casa para os desabrigados, ou transformado a loja em um centro de vacinação ou banco de alimentos temporário, ou dado livros gratuitamente e procurado um de seus amigos ricos e famosos para financiar. Ele saberia o que fazer.

E eu não, por isso fui fazendo de qualquer jeito. Consegui fazer a Madison se interessar pela leitura, mas sei que ela não teria batido na porta da livraria se não estivesse tentando descobrir o que seu pai estava aprontando.

E, agora, alguém vandalizou a loja e eu estou encolhida e com medo outra vez. Alguém nos denunciou e eu estou brava e indignada de novo. Meus sentimentos estão transbordando e eu não consigo externá-los, porque não sei o que sobrará caso eles me deixem. Não me sentia tão impotente desde que era criança.

Tentei perguntar a mim mesma o que o Archie faria, mas só o imagino erguendo uma taça de vinho do Porto e rindo tanto que não consegue terminar a história que estava contando.

Acho que há um livro para ajudar com cada coisa, mas não encontro o livro certo para isso.

Loveday

Ela não envia, lógico. Com Kelly ainda mal podendo aguentar o dia inteiro e sofrendo com sua decepção amorosa, e sua mãe fraca, mas seguindo em frente bravamente, e Madison nova demais para fazer mais do que já está fazendo, Loveday sabe que não pode fraquejar.

Até Nathan está quieto, desde o vandalismo. Eles se abraçam, se tocam e sorriem como antes. Ele se levanta cedo e vai correr, e ela massageia os ombros dele quando vão para a cama à noite. Mas há meses ele não tira uma moeda de chocolate de trás da orelha dela, mesmo sabendo que isso a faz rir.

Loveday é boa em suportar coisas. Tudo bem.

Só que o ataque à loja a leva de volta à última vez em que alguém tentou atingir a livraria. Atingir a ela. Objetivamente, entrar lá e encontrar o jardim destruído não é nem um pouco parecido com estar presa em uma livraria em chamas. Mas, emocionalmente falando, Loveday se enche de pânico cada vez que vê aquele lugar que tanto ama. Ela não pode perder a Lost For Words de novo.

✦ 83 ✦

Loveday

No sábado seguinte, Loveday observa Madison tirar um exemplar de *O jardim secreto* do envelope e virá-lo nas mãos. Ela folheia as páginas como se fossem um baralho, e Loveday tenta guardar a careta para si mesma. Madison assente com a cabeça.

— É isto que a Rosemary queria — diz ela.

— Você mandou muito bem — elogia Loveday. — Ela vai ficar contente.

— Acho que a gente devia levar para ela. É um presente de aniversário para o George. Se nós mandarmos, ele pode abrir e estragar a surpresa. Ela não comprou mais nada para dar para ele.

Loveday queria dizer "Nós não temos tempo", ou "Se for endereçado a ela, ele não vai abrir", ou "Isso é o que menos importa neste momento". Mas ela só está cansada. E Madison não parece ter muitas pessoas com tempo para ela.

— Vamos pensar em ir uma tarde dessas. Não dá para ser hoje.

— Tudo bem — diz Madison. — O que eu tenho que fazer hoje?

— Empacotar livros, se você não se incomoda — responde Loveday. — O Nathan está refazendo a pintura e eu estou organizando os pedidos.

— Está bem — diz Madison, e acrescenta: — Obrigada, Loveday.

— Pelo quê?

Madison dá de ombros.

— Não fui muito legal com a Kelly. Quando você me ofereceu o emprego, eu não devia ter aceitado. Eu não queria, sabe? Só queria ver como ela era.

— E agora, você quer o emprego?

A expressão no rosto de Madison vacila — pânico, determinação, felicidade.

— Sim, muito. Juro. É muito melhor aqui do que em casa.

Em momentos como este, Loveday pensa em como sua vida poderia ter sido tão mais fácil se ela tivesse conversado de fato com Archie quando ele lhe perguntou como ela estava. O que Archie faria?

— As coisas estão difíceis?

— Pois é. — Madison revira os olhos, mas Loveday não vai se deixar enganar pelo falso desdém. Ela espera. — Achei que era ruim quando meu pai estava se isolando no meu quarto e eu estava dividindo o quarto com a minha mãe. Mas, agora que ele saiu, eles só brigam. Ou ficam emburrados. Ele devia estar trabalhando, mas fica cancelando as reuniões porque diz que não faz mais sentido. Eu estou com medo de que ele perca o emprego. E aí vai ficar tudo pior ainda.

— Parece horrível — diz Loveday. Ela aprendeu com sua mãe que tudo que precisa fazer quando conversa com alguém que está passando por tempos difíceis é concordar.

— Muito — diz Madison. E, em seguida, ela pergunta, desviando o olhar: — A Kelly falou alguma coisa?

— Não. — E então Loveday percebe o que Madison está perguntando. — Mas eu sei que ela não vai aceitar o Craig de volta.

— Ah, é?

Loveday não se deixa enganar pela segunda tentativa de tom indiferente de Madison.

— É. Seu pai a tratou muito mal, Madison. Eu não acho que ela vai querer saber dele de novo.

— Ok.

Madison parece ter mais a dizer, mas, após um momento, pega a lista de livros para procurar e mergulha entre as estantes sem mais uma palavra.

✦ 84 ✦

Helen

Caros Lost For Words,
    Não sei se isso conta exatamente como um problema, mas vocês poderiam me recomendar alguns livros sobre pessoas realmente comuns? Estou saturada de ler sobre pessoas com vidas incríveis ou pessoas a quem acontecem coisas incríveis. Acho que é porque, de repente, elas estão por toda parte. Não só em livros. Na vida real. Eu nem lembro a última vez que penteei o cabelo, enquanto isso todo mundo que eu conheço está aproveitando o lockdown de maneiras que eu não tenho energia nem para imaginar. Minha irmã de dezenove anos tem milhões de seguidores no TikTok que a assistem preparar legumes no formato de outros legumes. É, eu também não entendo. Meu irmão mais novo está fazendo uma suposta escalada do Monte Fuji subindo e descendo as escadas de casa centenas de vezes por dia. Até a minha mãe, que vai fazer sessenta anos ano que vem, resolveu escrever um romance. Eu comecei a limpar meu quarto de hóspedes no início do lockdown e desisti no meio do processo. Faço o jantar para o meu marido e para mim todos os dias, depois ele lava a louça e vai para a bicicleta ergométrica. Ele já percorreu milhares de quilômetros desde que a pandemia começou, como ele lhes contaria se conversasse com vocês por mais de vinte segundos.
    Então, por favor, me mandem livros que me façam sentir que está tudo bem ser eu. (E que evitem que eu acabe assando meu marido dentro de uma torta.) Imagino que eu poderia fazer

alguma coisa incrível se quisesse. Mas não quero. Quero fazer o meu trabalho do dia, depois cozinhar um macarrão e ver TV.

Abraços,
Helen

◆

Cara Helen,

Tenho que confessar que dei uma olhada no TikTok e decidi que estou muito velha para essas coisas. Mas que bom para a sua irmã. E que bom para você, por evitar o desejo compulsivo de fazer coisas. Para mim, pensar em fazer coisas excepcionais é esperar demais neste momento. (Sei que há exceções para pessoas como os vizinhos do meu pai, que prepararam a comida para ele e foram fantásticos amigos do-outro-lado-da-cerca nos meses em que não pude ir lá.) Acho que, talvez, fazer muitas coisas seja o modo que algumas pessoas têm de lidar com tudo. Tenho que confessar que o meu jeito é fazer muito pouco.

Andei tendo umas ideias — obrigada, a propósito. Vou criar uma seção "Não está se sentindo a fim de muita coisa? Estes personagens também não" no site. Há uma lista abaixo. Avise quais livros você quer e se deseja que nós entreguemos ou prefere vir buscar aqui, e nós cuidamos do resto.

Fique bem,
Kelly

Os diários de pedra, *de Carol Shields*. Acompanha uma mulher ao longo de uma vida que, objetivamente falando, não é muito interessante. Mas é o tipo de leitura que a gente não esquece. Faz dez anos que eu li e ainda penso neste livro.

Stoner, *de John Williams*, é totalmente diferente, mas tem a mesma vibe. É o relato de uma vida sem nada muito notável, mas também é muito envolvente.

Pachinko, *de Min Jin Lee*. Três gerações de uma família coreana levando suas vidas cotidianas e, com frequência, difíceis. Este livro me pegou muito, eu realmente me identifiquei, embora não tenha absolutamente nada em comum com a vida dos personagens.

Os melhores anos, *de Kiley Reid*. Uma jovem negra que trabalha como babá para uma família branca é acusada de raptar a criança de quem ela cuida e, a partir daí, sua vida fica complicada.

Mulheres excelentes, *de Barbara Pym*. Um romance mais antigo, mas uma leitura tão bonita, sobre o tipo de mulheres que passam totalmente despercebidas pelo mundo. Se você não tiver lido Barbara Pym antes, cuidado... este romance foi minha porta de entrada para tudo que ela escreveu. O que, de repente, poderia ser um grande feito seu durante o lockdown!

Midnight chicken, *de Ella Risbridger*. Não é um romance, mas um livro de culinária. As receitas são ótimas (eu fiz os biscoitos de Paris e os sanduíches de palitos de peixe e os dois são deliciosos), porém, mais do que isso, é uma bela história de amor, de perda e cura, contada por meio da comida.

Existo, existo, existo, *de Maggie O'Farrell*. Este é um excelente livro de não ficção. O subtítulo é Dezessete tropeços na morte e, ao contrário do que poderia parecer, acho que é uma leitura perfeita para a pandemia. (Não tem nenhuma pandemia nele.)

… 85 …

Loveday

O que Archie faria?

Para começo de conversa, Archie não estaria nesta situação. Ele teria administrado tudo muito melhor. Ninguém ia querer destruir o jardim de leitura de Archie. Eles estariam se organizando para arrumar pufes, estantes e algum tipo muito original de tenda. Ele convocaria uma dupla de poetas notáveis para fazer leituras e então, quando a agitação terminasse, garantiria que qualquer pessoa que precisasse de ajuda a recebesse.

Loveday vai dormir deprimida outra vez. Nathan a abraça e diz:

— Eu estou aqui.

Ela assente com a cabeça e fecha os olhos. E a resposta vem. A resposta menos desejada, mas a certa. Archie conversaria com outras pessoas.

Quando ela acorda, Nathan saiu para correr. Kelly vai abrir a livraria hoje, então ela tem tempo. Sarah-Jane já está de pé, movimentando-se pela cozinha, pesando ingredientes.

— O que você vai fazer?

O rosto de Sarah-Jane se ilumina toda vez que vê Loveday. O que a faz se sentir como se fosse uma criança outra vez; a faz se lembrar de quando tudo era fácil, quando ela era pequena e seus pais ainda eram felizes.

— Brownies — responde Sarah-Jane. — Eles sempre desaparecem.

— Que estranho, hein? — Loveday põe a chaleira no fogo e respira fundo. — Mãe, podemos conversar?

— Lógico, minha querida.

Loveday pega xícaras no escorredor de louça. Sua mãe não é fã da lava-louças e prefere lavar na pia, devagar e meditativa, de uma maneira que faz Loveday se acalmar quando observa. Ela despeja um pouco de água quente no bule de chá para aquecê-lo.

— Sinto que estou fracassando — diz ela.

Sarah-Jane faz uma pausa antes de perguntar:

— Fracassando em quê?

Loveday dá de ombros.

— Em tudo. A livraria. O refúgio. Eu fico pensando em como poderíamos ter posto a Jennifer em risco, se tivéssemos entregado aqueles livros. E em quantas outras Jennifers há por aí que não pudemos ajudar durante a pandemia. Pessoas que são como nós éramos, quando eu era criança. E eu fico pensando... — Sua certeza de que poderia falar sobre isso sem chorar desaparece como se nunca tivesse existido. — Fico pensando que o Archie saberia o que fazer.

— Ah, Loveday. — Sarah-Jane abre os braços e Loveday se deixa abraçar. Ela pousa a cabeça no ombro da mãe. Sarah-Jane adora qualquer coisa que tenha cheiro de flores, e usa gel de banho, hidratante, xampu e perfume com despreocupada alegria. — Acho que você seria tão mais feliz se parasse de tentar ser o Archie e começasse a se permitir ser você mesma.

— Mas ninguém me quer. — E, antes que sua mãe possa protestar, como Loveday sabe que ela fará, acrescenta: — Na livraria, quer dizer. Quando as pessoas entravam lá, nunca era eu que elas queriam. Ou de quem precisavam. — Ela engole em seco. — Elas queriam o Archie. Ele era como um... um... Ele protegia a todos, e todos sentem falta dele. Eu não sou boa o suficiente para proteger ninguém.

— As pessoas precisam de mais que proteção — diz Sarah-Jane, afagando o cabelo da filha. — Pense nisso, Loveday.

Quando Nathan volta de sua corrida, Loveday saiu do banho que a mãe preparou para ela. Ele a beija no alto da cabeça antes de tirar a camiseta.

— Você está com cheiro de jardim — diz ele. — Não me diga qual é o meu cheiro.

Ela ri.

— Está bem. — E então, antes que pudesse mudar de ideia: — Preciso conversar com você sobre uma coisa.

— Claro — diz ele, mas ela percebe a seriedade em seu rosto.

Afinal, ela nunca pede para conversar. Falar sobre sentimentos é algo que Loveday aceitou como uma parte necessária para ser um adulto funcional, mas que ainda a faz se sentir... constrangida.

Nathan deita na cama ao lado dela. Ele cheira a ar quente e suor fresco e ela inala profundamente. O amor é isso.

— Estou ouvindo — diz ele.

Ela deita também, encarando o teto.

— É que eu... Nathan, eu não sei o que estou fazendo. Só sei que estou fazendo mal. Se o Archie estivesse aqui, ele saberia exatamente o que fazer, mas eu não tenho a menor ideia. Em um momento sinto que estou fazendo a coisa certa, aí, no momento seguinte, eu me pergunto pra quê. E se... — as palavras saem antes que ela perceba o que vai dizer — ...e se os livros não forem a resposta? Quer dizer, eu sei que eles não podem consertar tudo. Eles quase puseram a Jennifer Kingdom em uma situação muito grave e, se eu tivesse entregado aquele pacote, nunca teria me perdoado. — Ela precisa parar e se forçar a respirar. — Mas e se a farmácia de livros for só uma perda de tempo idiota?

Ela não chora, não desta vez.

Sente-se como se estivesse escrevendo um problema matemático em uma lousa. Lost For Words menos Archie mais pandemia = crise. Crise mais farmácia de livros = sobrevivência. Sobrevivência e luta (Loveday) é menos do que exuberância e compaixão (Archie). CQD.

Nathan fica em silêncio pelo que parece um longo tempo. O ar em volta deles esfria e, apesar do calor do meio da manhã, Loveday sente um arrepio. Então, ele segura a mão dela e a aperta com força.

— Loveday, eu sei que você sente falta do Archie. Todos nós sentimos. Mas você sente tanta falta dele que há coisas que não enxerga. Mas eu enxergo. Se eu te falar, você vai me ouvir?

— Vou.

Uma parte dela já está com vontade de tapar os ouvidos.

— Ótimo. Primeiro, o Archie era único, mas você também é. Vocês eram uma equipe. Quanto tempo a livraria teria durado sem você? Você a abria todos os dias e ele aparecia quando tinha vontade. Você avaliava os livros que chegavam enquanto ele conversava com Deus e o mundo. Você colocava as contas a pagar em um lugar onde ele não poderia deixar de ver e conferia se ele tinha cuidado delas. E você guardava o castelo enquanto ele saía para passear. — Ele faz uma pausa e aperta a mão dela. — Não é?

— Acho que sim. Mas qualquer um poderia ter feito a minha parte.

— Isso é irrelevante. Foi você quem fez, Loveday. — Ele se ergue apoiado em um braço e leva o dedo ao meio da testa dela, descendo-o em uma linha reta pelo nariz, cruzando os lábios, sobre o queixo e ao longo do pescoço. — Se eu pudesse mudar uma única coisa em você, seria para fazer você enxergar como é... impressionante.

Loveday suspira. Não é a primeira vez que ele diz isso, ou algo parecido com isso. Ela entende que é uma ótima maneira de pensar, mas ela mesma não vê as coisas dessa forma. Seria como dizer que ela o faria ser menos alto.

— Não sei o que fazer — diz ela. Se é para ter esta conversa, ela precisa que isso resulte em algo real.

Nathan continua seguindo sua própria linha de raciocínio:

— Eu ainda penso no incêndio, sabe? — diz ele. — Penso em você presa lá dentro e em como eu não teria culpado você e o Archie se tivessem desistido da livraria e partido para alguma outra coisa. Quer dizer, se ele... se ele não tivesse morrido.

— A Lost For Words foi o meu lar por todos aqueles anos em que eu não tinha um. — E é por isso que é melhor não conversar, pois vêm à tona tantas coisas em que é melhor não pensar. Livros falam do coração como se fosse uma coisa boa, mas o de Loveday parece mais que quer sufocá-la.

Nathan faz que sim com a cabeça.

— E faz todo sentido ficar furiosa porque alguém atacou o seu lar. Isso não torna você fraca. Isso faz você... Loveday, isso faz você humana.

— Eu sei. Mas... eu não gosto disso.

— Lógico que não. — Ele a puxa para mais perto. Seu suor secou em um pungente gosto salgado. — Nós estamos passando por um período horrível, individualmente e coletivamente. O fato de você estar sentindo isso não a torna fraca. Nenhum de nós morreu.

Loveday assente, embora não concorde muito.

— O Archie nunca parecia fraco.

— Mas, Loveday, você não parece fraca para a maioria das pessoas. O Archie provavelmente ia lidando com as coisas conforme elas vinham, do mesmo jeito que você está fazendo.

Loveday assente de encontro ao peito dele, o roçar dos pelos do peito e da pele fria dele em seu rosto. Ela sabe que ele está certo.

— Então, o que o Archie faria agora?

Nathan a aconchega.

— Ele garantiria que todos estivessem bem. E nos supervisionaria na arrumação do jardim sem jamais tocar em nenhuma ferramenta ou planta. Mas o que o Archie faria não é de fato a questão aqui, é?

✦ 86 ✦

Trixie

Se relacionamentos no lockdown são difíceis e relacionamentos a distância no lockdown são mais difíceis ainda, términos no lockdown são os mais difíceis de todos. A primeira crise de choro dura uma eternidade, porque chorar sozinha parece lamentoso, performático, e Trix não consegue mantê-la embora esteja cheia de lágrimas. Então, ela dorme. E empurra a comida de um lado para o outro nos pratos, depois em tigelas, quando não tem mais pratos. Deixa mensagens de voz, até Caz lhe pedir que pare. Então ela para. Trix sabe que, quando Caz perceber o quanto sente falta dela, uma das coisas de que vai se lembrar é de como ela é respeitosa.

Depois de dez dias sem sair, Trix decide ir comprar leite de aveia e alguma comida que não seja enlatada. Ela se senta na escada e examina a pilha de papéis, correspondência e folhetos que se acumularam atrás da porta da frente. Contas para Izzy, que Caz tem autorização para abrir, embora todos os pagamentos estejam em débito automático, alguns postais para Philippe, e contas de telefone para Trix. Catálogos de vestidos de noiva para um casal que se mudou daqui há pelo menos quatro anos. E uma grande pilha de jornais de distribuição gratuita.

Algo na primeira página do jornal chama a atenção de Trix: LIVRARIA LOCAL PRESCREVE LEITURAS PARA TODOS OS PROBLEMAS DA VIDA. Hum.

Mas então Trix se lembra de que, se não sai de casa há mais de uma semana, e se (respeitosamente) parou de falar com Caz cinco dias atrás, isso quer dizer que não usa a voz há cinco dias. Não falou com ninguém. Nem sequer cantou ouvindo música.

Ela liga duas vezes, ansiosa.

— Lost For Words. Aqui é a Kelly.

— Olá — diz Trix. Sua voz soa apática, estranha. Como água de uma torneira enferrujada.

— Oi — diz Kelly —, não tenha pressa.

É a gentileza que a desmonta. Trix começa a chorar. De novo.

— É... é a Jennifer? — pergunta Kelly.

— Não — consegue responder ela. — Me chamo Trix.

— Trix, eu estou sozinha na loja. Vou pôr o telefone no viva-voz e cuidar de algumas tarefas administrativas e, quando você estiver pronta para falar, eu paro o que estiver fazendo e atendo você.

Foram apenas uns dois minutos, embora pareçam mais, até Trix começar:

— Meu coração está despedaçado — diz ela. — Que livro pode me ajudar com isso?

Algo que ela não espera vem do outro lado da linha: um choro solidário.

— O meu também — diz Kelly. — É a pior coisa do mundo, não é?

— É — concorda Trix, e ela nem se importa por não fazer a ressalva "mesmo com a pandemia". — Sinto muito.

— Obrigada. — Kelly funga. — Posso sugerir alguns livros para você.

✦ 87 ✦

Loveday

Quando Loveday e Nathan chegam à Lost For Words naquela tarde, prontos para limpar, pintar e se encontrar com o homem que vai instalar os portões, Kelly está sentada à mesa. Loveday faz um sinal com a cabeça para Nathan e se senta ao lado, mas não muito perto, de Kelly.

— Como você está?

Kelly ergue o olhar.

— Estou bem.

— Você não parece bem. — A dica de Nathan para falar com pessoas, "diga o que você vê", é surpreendentemente útil.

Kelly ri.

— Ora, ora, parece que temos um Sherlock Holmes aqui.

— Eu quero ajudar — diz Loveday. — Mas não sei como. — A segunda dica de Nathan: seja sincera.

E agora Kelly desmorona.

— Isso tudo é... Ah, Loveday, eu achei que ele fosse a pessoa certa, achei que a minha vida ia ser... diferente. Achei que nós estávamos funcionando, eu confiava nele de corpo e alma... e agora me sinto uma idiota. Idiota, idiota, idiota. E a coisa mais idiota de todas é que eu sinto falta dele. Achei que não estaria mais sentindo a esta altura. Achei que, depois que eu voltasse para o trabalho, ele não ia mais importar.

— Nada disso parece idiota.

— E coitadinha daquela menina... — lamenta Kelly. — Imagina só como ela está se sentindo.

— A Madison vai ficar bem — garante Loveday. Disso ela tem certeza. Ela já vê Madison como parte da família Lost For Words que, lentamente, percebe que está criando. Loveday vai cuidar de Madison do jeito que Archie cuidou dela. — Como você está se sentindo, fisicamente falando?

— Estou bem — responde Kelly. — Cansada. Mas isso é bom. Pelo menos assim eu durmo.

E, então, ela começa a chorar. Quer dizer, choramingar. Na verdade, apenas deixar as lágrimas rolarem, como se não tivesse energia nem para isso.

Loveday respira fundo. O que Archie faria? Algo perfeito, sem dúvida. Ele faria Kelly rir, ou aplicaria algum tipo de truque mental nela para fazê-la esquecer que um dia havia gostado de Craig, ou faria Craig sair da cidade.

Ela se lembra do que Nathan disse. O que Loveday faria?

Ela continuaria o seu dia.

Então é isso que ela faz.

Ela e Kelly estão trabalhando de lados opostos da loja, em silêncio. Loveday costuma gostar do silêncio, mas isto é diferente. Seus ouvidos estão permanentemente atentos a ruídos nos fundos da loja. E ela está muito consciente de quanto silêncio indesejado deve haver na vida de Kelly agora.

Kelly suspira, de uma maneira que sugere que poderia trazer todo o seu interior junto.

— Que loucura, não é? Em um momento você está planejando ter filhos com alguém, e no seguinte está pensando se ele poderia ter quebrado móveis e mijado em cima deles.

— É — diz Loveday. — É uma loucura mesmo.

Kelly dá uma risadinha fraca.

— Chega a ser uma façanha, não? Acontecer algo com você que realmente pareça uma loucura em um ano como este.

— É verdade — diz Loveday. — Você pensou mesmo que o Craig tenha feito aquilo? Nós presumimos que foi o marido da Jennifer.

Depois de um momento, Kelly responde:

— Não. O Craig não faria algo assim. Seria bom se ele tivesse feito, assim eu poderia odiá-lo de verdade.

— Deve ser difícil.

— É mesmo. Eu passo o dia inteiro dizendo a mim mesma que estou melhor sem ele e, até o fim da noite, já me convenci. Então acordo de manhã e desejo que ele estivesse comigo.

— É — diz Loveday, o que não parece a resposta certa, mas é o melhor que ela pode fazer.

✦ 88 ✦

Trixie

No dia em que o pacote chega, Trix tomou uma bela ducha quente, lavou o cabelo e o prendeu em duas tranças, e está de calça jeans em vez de uma das três leggings que vinha usando há meses. Ao examinar o guarda-roupa em busca de algo que não seja uma de suas camisetas de banda que usa o tempo todo, ela encontra uma camisa de Caz e isso quase a faz desmoronar. Mas respira fundo, dobra e põe a peça de lado, e veste sua camisa listrada favorita, que usava na época em que passava as tardes livres visitando casas do National Trust.

O pacote contém seis livros. Ela não leu nenhum deles. Espalha-os sobre a mesa. Nenhum lhe diz muito. Então, ela vê o bilhete.

Querida Trix,
  Sinto muito que você esteja passando por tempos difíceis. Fico feliz por ter nos procurado e espero que estes livros a ajudem a se sentir melhor, nem que seja apenas preenchendo seus dias. Eu não acho que o tempo cura, mas coisas para passar o tempo são úteis. Os armários da minha cozinha nunca estiveram tão limpos e arrumados.
  Para ajudá-la a decidir qual ler primeiro:

Carol, *de Patricia Highsmith, é sobre Carol e Therese e sua história de amor. Acho um excelente livro, principalmente quando se está precisando de um pouco de esperança.*

Instead of a letter, *de Diana Athill*, é um livro de memórias sobre como ela levou um perdido (embora não se chamasse assim na época) de seu noivo, que era piloto da Força Aérea, na década de 1940. É um outro mundo, mas tão próximo do nosso.

Conversas entre amigos, *de Sally Rooney*, é um romance sobre duas ex-namoradas que tentam ser amigas enquanto seu mundo está mudando.

Tudo sobre o amor, *de bell hooks*. Este livro me fez enxergar o amor de uma maneira totalmente diferente.

A canção de Aquiles, *de Madeline Miller*, é uma adaptação de um mito grego. É sobre amor, fúria, guerra, amizade e o poder de um coração partido.

Jane Eyre, *de Charlotte Brontë*. Não sei por quê, mas pensei neste livro enquanto estávamos conversando, então vou seguir meu instinto e incluí-lo.

E sinta-se à vontade para ignorar se não tiver nada a ver, mas eu fiquei pensando se você por acaso conhece livros de culinária. Se for o caso, será que poderia fazer uma lista de recomendações para o nosso site? Nós vamos pagar, lógico. Me ligue se quiser falar sobre isso.
 Kelly

Trix começa com Sally Rooney, só porque já tinha visto esse livro antes. Houve um tempo, antes que o restaurante fechasse, em que parecia que todas as pessoas que iam comer sozinhas e não ficavam de olho no celular estavam lendo Sally Rooney. Trix não tem certeza se o livro a faz de fato se sentir melhor, mas passa uma hora inteira sem checar o celular. Talvez seja um começo.

✦ 89 ✦

Rosemary, 2005

No dia em que Rosemary e George voltam de suas respectivas despedidas nas escolas, estão os dois silenciosos. O buquê que deram para Rosemary é enorme, vistoso e nada que ela própria teria escolhido: o perfume dos lírios a faz pensar na igreja de seu pai nos dias depois de um funeral e as rosas, cultivadas à força em uma estufa artificial, não têm cheiro de nada. Mas os vales-presentes da John Lewis serão úteis — talvez possa comprar algumas toalhas ou roupas de cama.

George lhe mostra o relógio que ganhou.

— O engraçado é que eu não preciso mais me preocupar com a hora — diz ele. Está encantado com o caderno de recortes cheio de bilhetes de colegas, ex-colegas, alunos e ex-alunos.

Eles se deixam cair no banco, cansados e um pouco emocionados.

— E agora? — indaga Rosemary.

Por um instante, ela se pergunta se seria tarde demais para voltar atrás na aposentadoria, ou se é velha demais para ser professora substituta.

George, lógico, lê sua mente e segura sua mão.

— Antes de mais nada, nós vamos arrumar aquela estufa. Depois, podemos pensar em um trailer. — Ele aperta os dedos dela, não muito forte. — Confie em mim, nós fizemos a coisa certa.

— Sim. Estufa. Trailer. — Ela fala como se estivesse recitando uma lista de coisas a fazer. Ela é boa com listas, e gosta disso.

E, assim, eles vão se adaptando à aposentadoria.

As plantas que cultivam na estufa são as melhores que já tiveram. O jardim parece ter florescido em cores mais vibrantes neste verão e o cheiro de sal no ar os deixa famintos como crianças. Esperam o som da van de sorvetes no fim da tarde e Rosemary compra cones e ostras, que eles comem sentados em seu banco, olhando para o mar. Fazem algumas viagens pelo campo, com fins de semana prolongados em pousadas em Melrose e Stratford-upon-Avon e, embora tenham dado uma olhada em trailers, o fato é que gostam demais da sua casa para querer passar mais do que uns poucos dias longe dela.

Quando setembro chega, Rosemary afasta o sentimento de deveria--estar-indo-para-a-escola e doa todas as suas roupas formais para a caridade. "Todo dia é feriado ou fim de semana agora", diz ela para George, "porque todas as minhas roupas de fim de semana e feriado são as roupas do dia a dia agora". O guarda-roupa de trabalho de George se resumia a três calças boas e uma variedade de camisas que ele agora usa no jardim com as mangas arregaçadas. Mas, em um gesto de solidariedade, ele põe todas as suas gravatas, tirando as que Rosemary lhe deu, na sacola para a instituição de caridade também.

— Você está feliz? — pergunta Rosemary, em uma tarde no fim de setembro, enquanto eles observam a noite cair.

— Lógico — responde George. — E você?

— Estou — responde ela.

E é verdade. Mas é um tipo diferente de felicidade. Não mais a sensação cansada de realização por ter conseguido resolver uma situação complicada com os funcionários ou acalmar uma reunião acalorada, mas uma sensação suave de satisfação tranquila. Ela definitivamente gosta disso. Só precisa se acostumar.

✦ 90 ✦

Loveday

É sábado de novo, e Kelly vem para o trabalho, embora Loveday tenha lhe dito que não precisava. Isso segue muito a linha de O Que a Loveday Faria. Mas, quando Kelly chega, Loveday decide tomar a dianteira.

— Fico feliz por você estar aqui — diz ela — e vou manter a Madison ocupada comigo. Mas você não precisa ficar se achar que não está dando conta.

Kelly olha para Loveday por um segundo antes de indagar:

— Fisicamente e emocionalmente?

— Isso — responde Loveday, e elas sorriem uma para a outra.

— Obrigada, Loveday.

— Vou fazer o que puder para lhe dar apoio — diz Loveday, e é sério. Ela disse o mesmo para Madison, e foi sério. Kelly e Madison estão em uma situação ruim que não foram elas que criaram. Loveday não tem como fazer a dor passar, mas pode minimizá-la. Pode fazer da Lost For Words um lugar seguro para as duas do jeito que Archie fez com ela.

Archie provavelmente levaria as duas para almoçar, e beberia uma garrafa de vinho Madeira sozinho, e contaria histórias para as duas até que ambas estivessem rindo tanto que nem se lembrariam de seus problemas. Mas esse não é o jeito de Loveday.

Hoje, Nathan e Sarah-Jane estão nos fundos, Sarah-Jane supervisionando o trabalho de Nathan, o jardim quase de volta ao que tinha sido. Depois de uma lavagem com mangueira de pressão, Loveday o ajudara com a pintura e eles tinham conversado sobre a escolha de uma citação para pôr na parede do mesmo jeito que conversavam sobre escolher tatuagens. Os portões tinham sido instalados: altos, de madeira, mas envernizados em um bonito quase dourado que cria uma sensação de segurança em vez de parecer que se está trancafiado.

Não faz sentido Loveday se perguntar o que Archie faria quanto à remodelação do espaço. Porque a resposta é que haveria algum amigo que estaria reformando seu pomar e teria algumas peças de mobília velha mas bonitas que não ia mais usar, ou ele simplesmente daria de cara com algumas cadeiras de ferro abandonadas na rua. Loveday faz as coisas do seu próprio modo. Quer dizer, o novo modo que encontrou, que é baseado em ser uma versão determinada e autoconfiante de si mesma.

Ela olha para o saldo bancário e, em vez de pensar que deveria poupar tudo para o caso de a situação piorar, decide gastar um pouco porque a situação vai melhorar. Suas cadeiras de rattan para jardim chegam em poucos dias, e são confortáveis, acolhedoras e combinam com o ambiente, e Loveday não consegue sequer imaginar por que não fez isso antes. Um lugar seguro não tem que ser feito de qualquer jeito. Pessoas em apuros não são cidadãs de segunda classe. O fato de se sentirem gratas por terem um lugar seguro para se sentar não significa que qualquer coisa sirva.

Quando Madison chega, a primeira coisa que ela faz é perguntar a Loveday se pode ir falar com Kelly, que está no andar de cima, cuidando da papelada que Loveday deixou um pouco atrasada durante a ausência dela.

— Vou ver — diz Loveday.

Mas Kelly responde de lá:

— Lógico.

Então Loveday vai buscar bebidas quentes para todos, para acompanhar os brownies que sua mãe mandou.

✦ 91 ✦

Kelly

Quando Madison sobe a escada e Kelly a vê, seu primeiro pensamento é que ela deve ter tido Covid-19 também. Está tão pálida.

— Você está bem? — pergunta ela.

Madison dá de ombros.

— Não muito.

— Você leu os livros?

Não é a pergunta que ela quer fazer de fato, mas não pode mencionar Craig, a menos... até que... Madison o faça. E não tem certeza se consegue se manter sob controle se falarem sobre ele. Por que nunca percebeu que Madison tem o queixo reto e o cabelo castanho-claro do pai?

— Li. Foram uma boa distração.

Kelly sorri.

— Às vezes é disso que a gente precisa.

Ela está dedicada aos estudos agora. Quando voltou a trabalhar em seu doutorado, não foi pela coisa em si, mas para ter algo para fazer e parar de pensar em Craig. Mas logo se apaixonou por sua pesquisa outra vez. Todas aquelas mulheres, inteligentes e prolíficas, em um mundo que não se importava com mulheres inteligentes nem valorizava seu trabalho. Dorothy, Dora e Mary Wordsworth. Zelda Fitzgerald. Véra Nabokov. Agora, quer passar tanto tempo quanto possível com elas.

— É. — Madison parece querer ir embora, mas então para e respira fundo. — O meu pai sabe que foi um idiota. Ele vive dizendo isso para a minha mãe. E ela fica dizendo que ele é mesmo. Eles brigavam demais no começo, mas diminuíram um pouco agora. Acho que cansaram.

Kelly fala com a voz mais gentil que consegue:

— Isso não é mais da minha conta, Madison. Nunca foi. Eu não sabia.

— Eu sei. Acho que eles vão se divorciar.

— É difícil continuar depois de algo assim. Para qualquer relacionamento.

Kelly soa mais sábia do que se sente. Ela tem vontade de sacudir Craig com muita força. Que homem burro, fazendo três mulheres sofrerem quando, se tivesse sido honesto, poderia ter... Ah, não serve de nada especular. Mas Kelly passou sua segunda semana de Covid-19 especulando, portanto todas as possibilidades estão em sua cabeça de qualquer modo. Ele poderia ter conversado com a esposa, tentado de novo, sido feliz com ela, e deixado Kelly em paz para continuar conhecendo outros caras e, talvez, ser feliz com outro alguém. Ele poderia ter conversado com a esposa, tentado de novo, e eles poderiam ter se separado. E, então, ele e Kelly poderiam ter se conhecido e sido felizes. E, óbvio, ele poderia ter contado que era casado e infeliz. Kelly teria dito para ele cair fora, é lógico, porém, se ele tivesse feito isso, talvez houvesse uma possibilidade de futuro. Mas não depois de todo esse tempo mentindo.

— Mas — diz Madison — todo mundo comete erros. Isso é o que vocês vivem dizendo. Errar e aprender. Pedir desculpa e seguir em frente.

— Vocês?

— Adultos — responde Madison, contrariada. — Quer dizer, professores. Pais. Você, a Loveday e o Nathan. Vocês estão sempre dizendo coisas do tipo para os adolescentes, mas vocês mesmos não fazem isso.

Kelly deixa escapar uma risada.

— Você não está errada — diz ela. — Façam o que eu digo, não o que eu faço.

— Exatamente. — Madison faz uma pausa. — Eu não me incomodaria.

— Com o quê?

— Se meus pais se separassem. Se você e meu pai ficassem juntos.

— Ah, Madison. — Se não fosse por essas malditas regras de distanciamento, Kelly abraçaria Madison com tanta força agora. — Isso não vai acontecer. Ele não foi honesto comigo.

Madison faz que sim com a cabeça.
— Vocês seriam amigos?
— Não sei. Acho que não.

Madison assente outra vez, como se decepção fosse exatamente o que ela esperava. E Kelly, que antes de voltar ao trabalho havia pesquisado todas as recomendações sobre o tempo em que ainda haveria risco de contágio, deixa a cautela de lado e abre os braços, permitindo que Madison chore em seu ombro.

✦ 92 ✦

De volta àquela pergunta terrível:

É preciso ter um livro favorito?

Acho que eu deveria saber. Afinal, estudei, amo, leio e escrevo livros. Quando eu ainda acreditava em Papai Noel (e pode ser que ele seja real aí onde você mora, então, por favor, não se preocupe por minha causa), mandava para ele listas de livros. Livros são muito a minha praia. (Se praias fossem livros.)

Isto é o que eu sei.

Às vezes, um livro vai cantar para você. Cantar para a sua alma, a sua dor, o seu ser.

Às vezes, um livro vai conhecer você por completo, e é como se as páginas tivessem alguma magia e as palavras estivessem aparecendo nelas à medida que você as lê, porque estão tão ligadas ao seu coração e à sua própria história que essa é a explicação mais lógica para o que está acontecendo.

Às vezes, um livro de que você desistiu uma vez adquire uma nova dimensão quando você o pega para ler de novo. Quando você passa da parte onde havia empacado e finalmente experimenta todo o potencial daquelas palavras.

Todos esses livros podem ser seus favoritos.

Assim como os livros que fazem você gargalhar em um trem, levando outras pessoas a olharem para você e sorrirem por trás da máscara. E os que fazem você pensar que poderia se apaixonar de novo, um dia. Aquele que a sua avó amava e você não achava grande coisa, mas agora que ela se foi e você envelheceu um pouco, sente a força da presença dela quando o lê. Aquele que você leu em sua primeira viagem sozinho, que lhe fez companhia enquanto você aprendia como comer sozinho à mesa e apreciar a experiência.

    Os livros não ligam para quantos favoritos você tem.

    Livros favoritos adoram estar na companhia de outros livros favoritos.

    Escolha. Não escolha. Tenha um favorito, ou uma centena.

    Leitor, o que quer que você faça, estará certo.

    Tem que estar. Está escrito que é assim, bem aqui, em um livro.

✦ 93 ✦

Loveday

Loveday está prestes a fechar a loja e encerrar o dia quando vê um homem do outro lado da rua, digitando no celular, com um jornal embaixo do braço e olhando furtivamente para a livraria. Antes que ela possa pensar direito no que está vendo, Madison desce a escada e para ao seu lado.

— Meu pai quer falar com você — diz ela. — Ele pode entrar?

— Não — responde Loveday —, mas pode se aproximar.

Craig se aproxima como um cão com o rabinho entre as pernas. Loveday não é de violência, mas, se fosse, ia querer chutá-lo. Madison está angustiada, Kelly está arrasada, e sabe-se lá o que a sua pobre esposa está passando. E tudo porque ele não pôde ser honesto — consigo mesmo, com sua esposa e com Kelly.

— Madison — diz Craig, e então, com menos confiança: — Loveday?

— Sim — respondem Loveday e Madison em uníssono.

Craig está com cara de quem quer fugir. Mas não o faz. Ele olha para Loveday.

— A Madison me contou que alguém fez estragos na loja.

— Sim.

Craig assente com a cabeça.

— Não fui eu.

Loveday ouve passos na escada e espera para ver se Kelly vai descer. Craig ergue o olhar e empalidece.

— Kelly — diz ele.

— Craig.

Kelly obviamente não vai se aproximar mais que isso. E Craig, ao que parece, não vai parar de olhar para ela. Loveday desconfia que ele realmente a ama — ele tem aquele ar desolado que só vem de um sofrimento profundo —, mas foi ele quem estragou tudo.

— Você estava dizendo que não destruiu o jardim — retoma Loveday.
— Eu não achei que tivesse sido você.
— Não. — Craig olha de volta para Loveday, depois para Madison.
— Eu estava em isolamento quando isso aconteceu. E muito fraco. Não conseguiria nem sair de casa.

Madison, a voz quase robótica, confirma:
— Ele está falando a verdade. Minha mãe e eu tínhamos que levar comida para ele. Ele estava bem doente.

Craig quase ri.
— Isso é dizer pouco. Nunca me senti tão mal na vida.
— Ah, coitadinho... — debocha Kelly.
— Não estou pedindo compaixão. Só queria dizer para a Loveday, pessoalmente, que não fui eu quem causou os estragos.
— Um telefonema teria resolvido — diz Loveday.

Ela está prestes a fechar a porta quando Craig tosse. É uma tosse do tipo eu-vou-fazer-um-discurso e não do tipo que começa e não para.
— Mas fui eu que denunciei vocês por descumprimento das regras contra a Covid-19 — diz ele. — Desculpa.
— Pai! — exclama Madison.
— Seu canalha! — xinga Kelly ao mesmo tempo.

Loveday espera.
— Sim, eu sei — diz ele, e endireita a postura. — Eu estava... naquela noite em que você me pôs para fora, Kelly...
— Depois de descobrir que você era casado e não tinha me contado?

Craig hesita, e Loveday pensa: *Se ainda tentar se defender, então não há mesmo esperança para você.* Mas Craig baixa o olhar, depois olha para Kelly e de volta para Loveday.
— A Kelly está certa. Não tem justificativa para o que eu fiz. Poderia dizer que estava doente, que estava magoado, que não estava pensando direito... Mas não tenho desculpa. Foi mesquinho, e eu sinto muito por

isso. Estava sentado no carro, tentando me preparar para ir falar com a Jo, e pensei no dia em que entrei e me sentei no jardim com a Kelly. E foi num impulso que acessei o site do governo e preenchi o formulário.

Loveday sabe que deveria estar brava, mas não consegue nem juntar a energia. É mais um daqueles momentos em que a incapacidade de outra pessoa de lidar com as coisas acaba afetando a vida dela.

— A Kelly convidou você para se sentar no jardim quando não havia mais ninguém aqui e você usou isso contra nós?

Madison balança a cabeça.

— Pai...

— Eu sei — diz Craig.

— Você está certo. Foi uma atitude muito mesquinha — diz Loveday. — Mas agradeço por você ter vindo pedir desculpas.

E então, estão todos ali olhando uns para os outros, duas mulheres e uma garota em diversos estados de raiva e decepção e um homem envergonhado.

— Há... — murmura ele, e se vira para ir embora.

Há uma tensão de sentimentos entre Loveday, Kelly e Madison que as impede de dizer qualquer outra coisa. Que as faz deixá-lo ir embora, sentir o peso do silêncio delas empurrando-o.

Mas ele se vira novamente.

— Eu também queria dizer que sinto muito pela sua amiga.

Não fica claro de quem ele está falando.

— Que amiga? — pergunta Loveday, porque Kelly e Madison estão nitidamente alinhadas à política de "falar o mínimo possível com Craig".

Craig mostra o jornal. ESTIMADA DIRETORA ESCOLAR MORRE DE COVID-19, diz a manchete.

— Ah, não... — diz Loveday.

Ela pega o jornal das mãos de Craig e passa os olhos pela notícia, sentindo a atenção de Madison e Kelly sobre si. Lê em voz alta, sua voz embargando:

"Rosemary Athey é um nome que muitas pessoas que estudaram na área de York conhecem bem. Ela foi uma professora e diretora muito reconhecida e estimada, com uma carreira de mais de quarenta anos, um pilar das comunidades escolares locais e defensora incansável da educação ao longo de toda a sua carreira profissional.

"Rosemary (ou sra. Athey, como muitos de nós a chamaríamos, pela força do hábito) morreu no Hospital de York depois de uma breve internação causada pela Covid-19. Segundo informações, ela passou menos de quarenta e oito horas no hospital. Devido à sua idade, foi considerada vulnerável demais para ser entubada.

"A enfermeira-chefe Casey Ripley, que cuidou da sra. Athey, não pôde comentar o caso diretamente, mas disse: 'É sempre triste quando um de nossos pacientes sucumbe à Covid-19 e é muito difícil que as regras determinem que seus entes queridos talvez não possam estar junto. Por favor, levem as regras a sério. Usem máscara, lavem as mãos e mantenham o distanciamento social.'

"Uma enfermeira, Carol Johnson, que foi aluna da sra. Athey — que era casada com outro professor com uma longa carreira em Yorkshire, George Athey —, disse: 'Ela era uma mulher maravilhosa. Sempre gentil e justa. Muitas pessoas são gratas a ela.'

"George Athey, que provavelmente teve uma forma mais leve do vírus que não precisou de hospitalização, não estava presente para comentar. O casal não tinha parentes."

Madison e Kelly estão chorando quando Loveday chega ao final da notícia.

— Achei que vocês soubessem — diz Craig.

— Não — responde Loveday. — Nós não fazíamos ideia.

— Você acha que ela já estava hospitalizada quando fomos ver o George e pegar as plantas? Ela não estava lá. — Loveday odeia essa ideia, mas precisa falar.

Ela, Kelly, Madison e Nathan foram para o jardim de leitura, pois a calçada ficou pública demais para o luto deles. Craig os seguiu para dentro da loja e ninguém sequer pensou em impedi-lo. Madison está afagando as folhas da hosta, e Kelly continua a chorar.

Nathan segura a mão de Loveday.

— Talvez. Talvez ela já tivesse morrido.

— Nós deveríamos saber — diz Loveday.

Ela olha para Nathan. Quer tanto que ele diga que não havia como saber ou que não havia nada que pudessem ter feito. Mas ele apenas enxuga os olhos e diz:

— Sim.

O que Loveday faria?

Ela não deixaria um homem idoso sofrer sozinho.

— Eu vou lá.

Nathan assente com a cabeça.

— Eu levo você.

— Eles só tinham um ao outro... — diz Kelly. Ela parece estar falando consigo mesma.

E agora George está sozinho, pensa Loveday. George, que nitidamente não está bem de saúde.

— Podem deixar que eu fecho aqui — diz Kelly.

— Tem certeza? Quer dizer, você está em condições de fazer isso?

— Estou bem.

— Vou ficar também — diz Madison, depois leva as mãos ao rosto, vencida pelas lágrimas outra vez.

Craig abre os braços, mas é para Kelly que Madison se lança, aos soluços. Craig, após um momento de hesitação, põe a mão nas costas de Madison, afagando-a. E então Kelly está chorando também, e Craig, seu rosto tomado por uma solidariedade cautelosa, diz:

— Sinto muito, Kelly.

Ele estende um braço para ela. Ela o ignora, mas não se afasta.

Madison respira fundo, funga e olha para Loveday.

— Leva o livro para ele — diz ela.

✦ 94 ✦

Loveday

George está no jardim quando eles chegam. Lógico que está. Mas não está trabalhando. Ele está apoiado em uma pá, imóvel, olhando para o mar. Tão imóvel. Enquanto se aproxima, Loveday se pergunta se é possível que ele tenha morrido também, que a pá esteja, de alguma forma, sustentando o seu corpo frio. Mas então ele se vira quando ela abre o portão nos fundos do jardim.

— George — diz ela. — É a Loveday. Da Lost For Words.

— Ah. — Ele parece fazer um pequeno esforço para reconhecê-la. — Olá.

— George. — Loveday se mantém a dois metros de distância e, para sua própria surpresa, põe a mão livre sobre o peito. — Sinto muito pela Rosemary.

— Não tanto quanto eu — responde ele e começa a chorar. Pega um lenço no bolso e assoa o nariz.

Loveday alerta a si mesma, com toda firmeza que pode, para não chorar. Ela não está aqui para ser consolada por um homem que perdeu a parceira de uma vida inteira da pior maneira possível. Está aqui para ajudá-lo, se puder. Para lhe dizer que ele tem amigos, pessoas com quem contar. Ela aperta o pacote do livro junto ao corpo e para diante de George.

Archie teria colocado a mão no peito, sobre o coração. Ela fez isso. E então, ele compartilharia sua melhor lembrança de Rosemary.

Mas o cérebro de Loveday não consegue fazer isso. Ainda é cedo demais para lembrar de Rosemary viva, e não suporta pensar nela morta. Tudo no que ela consegue pensar é em perguntas.

— Quando o Nathan e eu viemos buscar as plantas... ela já tinha falecido?

Ele confirma com a cabeça.

— Ah, George... você poderia ter nos falado.

— Depois que vocês foram embora, eu ouvi a voz dela. Clara como sempre. Lendo para mim. E aí ela disse: "George Athey, você nem lhes ofereceu uma xícara de chá! E não vai conseguir comer todos aqueles biscoitos sozinho antes que eles amoleçam, vai?"

— Sinto muito, George.

Ele assente com a cabeça outra vez.

— Ela tinha medo de ficar sozinha. Achava que não ia conseguir. É por isso que ela quis dar as plantas para vocês.

Loveday pensa nas belas plantas dos Athey, seguras, agora, no jardim de leitura.

— Nós achamos que eu ia primeiro — diz ele. — Fico feliz por ela não ter tido que enfrentar isso. É muito triste quando se passa a vida inteira com alguém e essa pessoa se vai.

George está olhando para o mar. Loveday faz o mesmo.

— Você... como você fez? O funeral e tudo o mais? Nós teríamos ajudado.

— Eu tive bastante ajuda — responde George. — Liguei para a primeira funerária que encontrei e uma ex-aluna minha atendeu. Ela e o marido cuidaram de tudo. Eles disseram que poderíamos fazer uma cerimônia quando as pessoas puderem se reunir, mas não tenho ânimo para isso. Se eu ainda estiver aqui.

— Do que você precisa agora?

Loveday sabe qual será a resposta.

— Eu? De nada. — O tom dele diz "de nada a não ser da Rosemary".

— Tem alguém fazendo compras para você? Eu gostaria de... — Loveday se interrompe. Ele disse que não queria nada. Ela respira fundo e engole o choro, sentindo o nó apertado na garganta.

Eles ficam parados. O mar está cinza hoje.

— Morei em Whitby quando eu era pequena.

George sorri.

— Você é muito sortuda, então.

Loveday não vai corrigi-lo. Ela não tinha sorte na época. Mas com certeza tem sorte agora. Pensa em Nathan, no carro, ouvindo rádio e vendo o mundo passar, esperando para poder levá-la de volta para casa.

— Eu vim porque vi a notícia no jornal, sobre a Rosemary, e queria lhe dizer que você é parte da família da livraria. Sei que isso não é muito. Mas nós não vamos nos esquecer de você.

— Não sei o que eu sou sem a Rosemary. Ela era... — Ele faz um gesto, só um pequeno movimento com a mão livre, mas o suficiente para transmitir a ideia: não existem palavras que possam expressar a profundidade e o significado do que a esposa foi para ele, todos os dias da vida deles.

E Loveday tem um daqueles raros momentos em que sabe exatamente o que dizer, com suas próprias palavras, não com as de outra pessoa ou de um livro.

— Ela foi o que foi porque você é o que é — diz Loveday.

E George a encara e diz:

— Sim.

Loveday não consegue convencer George a entrar, mas ele lhe dá permissão para ir fazer um chá. Ela encontra os ingredientes para um sanduíche também e os leva para fora, com cuidado, em uma bandeja. A cestinha de Rosemary está ao lado da porta, mas nem passa pela cabeça de Loveday usá-la.

George está sentado no banco.

— Quer que eu pegue um cobertor? — pergunta Loveday.

— Não estou com frio — diz George, e ela sabe que ele está falando a verdade.

O ar vai refrescar logo, mas, no momento, o sol está firme. O mar é hipnótico.

Loveday põe uma caneca de chá nas mãos de George e o observa tomar em silêncio.

— Ela gostava de você. De todos vocês. — George pousa a caneca vazia ao seu lado.

— Ela encomendou com a gente um presente para você — revela Loveday. — Antes de adoecer. Acho que era para o seu aniversário.

George assente com a cabeça.

— Foi ontem. Eu não deveria estar ficando mais velho se ela não pode mais ficar.

— Aqui — diz Loveday.

De repente, deseja ter feito uma embalagem para *O jardim secreto*, em vez de entregá-lo dentro de uma sacola de papel. Mas talvez um papel de presente fosse demais neste momento.

Ele tira o livro da sacola e vira-o nas mãos. Olha a capa, a lombada e a contracapa. Então volta à capa.

E veja só. Ele está sorrindo. Loveday (Rosemary, na verdade) o fez sorrir.

— Ela lhe pediu para conseguir isto?

— Sim — responde Loveday. — Ela deixou bem claro que tinha que ser esta edição. Disse que era a que você tinha quando criança.

— Era.

Ele começa a folhear o exemplar. Seus dedos são desajeitados a princípio, mas logo encontram um ritmo.

— Fico feliz que você tenha gostado.

Loveday se permite chorar, só um pouquinho, em silêncio. George não está olhando para ela. É como se ela nem estivesse ali, e esta é a melhor sensação que ela poderia ter neste momento.

— Você leu este? — pergunta George.

— Li — responde Loveday —, muito tempo atrás. Eu achava que era a Mary.

George ri.

— Eu achava que era o Dickon.

— Você é — diz Loveday, olhando ao redor. — Olha só tudo o que você fez aqui.

George faz um aceno vago com a mão.

— É só questão de paciência.

Paciência e amor, pensa Loveday, mas não diz. Ele já parece suficientemente frágil.

— A minha Rosie combinou isso com você?
— Sim.

George sorri.

— Houve um tempo em que eu imaginei que leria este livro para os meus filhos. Mas nunca se sabe o que vai acontecer, não é? — Ele põe o livro no colo e pressiona-o com força, com ambas as mãos.

— É verdade — concorda Loveday.

Exceto em um livro que já se leu antes, pensa ela. *E, talvez, se você mesmo o tiver feito, em um jardim.*

✦ 95 ✦

Kelly

Kelly achava que abrir novamente a Lost For Words para o público seria estressante. Mas, depois que ela e Loveday planejaram como tudo poderia ser administrado, com um número limitado de pessoas e um sistema de fluxo em um único sentido, e reservas para o jardim de leitura, começou a aguardar o momento com ansiedade. Agora, uma semana depois que as restrições foram retiradas, está muito feliz neste cauteloso mundo novo. Ou deveria estar, se não estivesse tão cansada. Ela não está mais acostumada a tanta interação e isso vem drenando suas energias de uma maneira que não teria imaginado ser possível antes da pandemia.

Mas nem sonharia em reclamar. A gentileza dos leitores é perfeita para seu coração em lento processo de cura. Não tinha se dado conta do quanto sentia falta de conversas sobre livros, sobre o tempo, e sobre a dificuldade de estacionar em York. E as recomendações! Ela e Loveday estiveram tão ocupadas prescrevendo livros para os outros que tinham se esquecido da emoção quando um cliente entra, pega um livro e diz: "Você já leu este? Pois deveria!" Leitores são as únicas pessoas que Kelly permite que lhe digam o que fazer.

Madison desce a escada.

— Você acha que a Loveday vai me dar um emprego quando eu terminar a escola? — pergunta ela. — É fantástico quando as pessoas não sabem que livro querem e você consegue encontrar um para elas.

Ela ri. Tem feito mais isso ultimamente. *Ela é uma boa menina*, pensa Kelly. Craig e a esposa devem ter feito algo certo.

— Parece que você teve um bom dia.

— É, foi bom — responde Madison. Então, movendo os pés no chão com timidez, ela mostra o celular para Kelly. — Tem este filme antigo que eu queria ver, mas meus amigos não querem. Acho que é adaptação de um livro, né? *O morro dos ventos uivantes*. Não me importo de ir sozinha, mas... você quer ir também? É amanhã à tarde.

Kelly vai visitar seu pai amanhã, mas ele não vai se importar se ela for embora logo depois do almoço. Especialmente porque ele convidou Sarah-Jane também. Ele pode dar uma carona de volta para ela mais tarde, se quiser. É tão mais fácil poder passar algum tempo com seu pai agora.

— Estou dentro.

Neste momento, a porta se abre e entra uma mulher empurrando um carrinho de bebê. Ela parece cansada. Um menininho vem saltitando atrás.

— Eu quero um livro sobre elefantes! — declara ele para todo mundo ouvir.

— Realidade ou ficção? — pergunta Madison.

A criança responde com firmeza:

— Quero um de histórias, por favor — diz ele, antes de olhar para a mãe.

— Pode ir junto com a moça, Tommy — diz ela, e a criança segue Madison. Então, fala para Kelly: — A Loveday nos levou livros durante o lockdown e nós somos tão gratos por isso. Eu não lia havia muito tempo. Agora, é o que mais faço. Além de cuidar das crianças.

Há alguma coisa no jeito que a mulher fala que impede Kelly de comentar que essa é uma vida boa. Em vez disso, ela pergunta se a mulher precisa de mais alguma coisa e vai pegar o quinto e o sexto volumes da série *Anne de Green Gables*.

Quando retorna, Madison já trouxe Tommy de volta e ele está sentado no chão com seu livro. Sua mãe está enxugando os olhos.

— Está tudo bem?

As pessoas às vezes se emocionam por estarem de volta ao mundo.

— Sim... Não... — responde a mulher, e dá uma olhada no filho para conferir se ele não está prestando atenção nela. — Meu marido morreu. De Covid-19. Às vezes, é... eu sinto saudade dele com todo o meu ser.

— Lógico que sente — diz Kelly.

Ela não era muito de abraços antes da Covid-19, mas agora tem vontade de abraçar todo mundo. Em vez disso, ela une as mãos e pressiona os dedos contra os lábios, como se estivesse rezando.

— Sim — responde a mulher, e Kelly entende: esta deve ser a Zoe, de quem Loveday fala.

Quase chama Loveday, mas se contém. Esta mulher não veio aqui para ser o centro das atenções. Ela não pediu para ver Loveday. Só queria livros para ela e o filho.

Depois que a pequena família sai, Madison pega o casaco.

— Meu pai vem me buscar — avisa ela, com um meio sorriso como um pedido de desculpas para Kelly. — Ele vai me levar para ver o apartamento novo dele.

— Divirta-se — diz Kelly, e está falando sério.

Ela não guarda ressentimentos em relação a Craig agora. Mas não está nem cogitando pensar em romance até terminar seu doutorado, ter pelo menos um artigo publicado e reduzir a pilha de novos livros adquiridos que estão à espera de serem lidos. Isso significa pelo menos dois anos de celibato, o que lhe parece bem adequado.

No jardim de leitura, Loveday e Nathan estão sentados no banco. Quando George ligou e pediu que fossem pegar o velho banco e ficassem com ele, um mês depois da morte de Rosemary, Loveday não queria aceitar. Mas Sarah-Jane a lembrou de que George iria para uma clínica de cuidados paliativos, quer ela levasse o banco ou não, então ela e Nathan foram buscá-lo. George tinha saído à rua para acenar para eles.

— Não se preocupe comigo — disse ele para Loveday. — Eu estou pronto. A Rosemary não estava, mas eu estou.

Loveday tinha chorado metade do caminho de volta a York e, naquela noite, depois de horas em silêncio, disse para Nathan:

— Eu nunca vou estar pronta para perder você.

— Eu também nunca vou estar pronto para perder você — respondeu Nathan.

Desde então, eles ficaram mais próximos do que nunca. Loveday parou de fingir que é completamente independente, e Nathan parou de fingir que está sempre feliz. Eles conversam sobre o futuro, às vezes.

Agora, o banco foi lixado, pintado e consertado e Sarah-Jane fez almofadas para ele. Nathan e Loveday criaram o hábito de passar alguns minutos do dia ali. Este talvez seja o lugar favorito de Loveday.

— Ah — diz Nathan —, a Bella passou aqui e nos convidou para jantar.

— Eu topo, se você também quiser.

Nathan ri.

— Nunca mais vou recusar um convite. E aposto que ela sabe cozinhar. Se não souber, vai dar uma boa história.

Loveday ri também.

— Acho que talvez este tenha sido o nosso melhor dia. Quer dizer, em termos de vendas. Eu quero mais dias assim. Melhores ainda do que este.

Quando isto aconteceu comigo?, ela se pergunta. *Quando eu comecei a ter planos para o futuro? Quando eu comecei a... esperar coisas boas? Ter esperança? Seria estranho*, pensa ela, *se uma pandemia tivesse feito isso comigo.* Mas, na sua experiência, a vida é sempre estranha.

— Eu tenho orgulho de você — diz Nathan. — Do que você fez aqui. É muito mais do que uma livraria.

Loveday balança a cabeça, depois pousa-a no ombro dele.

— Nada é mais do que uma livraria.

E ela fecha os olhos e imagina quantas pessoas estão, neste momento, virando as páginas de um livro que Archie, Kelly, Madison, Nathan, Sarah-Jane e ela puseram em suas mãos.

✦ 96 ✦

Jennifer está lendo para Milo, que está quentinho e relaxado depois do banho. Ela começou a andar descalça pelo apartamento, pois não sente mais que precisa estar pronta para fugir e procurar um lugar seguro a qualquer momento. Ela está segura ali. E tem um livro novo, *Agnes Grey*, de Anne Brontë, para ler mais tarde. Foi à Lost For Words na quarta-feira, quando Milo estava na escolinha, e o comprou, com uma sensação deliciosa de estar levando uma vida normal. Embora ela continue alerta, só por precaução.

Jamie tem um gerente assistente que trabalha no turno de sábado à noite, portanto está indo para casa. Vai sair para correr e depois terminar as últimas páginas de *Livre*. É o seu livro favorito até agora. Está até pensando se deveria tentar fazer uma caminhada épica como a do livro.

Adjoa começou a passar livros para a mãe, que lê muito mais rápido que ela, então isso dá uma urgência agradável à sua hora de leitura. Ela abandona qualquer livro em que veja brancos-salvadores ou um melhor-amigo-negro.

Bella tem um teste para o papel de Amanda Wingfield em uma turnê da peça *À margem da vida*, de Tennessee Williams. Ela acha que é nova demais para o papel, mas vai tentar. Afinal, quem não arrisca não petisca! Não tem muito tempo para ler agora que sua vida social está a mil outra vez, mas está determinada a se manter em contato com Loveday e Nathan, que se provaram excelentes companhias para jantares. Os truques de Nathan com as moedas de chocolate nunca perdem a graça.

Casey está pensando em fazer uma especialização em enfermagem de cuidados paliativos. Ela encontrou um bazar beneficente no caminho para o trabalho, onde entra e compra um livro às vezes. Está lendo *E o vento levou*, de Margaret Mitchell, e algumas páginas quando se deita parecem ajudá-la a dormir.

Hozan e Zhilwan têm a casa para si mesmos outra vez, embora seus filhos venham pelo menos uma vez por mês para passar o dia, junto com suas famílias. Estar de volta à universidade faz Hozan perder a maior parte das conversas sobre *EastEnders* entre Zhilwan e Lorraine, mas ele geralmente vê Claire e Arthur nos fins de semana. Às vezes, são convidados para jantar lá. O dolma de Lorraine não foi o melhor que ele já comeu, mas o fato de ela tê-lo preparado quase o fez chorar. Loveday encontrou para Hozan um livro que ele ainda não tem sobre política curda, e outro sobre pontes sul-americanas.

✦ 97 ✦

Loveday

Loveday e Kelly saem da livraria pelo jardim de leitura. Mesmo agora, no final de setembro, ele é bastante usado até o último minuto do dia. Loveday tranca o portão depois de saírem, a madeira quente sob sua mão. Foi outro dia bom na Lost For Words. Kelly e Loveday se revezaram no balcão da farmácia. Trixie, que está pegando o jeito mais depressa do que Loveday teria achado possível, trabalhou com Madison na caixa registradora, e as duas aconselharam, venderam e ajudaram leitores a encontrar o que estavam procurando. É difícil acreditar que, a esta altura no ano passado, Loveday estava com medo de ir à falência, e depois se convencera de que a pandemia seria o fim definitivo. Os negócios estão melhores do que nunca e Loveday se sente orgulhosa: da livraria e do trabalho que ela, Kelly, Madison, Nathan e, agora, Trixie dedicaram para fazer dela um sucesso, quando a Lost For Words poderia ter tão facilmente escorregado de suas mãos. A pandemia não acabou, mas, com as vacinas e a regra de só entrar com máscara, Loveday sente que o pior já passou.

Está quieto no carro enquanto Loveday dirige ao longo das planícies úmidas pela estrada que as levará a Whitby. Os sábados na loja são tão movimentados que ambas estão exaustas e não aguentam mais falar quando chega o fim do dia. Em outros tempos, Loveday teria preferido ir direto para casa. Mas a vida é diferente agora.

— Que pena que a Madison não pôde vir esta noite — comenta Kelly. — Mas é bom que ela vai ver o Craig.

— Sim — diz Loveday. Mas o que de fato está pensando é: *Eu não tenho ideia de como você consegue lidar com isso tudo.*

A suspeita de Kelly de Covid-19 longa, por causa do cansaço, dos enjoos e do gosto estranho que sentia com as coisas, acabou se revelando ser um bebê inesperado. Agora, com quatro meses de gravidez, ela parece feliz, e Madison está escolhendo nomes de seus livros favoritos para o meio-irmão ou meia-irmã. (Esta semana, ela sugeriu Scout, de *O sol é para todos*, ou Stanley, o menino de *Buracos*, de Louis Sachar.) Loveday muitas vezes ouve Kelly e Madison rindo juntas. Não sabe bem como elas estão fazendo para criar um bom relacionamento, mas pelo jeito está funcionando.

Loveday e Kelly estão a caminho de visitar o pai de Kelly, Neil, e Sarah-Jane, que vem passando cada vez mais tempo com ele. Ela diz que está velha demais para ter um namorado, mas isso definitivamente parece ser o que Neil é. Nathan e Vanessa foram para lá mais cedo — Vanessa voltou para casa para um fim de semana prolongado entre trabalhos, agora que o mundo está voltando ao normal. Vai haver um jantar, e depois vão assistir a um filme, embora já tenham feito várias dessas reuniões a esta altura e sempre planejem ver um filme, mas no fim continuem sentados em volta da mesa até meia-noite, só conversando e aproveitando a companhia uns dos outros.

E Loveday mal pode esperar para passar esse tempo com todos eles. Sua família cresceu durante esse tempo em que o mundo encolheu, e, em vez de se sentir perdida e assustada em um mundo maior do que planejava, ser parte de uma família grande e feliz é um prazer e uma alegria.

Comparável a ler um livro.

Os livros

◆

O professor Hozan e Lorraine — Livros para um círculo de apoio formado por vizinhos:
A book of Middle Eastern food, de Claudia Roden.
Before the year dot, de June Brown.
Um urso chamado Paddington, de Michael Bond.

Mo — Livros para uma pessoa que sente falta de conversas banais:
A lista dos meus desejos, de Grégoire Delacourt.
A piece of the world, de Christina Baker Kline.
As aventuras de Tom Sawyer, de Mark Twain.
Middlemarch, de George Eliot.
Um homem chamado Ove, de Fredrik Backman.

Bryony — Livros para uma fã de histórias de crimes que está com insônia:
A mulher de branco, de Wilkie Collins.
A primavera da srta. Jean Brodie, de Muriel Spark.
Birdcage walk, de Helen Dunmore.
Dissolution, de C. J. Sansom.
Garota exemplar, de Gillian Flynn.
The daughter of time, de Josephine Tey.

Mãe de Madison — Chapéus altos, vestidos grandes e cavalos (e algo para quando se está furiosa):
A indomável Sofia, de Georgette Heyer.
Círculo de amigos, de Maeve Binchy.
Quarto, de Emma Donoghue.

Riders, de Jilly Cooper.
Tudo o que nunca contei, de Celeste Ng.
Yes please, de Amy Poehler.

Madison — Sem feiticeiros demais:
Do que é feita uma garota, de Caitlin Moran.
Eu sei por que o pássaro canta na gaiola, de Maya Angelou.
I capture the castle, de Dodie Smith.
Jane Eyre, de Charlotte Brontë.
Mundo em caos, de Patrick Ness.
Na ponta dos dedos, de Sarah Waters.
Não me abandone jamais, de Kazuo Ishiguro.
O apanhador no campo de centeio, de J. D. Salinger.
O conto da aia, de Margaret Atwood.
O feiticeiro de Terramar, de Ursula K. Le Guin.
Um ano solitário, de Alice Oseman.

Zoe — Livros para entreter crianças (e sua mãe):
Anne de Green Gables, de L. M. Montgomery.
Billy and the dragon, de Nadia Shireen.
O sapo e o mundo imenso, de Max Velthuijs.
The book about Moomin, Mymble and little My, de Tove Jansson.

Paul Pritchard — Livros para alguém que quer ler ficção para trazer ideias à vida:
A very British coup, de Chris Mullin.
House of cards, de Michael Dobbs.
Mar de papoulas, de Amitav Ghosh.
Toda luz que não podemos ver, de Anthony Doerr.
Transcrição, de Kate Atkinson.
Union Jack, de Val McDermid.

Bella — Livros sobre o cotidiano:
A inquilina de Wildfell Hall, de Anne Brontë.
A lenda de Murasaki, de Liza Dalby.

Cadê você, Bernadette?, de Maria Semple.
Flowers for Mrs Harris, de Paul Gallico.
Nella Last's war: the Second World War diaries of 'Housewife, 49', de Nella Last.
O assassino cego, de Margaret Atwood.
O papel de parede amarelo, de Charlotte Perkins Gilman.

Craig — Livros para alguém que está se jogando de cabeça no amor:
Bel canto, de Ann Patchett.
Euforia, de Lily King.
O amor nos tempos do cólera, de Gabriel García Márquez.
O profeta, de Khalil Gibran.

Jennifer — Velhos favoritos:
Amada, de Toni Morrison.
A história secreta, de Donna Tartt.
O moinho à beira do rio Floss, de George Eliot.
Tess dos D'Urbervilles, de Thomas Hardy.
Vasto mar de sargaços, de Jean Rhys.

Milo — Leituras para a hora de dormir:
Da pequena toupeira que queria saber quem tinha feito cocô na cabeça dela, de Werner Holzwarth.
If you give a mouse a cookie, de Laura Numeroff.
Madeline, de Ludwig Bemelmans.
Moomin and the wishing star, de Tove Jansson.
Onde vivem os monstros, de Maurice Sendak.

Jonno — Livros para alguém que não vê graça em mais nada:
A cor da magia, de Terry Pratchett.
Eu falar bonito um dia, de David Sedaris.
Meu ano de descanso e relaxamento, de Ottessa Moshfegh.
Minha irmã, a serial killer, de Oyinkan Braithwaite.
Mr Fox, de Helen Oyeyemi.
Os irmãos Sisters, de Patrick deWitt.

Adjoa — Livros que representam a diferença com alegria:
A linguagem das flores, de Vanessa Diffenbaugh.
Dias sem fim, de Sebastian Barry.
Educated: a menina da montanha, de Tara Westover.
Garota, mulher, outras, de Bernardine Evaristo.
O caminho de casa, de Yaa Gyasi.
The bees, de Laline Paull.
The confessions of Frannie Langton, de Sara Collins.

Simone — Livros para esquecer do mundo ao seu redor:
Antes que o café esfrie, de Toshikazu Kawaguchi.
Cavalos roubados, de Per Petterson.
Odisseia, de Homero.
Sedução, conspiração, de Eileen Chang.

Jamie — Livros para ler no meio da noite:
Livre, de Cheryl Strayed.
Nightwalk, de Chris Yates.
None of this is real, de Miranda Mellis.
O caçador de pipas, de Khaled Hosseini.
O circo da noite, de Erin Morgenstern.

Max e Kate — Livros que retratam um mundo de igualdade:
A longa viagem a um pequeno planeta hostil, de Becky Chambers.
A mão esquerda da escuridão, de Ursula K. Le Guin.
Com amor, Simon, de Becky Albertalli.
Família de mentirosos, de E. Lockhart.
Os romances da série "Graceling", de Kristin Cashore.

Jay — Puro terror escapista:
A assombração da casa da colina, de Shirley Jackson.
A verdade sobre o caso Harry Quebert, de Joël Dicker.
Coraline, de Neil Gaiman.

Drácula, de Bram Stoker.
Gótico mexicano, de Silvia Morena-Garcia.
Iluminadas, de Lauren Beukes.
O cemitério, de Stephen King.
O chamado de Cthulhu e outros contos, de H. P. Lovecraft.
Rebecca, de Daphne du Maurier.

Helen — Livros que me fazem sentir que está tudo bem ser eu:
Existo, existo, existo, de Maggie O'Farrell.
Midnight chicken, de Ella Risbridger.
Mulheres excelentes, de Barbara Pym.
Os diários de pedra, de Carol Shields.
Os melhores anos, de Kiley Reid.
Pachinko, de Min Jin Lee.
Stoner, de John Williams.

Trix — Livros para ajudar com um coração partido:
A canção de Aquiles, de Madeline Miller.
Carol, de Patricia Highsmith.
Conversas entre amigos, de Sally Rooney.
Instead of a letter, de Diana Athill.
Jane Eyre, de Charlotte Brontë.
Tudo sobre o amor, de bell hooks.

George e Rosemary — Livros para uma vida inteira:
Alice no País das Maravilhas (ilustrações originais de John Tenniel, e mais recentes de Helen Oxenbury), de Lewis Carroll.
A época da inocência, de Edith Wharton.
A vida secreta das abelhas, de Sue Monk Kidd.
I capture the castle, de Dodie Smith.
O jardim secreto, de Frances Hodgson Burnett.
Persuasão, de Jane Austen.
Reparação, de Ian McEwan.

E mais alguns que você pode gostar:
A obra de Elizabeth Barrett Browning.
A long way from Verona, de Jane Gardam.
A redoma de vidro, de Sylvia Plath.
All creatures great and small, de James Herriot.
Bitter greens, de Kate Forsyth.
Buracos, de Louis Sachar.
Ei, Deus, está aí? Sou eu, a Margaret, de Judy Blume.
Estação onze, de Emily St. John Mandel.
F*da-se a dieta, de Caroline Dooner.
Mansfield Park, de Jane Austen.
Matilda, de Roald Dahl.
O coração é um caçador solitário, de Carson McCullers.
O sol é para todos, de Harper Lee.
Small pleasures, de Clare Chambers.
Sushi, de Marian Keyes.
Todos os meus amigos são super-heróis, de Andrew Kaufman.
Vida querida, de Alice Munro.

Agradecimentos

✦

Em primeiro lugar, eu gostaria de agradecer aos livreiros, bloggers de livros, leitores, revisores, compradores de livros, bibliotecários, usuários de bibliotecas, grupos de leitura, booktwitters, bookstagrammers, e a todos que sabem que livros podem fazer a diferença. Vocês são as pessoas que sabem do que livros são capazes e estou feliz por estar incluída nesse grupo. Também sou grata a vocês pela maneira como reconheceram Loveday, sobre quem escrevi primeiro em *Lost For Words*, e a acolheram com carinho.

Oli Munson é meu agente há mais de uma década. Ele sempre defendeu e apoiou a mim e ao meu trabalho — e foi um herói durante o planejamento e a escrita deste romance. Obrigada, Oli.

Tive o privilégio de trabalhar com duas editoras excepcionais neste livro. Obrigada, Eli Dryden (que teve a ideia original) e Marion Donaldson, por seu insight, paciência, inteligência e incentivo. Aprendi muito trabalhando com vocês.

O livro que você tem em mãos (ou na sua tela) precisa da contribuição, profissionalismo e excelência de muitas pessoas no mundo editorial. Por isso, agradeço a Harmony Leung, Rosanna Hildyard, Flora McMichael, Sarah Bance, Kate Truman, Sophie Ellis, Chris Keith-Wright, Rebecca Bader, Isabelle Wilson, Zoe Giles e Rhys Callaghan.

Obrigada à CoT: Carys Bray, Sarah Franklin e Shelley Harris. Não sei o que eu faria sem vocês.

Os leitores beta realmente ajudam a dar forma a um romance, além de me salvar da minha própria ignorância. Obrigada, Alan Butland, Susan Young, Sharon Davis e Sazan M. Mandalawi. Obrigada, também, à equipe de Garsdale na primavera de 2022, que foi meu primeiro público e me deu (e continua dando) muito apoio e ajuda.

Para escrever este romance, passei muito tempo lendo sobre a pandemia de Covid-19. Sou grata a todos que foram corajosos e deram a cara a tapa ao compartilhar suas histórias nas redes sociais, no jornalismo on-line e impresso e em livros. Vocês são muito importantes. Obrigada.

Minha pesquisa incluiu estes livros, todos os quais são relatos da medicina na pandemia:

Intensive care: a GP, a community & a pandemic, de Gavin Francis.

A nurse's story: my life in A&E during the Covid crisis, de Louise Curtis com Sarah Johnson.

Duty of care, de Dr. Dominic Pimenta.

Breathtaking, Rachel Clarke.

Catch your breath, de Ed Patrick.

A Paul Pritchard — obrigada por me contar sobre o seu pai.

A Richard Morris — obrigada por me inspirar a tentar fazer um bolo ópera!

E, por fim, obrigada às pessoas que me amam e fazem com que a vida seja possível: meus queridos amigos, meu marido Alan, meus filhos Ned e Joy, meu pai e minha amada tia Susan.

Este livro foi composto na tipografia Adobe Garamond
Pro, em corpo 11,75/15,5, e impresso em
papel off-white no Sistema Cameron da
Divisão Gráfica da Distribuidora Record.